# 唐宋詩文論叢

## 天葩　奇芬を吐く

齋藤　茂著

研文出版

# 唐宋詩文論叢——天葩　奇芬を吐く

目次

〔附論〕

# 唐宋詩文論叢——天葩　奇芬を吐く

# 韓愈の新しさ——序に代えて

韓愈は貞元から元和にかけてのいわゆる中唐後期において、復古を掲げて文学の革新を唱え、時代に即した新しい古文を生み、詩に於いても古体の作品を数多く残した。当時の韓愈に対する評価の中心はその古文であり、そして国子監や史館の職に任じられたように、その学問であった。彼の文学が道を載せると称されるのも、故無きことではない。

同時期の人々の評価も文章に対するものが多い。その早いものは李翺「知る所を徐州の張僕射に薦むる書（薦所知於徐州張僕射書）」（『李文公集』巻八）の「昌黎韓愈は、古文の遺風を得、理乱の根本の由る所に明るし（昌黎韓愈、得古文遺風、明於理亂根本之所由）」であり、張籍「退之を祭る」詩（『張籍詩集』巻七）の一節

嗚呼吏部公　　嗚呼　吏部公
其道誠巍昂　　其の道は誠に巍昂たり
　　…　　　　　　…
獨得雄直氣　　独り雄直の気を得て

發爲古文章　　發して古の文章を為す
學無不該貫　　学に該貫ならざるは無く
吏治得其方　　吏治は其の方を得たり

である。趙璘『因話録』（巻三）に孟郊の古詩と並べて「韓文公は孟東野と友とし善し。韓公は文至高にして、孟は五言に長ずれば、時に孟詩韓筆と号す（韓文公與孟東野友善。韓公文至高、孟長於五言、時號孟詩韓筆）」と言う著名な一節も、文章の評価が勝っていたことを示している。ただし碑銘の類に世の注目が集まったためか、文章でもそうした実用文を意識することが多く、ために劉禹錫の「韓吏部を祭る文」（『劉夢得文集』外集巻十）では「三十余年、声明は天を塞ぎ、公の鼎と侯の碑、隧に志し阡に表するに、一字の値は、金を輦《はこ》ぶこと山の如し。…子の長ずるは筆に在り、予の長ずるは論に在り（三十餘年、聲名塞天、公鼎侯碑、志隧表阡、一字之價、輦金如山。…子長在筆、予長在論）」と、やや皮肉な評も受けている。

韓愈の詩については直接の言及が少なく、白居易が「久しく韓侍郎に見わず、戯れに四韻を題して以てこれに寄す（久不見韓侍郎戲題四韻以寄之）」（『白氏文集』巻十九）で「才高くして小詩を笑う（才高笑小詩）」とやはり少し皮肉を込めて言うのは、長編の古詩を得意とするという認識に基づくのだろう。元稹も「人の韓舎人の新律詩を詠ずるを見、因りて戯れに贈る有り（見人詠韓舍人新律詩因有戲贈）」（『元稹集』巻十二）で

喜聞韓古調　　聞くを喜ぶ　韓の古調
兼愛近詩篇　　兼ねて愛す　近き詩篇
玉磬聲聲徹　　玉磬　声声徹り

金鈴箇箇圓　　金鈴　箇箇に円かなり

と韓愈の近体を褒めつつ、その本領は古体に有ると見ている。

そうした中、杜牧が「韓杜の集を読む」（『樊川文集』巻二）で

杜詩韓集愁來讀　　杜詩　韓集　愁い来たりて読めば
似倩痲姑癢處搔　　麻姑に倩《こ》いて癢処を掻くに似たり
天外鳳凰誰得髓　　天外の鳳凰　誰か髄を得ん
無人解合續弦膠　　人の解《よ》く続弦の膠を合わす無し

と詠うのは注目される。それは韓愈を杜甫と並称していること、そして「韓集」と言って詩文合わせて評価していると見られるからである。杜甫の詩は、なにより韓愈が高く評価していたが、李白ではなく時代を異にする韓愈と結びつけて並び称するのは、杜牧のこの詩が恐らく初めてであろう。杜牧は古文家としても知られたから、韓愈評価の中心は文章に有ったのだろうが、文学の革新を目指した杜甫と韓愈を並べていることに彼の見識の高さが窺える。それは宋代の人々の認識の先駆けとなるものでもあった。

杜甫が「語　人を驚かさずんば　死すとも休まず」（「江上に水の海勢の如きに値い聊か短述す」『杜工部集』巻十三）と詠ったことはよく知られているが、韓愈も新しい表現、自らの言葉の獲得に心を砕いた。遊戯的な側面を持つ聯句を生かして、孟郊と試みた「城南聯句」（『昌黎先生集』巻八。以下韓愈の作品は同書に拠る）での表現の彫琢は

もとより、正統的な五言古詩でも「南山詩」（巻一）「張徹に答う」（巻二）「士を薦む」（同）など、意欲的な表現を交えた作品を多く試みている。

著名な「張籍を調る」（巻五）は李白、杜甫の文学を讃え、その高みに達することを願う作品だが、後段で

我願生兩翅　　我願わくは両翅を生じ
捕逐出八荒　　捕逐して八荒を出でん
精誠忽交通　　精誠　忽ち交通し
百怪入我腸　　百怪　我が腸に入らん
刺手拔鯨牙　　手に刺《やいば》して鯨牙を抜き
擧瓢酌天漿　　瓢を挙げて天漿を酌まん
騰身跨汗漫　　身を騰げて汗漫に跨り
不著織女襄　　織女の襄《じょう》に著《つ》かじ

と詠うところは、李杜の文学を追いかけながら更に自らの世界を構築することを示しており、「百怪」を腹に収めて天上を思うままに駆け回るとの表現に、彼が目指した方向が表れている。すなわち従来に無かった表現、新しい詩の言葉を、枠にとらわれずに探求するということである。

このことはまた韓愈が人を評価する言葉にも表れている。彼は友人の孟郊を高く評価したが、その詩を褒めた句には「天葩　奇芬を吐く（天葩吐奇芬）」（「酔いて張秘書に贈る」巻二）、「空《くう》に横たわりて硬語を盤《わだかま》らす（横空盤硬語）」（「士を薦む」）、「文字　天巧を覰《うかが》う（文字覰天巧）」（「孟郊に答う」巻五）などがあり、いずれも「天」「空」

を用いて従来の文学を超えた高みに至っていることを讃えている。そして孟郊の詩語を「硬語」と言い表したことは、もっとも注目される。たしかに孟郊の詩はごつごつとして容易に飲み込めない硬さがあり、また時に玉のような硬く冷たい輝きを放つ。「硬」とは、そのように硬質であること、そして生硬であることを意味するのだろう。だがそれはまた韓愈自身の詩の特徴でもあり、「文字　天巧を覰う」ことも韓愈の目指したことであった。

二人が行った聯句では、遊戯文学という聯句の性格を利して、従来の安定した詩語に敢えて手を加え、生硬でありながら斬新な印象を持つ表現を作り出していた。「城南聯句」の冒頭

竹影金瑣碎　　竹影　金　瑣砕たり
泉音玉淙琤　　泉音　玉　淙琤たり

は庭園の様子を詠うが、「竹影」は竹の影として安定した使われ方をするものを、ここでは竹に当たる陽光の意味に変えて用い、「泉音」は「泉聲」が一般的であるものを、「聲」と同じ意味の「音」に変えて生硬な印象の熟語に変えている。そして

乾穟紛拄地　　乾穟《かんすい》　紛として地に拄《た》ち
化蟲枯挶莖　　化虫　枯れて茎に挶《すが》る
木腐或垂耳　　木腐りて或いは耳を垂れ
草珠競駢睛　　草珠　競いて睛を駢《なら》ぶ

と、従来はおよそ詩の描写対象とならなかったつまらない物、グロテスクな事柄にも目を向け、新たな世界を作

り上げようとしている。(1)

詩になじまないとされていた対象を敢えて取り上げ、また従来からある詩語の意味を変化させたり、熟語の構造を変えたり、語順を転倒させたりして新鮮さを打ち出したことは、聯句だけでなく韓愈の詩一般にも見られることである。そうした表現、詩語は当時においては、なお善悪の評価が分かれていたが、しかし少なからぬ人は新しい言葉が持つ力を感じ取っていただろう。それが先の杜牧らの評価に結びついており、また聯句を試みた皮日休、陸龜蒙らに受け継がれていった。そして韓愈の詩文に学び、その言葉をも積極的に取り入れようとしたのが、歐陽修、梅堯臣ら宋代の人々であった。

ここでは雪を描く詩を例に、歐陽修、蘇軾と比較してみよう。韓愈は雪を詠じた作品が多く、古体近体合わせて十首を数える。雪は六朝期から詠物の対象として取り上げられており、著名な謝恵連「雪の賦」（『文選』巻十三）を始め多くの作品が残されている。韓愈はその伝統を承けつつ、敢えて安定した表現を避け、自らの表現を模索した。中で最も意欲的な作品と言いうる「雪を詠じて張籍に贈る（詠雪贈張籍）」（巻九）は、四十韻の五言排律でありながら、詩中に雪の字は一度も現れず、また雪の描写として従来用いられてきた表現も極力排して、自らの感性で探り出した言葉を連ねている。ただし長編であり、また愛甲弘志氏の訳注(2)がすでにあるので詳しくはそれに譲り、問題としたい箇所を数句ずつ取り上げる。

只見縱横落　　只だ見る　縱横に落つるを
寧知遠近來　　寧ぞ知らん　遠近より来るを

飄颻還自弄　飄《ひょう》颻《よう》として還《ま》た自ら弄《たわむ》れ
歴亂竟誰催　歴乱として竟に誰か催さん

と雪の舞うさまから詠い起こし、さまざまな場所へ落ちていく様子を描く。降りしきるさまは

片片勻如翦　片片として勻《ととの》うこと翦るが如く
紛紛碎若挼　紛紛として砕かるること挼《う》つが若し
定非燖鵠鷺　定めて鵠鷺を燖《ゆで》るに非ざれば
眞是屑瓊瑰　真に是れ瓊瑰を屑《くだ》くならん

と詠うが、「燖」は羽をむしり取って茹でることで、ここはそうしてむしられた白い羽が舞い散っているということ。「瓊瑰」すなわち珠玉が細かく砕かれることもそうだが、美しく価値あるものが荒々しく破壊されることを比喩とする点は、敢えてグロテスクな面も描こうとする韓愈らしさが表れている。そして降り積もった様子を

壓野榮芝菌　野を圧して　芝菌栄え
傾都委貨財　都を傾けて　貨財を委《つ》む
娥嬉華蕩瀁　娥は嬉《よろこ》びて　華は蕩瀁たり
胥怒浪崔嵬　胥は怒りて　浪は崔嵬たり
磧迴疑浮地　磧は迴かに　地を浮かべるかと疑い
雲平想輾雷　雲は平らかに　雷を輾ずるかと想う

随車翻縞帯　車に随いて縞帯を翻し
逐馬散銀杯　馬を逐いて銀杯を散らす

と描く。「芝菌」は霊芝でここはその白色のもの、また「貨財」は銀を表して、めでたさ、豊かさの面からの比喩とするのだろう。「娥」は月の女神である姮娥、「胥」は伍子胥を言い、月光と波頭の白さを想起させている。「磧」と「雲」も雪に覆われた大地を表し、「雷」は車の音を連想に置いている。「縞帯」は白絹の帯で轍を、「銀杯」は蹄の痕の喩えで、いずれも斬新であるが、宋人は必ずしも佳句と認めなかった。[3] そして「縞」や「銀」のように雪を連想させる言葉を禁ずるという試みに至っているが、それは後述する。中段からは雪の美しさだけでなく、積もりすぎたことによる弊害も描かれる。

浩浩過三暮　浩浩として三暮を過ぎ
悠悠帀九垓　悠悠として九垓に帀《あまね》し
鯨鯢陸死骨　鯨鯢　陸死の骨
玉石火炎灰　玉石　火炎の灰
厚慮塡溟壑　厚きこと溟壑を塡《み》たさんかと慮り
高愁㩻斗魁　高きこと斗魁に㩻《いた》らんかと愁う
日輪埋欲側　日輪は埋まりて側《かたむ》かんと欲し
坤軸壓將頽　坤軸は圧されて将に頽《くず》れんとす

「浩浩」は広大なさまを言うが、ここは三日三晩とめどなく雪が降り続いたことを表すのだろう。「鯨鯢」は大魚で「鯨」が雄、「鯢」が雌という。「陸死」は陸に打ち上げられて死ぬこと。「玉石」句は『尚書』胤征篇の「火崑岡に炎《さか》んなれば、玉石倶に焚《も》ゆ」を踏まえる。そのように雪を無惨な姿に喩えた後、降り積もった量の多さから害が招かれないかと畏れる気持ちを詠う。「溟壑」は大海、「敥」は至る意、「斗魁」は北斗七星、「坤軸」は地軸である。この辺りに政治的な寓意が込められていると見る説も有るが、その当否はともかく、用いられた表現には「百怪　我が腸に入る」ことを望んだ韓愈らしい奔放さが見てとれる。収束となる後段では、まず

賞玩捐他事　　賞玩して他事を捐《す》て
歌謠放我才　　歌謠して我が才を放つ
狂教詩硉矹　　狂は詩をして硉矹《ろつごつ》たらしめ
興與酒陪鰓　　興は酒と与に陪鰓《ばいさい》たり

と雪を詠ずることに専心し、存分に筆を揮ったことを言う。「硉矹」は郭璞「江の賦」では岩が水の力でごろごろと動く様子を言うが、ここはそのように荒々しく躍動することだろう。また「陪鰓」も潘岳「雉を射る賦」では「奮怒」のさまというが、ここは激しく湧き起こることを言うと解する。思いのままに描き尽くしたことを述べ、最後に

雕刻文刀利　　雕刻して文刀利く
捜求智網恢　　捜求して智網恢《かい》たり

莫煩相屬和　相属和《しょくわ》するを煩う莫かれ
傳示及提孩　伝え示して提孩に及ぼさん

と新しい表現を求め、言葉を探ったことを言って締めくくる。「智網恢」は『老子』の「天網恢恢、疏にして失わず」を踏まえ、自らの知識は博大で、新しい言葉や表現を逃さないと言うのだろう。対象を巡って広く言葉を探し、彫琢を施して新しい表現を作り出していったことが示されている。

韓愈のこうした試みは、容易に真似のできないことであり、また人々の趣向と合わないこともあって、理解者、継承者は少なかったが、宋代に入るとその古文とともに再評価されるようになる。その中心は歐陽修であり、後を承けた蘇軾である。そして「雪を詠じて張籍に贈る」詩に見られた、従来の表現を敢えて避け、また雪を直接描かず、連想を主に新しい描写を試みた点は、形を変えて「白戦」（素手の戦い）という新しい工夫を呼び起こしている。それは比喩に工夫を凝らした韓愈とは異なり、雪の形容として常用される語を排し、平叙的でありながら従来に無かった発想で雪の姿を描こうとするもので、韓愈の詩語に強い啓発を受け、その魅力を十分に承知した上で、敢えて異なる道を模索したのである。

まず歐陽修であるが、彼に「雪」詩（『歐陽文忠公全集』巻五四）が有る。これは「時に潁州に在りて作る」という自注から、知潁州であった皇祐二年（一〇五〇）の作と見られているが、自注には更に「玉、月、梨、梅、練、絮、白、舞、鵝、鶴、銀等の字は、皆用うる勿きを請う」と有って、制作に当たって厳しい制約を科したことを伝えている。全編を掲げる。

新陽力微初破萼
客陰用壯猶相薄
朝寒稜稜鋒莫犯
暮雪緌緌止還作
驅馳風雲初慘淡
炫晃山川漸開廓
光芒可愛初日照
潤澤終爲和氣爍
美人高堂晨起驚
幽士虛窗靜聞落
酒壚成徑集瓶罌
獵騎尋蹤得狐貉
龍蛇掃處斷復續
猊虎團成呀且攫
共貪終歲飽麰麥
豈恤空林飢鳥雀
沙墀朝賀迷象笏
桑野行歌沒芒屩

新陽　力微かに　初めて萼を破り
客陰　壮なるを用て　猶お相薄《せま》る
朝寒稜稜として　鋒は犯す莫く
暮雪緌緌《ずいずい》として　止みて還た作《おこ》る
風雲を駆り馳せて　初め惨淡たり
山川を炫晃たらしめて　漸く開廓たり
光芒愛すべく　初日照らし
潤沢として終に和気に爍かさる
美人は高堂にて晨に起きて驚き
幽士は虚窗にて静かに落つるを聞く
酒壚　径を成して　瓶罌を集め
獵騎　蹤を尋ねて　狐貉を得
龍蛇　掃く処　断ちて復た続き
猊虎　団《あつ》まり成し　呀《ひら》き且つ攫《つか》む
共に貪る　終歳　麰麥《ぼうばく》に飽くを
豈に恤れまん　空林に鳥雀を飢えしむるを
沙墀に朝賀して　象笏を迷わせ
桑野に行歌して　芒屩《ぼうきゃく》を没す

乃知一雪萬人喜　乃ち知る　一雪　万人喜ぶと
顧我不飲胡爲樂　我を顧るに　飲まざれば胡為れぞ楽しまん
坐看天地絶氛埃　坐して天地の氛埃を絶つを看れば
使我胸襟如洗瀹　我が胸襟をして洗瀹《せんやく》するが如くせしむ
脱遺前言笑塵雜　前言を脱遺して塵雑なるを笑い
捜索萬象窺冥漠　万象を捜索して冥漠を窺う
潁雖陋邦文士衆　潁は陋邦なりと雖も　文士衆し
巨筆人人把矛槊　巨筆　人人　矛槊を把る
自非我爲發其端　自から我の　為に其の端を発くに非ざれば
凍口何由開一噱　凍口　何に由りてか一噱《いっきゃく》を開かん

七言古詩形ということもあり、一見して印象はかなり異なっている。詩中に「雪」字を二度入れているのを始め、比喩を重ねた韓愈とは異なって、取り立てて典故を用いていることもなく、平叙的な句を連ねている。「龍蛇」二句は、あるいは何か踏まえる故事が有るのかもしれないが、龍蛇が通った跡が残ること、獅子や虎が寒さから集まって咬んだり（「呀」は口を開く意）つかみ合ったりしていることと、取りあえず解しておく。「脱遺」二句はすでにある言葉を捨て去り、新たな言葉、表現を捜すことだろう。ここに韓愈の創作態度に通じる姿勢が窺える。最後の四句は多くの賓客を集めた文酒の会において、自らが敢えて口火を切ったことを言う。自注に記す「玉月梨梅」等の字を用いないという制約は、宴席での詩作には時に科せられるもので、酒令の一種と言っても良い。

特定の語を禁ずる令は従来にもある。ただその数が多く、みな雪を形容するのに常用される語であったため、人々の注目を集めた。この「體物語（物を形容する語）」を禁ずる令は、歐陽修の『六一詩話』に拠れば彼が初めに行ったのではなく、許洞という人物が先に試みていたという。(4)したがってそれ自体は歐陽修の創始と言えないが、このスタイルが広く知られたのは、彼のこの詩によるものであった。

蘇軾は歐陽修の「雪」詩を承けて、早くに「江上にて雪に値い、歐陽の体に効って、限りて塩、玉、鶴、鷺、絮、蝶、飛、舞の類を以て比と為さず、仍お皓、白、潔、素等の字を使わず、子由の韻に次す」（中華書局『蘇軾詩集』巻一）を作っているが、(5)ここには元祐六年（一〇九一）、同じ潁州聚星堂での作である「聚星堂の雪　幷びに引」（同巻三四）を掲げよう。

元祐六年十一月一日、雨を張龍公に禱りて小雪を得、客と聚星堂に会飲す。忽ち歐陽文忠公の守と作りし時、雪中に客と約して詩を賦し、物を体する語を禁じ、艱難の中に特に奇麗を出せしを憶う。爾来四十余年、継ぐ者有る莫し。僕は老門生なるを以て公の後を継がんとし、先生に追配するには足らざると雖も、而して賓客の美は、殆ど当時に減ぜず、公の二子も又た適たま郡に在り。故に輒ち前令を挙げて、各おの一篇を賦せしむ。(6)

窗前暗響鳴枯葉　　窗前に暗に響いて　枯葉を鳴らす
龍公試手初行雪　　龍公　手に試みて　初めて雪を行う
映空先集疑有無　　空に映じて先ず集まれば　有るか無きかの疑《ごと》く
作態斜飛正愁絶　　態を作して斜めに飛ぶは　正に愁絶たり

衆賓起舞風竹亂　衆賓起ちて舞うは　風に竹の乱るるがごとく
老守先醉霜松折　老守先に酔うは　霜に松の折るるがごとし
恨無翠袖點横斜　恨らむらくは翠袖の横斜に点ずる無く
祇有微燈照明滅　祇だ微燈の照ること明滅たる有るのみ
歸來尚喜更鼓永　帰り来たりて　尚お更鼓の永きを喜び
晨起不待鈴索掣　晨に起きて　鈴索の掣かるるを待たず
未嫌長夜作衣稜　未だ嫌わず　長夜に衣の稜《かど》を作すを
却怕初陽生眼纈　却て怕る　初陽の眼纈を生ずるを
欲浮大白追餘賞　大白を浮かべて余賞を追わんと欲すれば
幸有回飆驚落屑　幸いに回飆の落屑を驚かす有り
模糊檜頂獨多時　模糊たる檜頂は　独り多時
歷亂瓦溝裁一瞥　歴乱たる瓦溝は　裁《わず》かに一瞥たり
汝南先賢有故事　汝南の先賢　故事有り
醉翁詩話誰續説　酔翁の詩話　誰か説を続けん
當時號令君聽取　当時の号令　君　聴取せよ
白戰不許持寸鐵　白戦　寸鉄を持つを許さず

序文で龍神の社で雨乞いの儀式を行い、小雪が降ったので聚星堂で宴を開いたが、そこで歐陽修もこの地で「雪」

詩を作ったことを憶い、「體物語」を禁ずる令に倣う詩を作ることになったことを記す。「二子」とは歐陽修の二子、歐陽棐と歐陽辯であり、潁州に居住していたから、おそらくこの宴にも參列していたのであろう。詩は冒頭で雨乞いの願いに応えて張龍公が雪を降らせてくれたことを言うが、「映空」二句は気配が見えたときはまだ形にはならず、雪となって斜めに飛んだのは降るかどうか案じていたときだったという意味だろう。「衆賓」二句の「竹」と「松」は、雪にからめて客と自分の姿を比喩する。「翠袖」は美女の代詞、「横斜」は著名な林逋の「山園の小梅」詩を踏まえて梅を言う。「衣稜」は寒さで衣の角が強張っていることか。それでもいぎたなく寝衣を皺だらけにするより良いという気持ちだろう。「落屑」は、木屑が舞うように小雪が降る形容かと思われるが、それでは禁令に抵触するので、ここは晋の胡母輔之の滑らかな弁舌を木屑が降るさまに喩えた故事を踏まえると見る説もある。「模糊」二句は雪の残り方を対比する。「汝南先賢」は『三国志』に引かれる『汝南先賢傳』が知られるが、それを意識させつつ、ここは「汝南」で潁州、「先賢」で歐陽修を言う。雨乞いから翌朝までを描き、歐陽修の後を承ける意図を述べて締めくくっている。[7]

「體物語を禁じ」た彼らの「白戰」の詩は、比喩を多用し、形容語を変えて新たな表現を導いた韓愈の工夫とは異なる態度であったと言える。しかし同じように、常用される言葉や表現を排し、新たな創作の道を探るものであった。それは韓愈の詩作に刺激を受け、自分たちの表現で、新しい詠物詩の世界を拓こうとした成果だったのである。

蘇軾は孟郊の詩に対して「我は憎む　孟郊の詩、復た作す　孟郊の語」（「孟郊の詩を読む二首」其二。同巻一六）と言うが、そのように孟郊、韓愈が聯句を通じて鍛錬し、古詩や排律において用いた詩語、表現に刺激を受けた。韓孟の語を使用した例も少なくない。さらには時代に合った新しい言葉、表現を創り出して、自らの詩の世界を広げていったのである。それは梅堯臣、蘇舜欽、黄庭堅、張耒ら北宋の詩人たちのみならず、王十朋、陸游、范成大、楊万里ら南宋の詩人も同様であって、韓愈が獲得した言葉、詩句は彼らに刺激を与え、常に意識させるものとなったのである。

本書は韓愈を始めとする中晩唐期の詩人たちの新たな工夫のあり方と、宋代の詩人たちの継承のさまを一つの軸として論ずるものである。

注

（1）「城南聯句」については、『韓愈詩訳注』（川合康三、緑川英樹、好川聡編。研文出版）第二冊所収の訳注を参照されたい。

（2）『韓愈詩訳注』第一冊所収。なお詩全体を挙げれば以下の通り。

「只見縦横落、寧知遠近來。飄颻還自弄、歴亂竟誰催。座暖銷那怪、池清失可猜。坳中初蓋底、垤處遂成堆。慢有先居後、輕多去卻回。度前鋪瓦隴、發本積牆隈。穿細時雙透、乘危忽半摧。舞深逢坎井、集早値層臺。砧練終宜擣、階紈未暇裁。城寒裝睥睨、樹凍裹莓苔。片片勻如翦、紛紛碎若挼。定非燖鵠鷺、眞是屑瓊瑰。緯繣觀朝萼、冥茫矚晚埃。當窗恆凜凜、出戶即皚皚。壓野榮芝菌、傾都委貨財。娥嬉華蕩瀁、胥怒浪崔嵬。磧迥疑浮地、雲平想輾雷。隨車翻縞帶、逐馬散銀杯。萬屋漫汗合、千株照曜開。松篁遭挫抑、糞壤獲饒培。隔絕門庭遽、擠排陛級纔。豈堪裨嶽鎮、强欲效鹽梅。隱匿瑕疵盡、包羅委瑣該。誤雞宵呃喔、驚雀暗徘徊。浩浩過三暮、悠悠帀九垓。鯨鯢陸死骨、玉石火炎灰。厚慮塡溟壑、高愁撥斗魁。日輪埋欲側、坤軸壓將頹。岸類長蛇攪、陵猶巨象豗。水官夸傑黠、木氣怯胚胎。著地無由卷、連天不易推。龍魚冷蟄苦、虎豹餓號哀。巧借奢豪便、專繩困約災。威貪陵布被、光肯離金罍。賞玩捐他事、歌謠放我才。狂教詩硉矹、興與酒陪鰓。惟子能諳耳、諸人得語哉。助留風作黨、勸坐火爲媒。雕刻文刀利、搜求智網恢。莫煩相屬和、傳示及提孩。」

（3）たとえば宋、劉攽『中山詩話』には「詩以意爲主、文詞次之。或意深義高、雖文詞平易、自是奇作。世效古人平易句、而不得其意義、翻成鄙野可笑。（略）韓吏部古詩高卓、至律詩、雖稱善要有不工者。而好韓之人、句句稱述、未可謂然也。韓云老公眞箇似童兒、汲水埋盆作小池、眞諧戲語耳。歐陽永叔、江鄰幾論韓雪詩、以隨車翻縞帶、逐馬散銀杯爲不工、謂坳中初蓋底、凸處遂成堆爲勝。未知眞得韓意否也。（下略）」と言う。なお文中の「老公」以下二句は、韓愈の「盆池五首」其一の起承句「老翁眞箇似童兒、汲水埋盆作小池」であり、「坳中」二句は「詠雪贈張籍」詩中の「坳中初蓋底、垤處遂成堆」である。

また宋、葉少蘊『石林詩話』にも「詩禁體物語、此學詩者、類能言之也。歐陽文忠公守汝陰、嘗與客賦雪於聚星堂、擧此令、往往皆閣筆不能下。然此亦有定法、若能者、則出入縱横、何可拘礙。（略）蘇子瞻凍合玉樓寒起粟、光搖銀海眩生花、超然飛動、何害其言玉樓、銀海。韓退之兩篇、力欲去此弊、雖冥搜奇譎、亦不免有縞帶銀杯之句。（下略）」とある。蘇軾の詩句は「雪後書北臺壁二首」其二（巻十二）の頷聯である。また「韓退之兩篇」とは「詠雪贈張籍」と「喜雪獻裴尚書」（巻九）の二首を言うだろう。

（4）「國朝浮圖、以詩名於世者九人。（略）當時有進士許洞者、善爲詞章、俊逸之士也。因會諸詩僧、分題出一紙。約曰、不得犯此一字、其字乃山水風雲竹石花草雪霜星月禽鳥之類。于是諸僧皆閣筆。洞咸平三年進士及第。（下略）」（『六一詩話』）。

なお『全宋詩』巻一一三に許洞の項を立て、詩三首と数句を収めるが、『六一詩話』の話に対応する詩は無い。また『宋史』巻四四一「文苑伝」三に伝が有るが、それに拠れば字は洞天、蘇州呉県の人であった。

（5）これは嘉祐四年（一〇五九）の作である。以下に原文を挙げる。「江上値雪、效歐陽體、限不以鹽玉鶴鷺絮蝶飛舞之類爲比、仍不使皓白潔素等字、次子由韻」：「縮頸夜眠如凍龜、雪來惟有客先知。江邊曉起浩無際、樹杪風多寒更吹。青山有似少年子、一夕變盡滄浪髭。方知陽氣在流水、沙上盈尺江無澌。隨風顛倒紛不擇、下滿坑谷高陵危。江空野闊落不見、入戸但覺輕絲絲。沾裳細看巧刻鏤、豈有一一天工爲。霍然一揮遍九野、吁此權柄誰執持。世間苦樂知有幾、今我幸免沾膚肌。山夫只見壓樵擔、豈知帶酒飄歌兒。天王臨軒喜有麥、宰相獻壽嘉及時。凍吟書生筆欲折、夜織貧女寒無幃。高人著屐踏冷冽、飄拂巾帽眞仙姿。野僧斫路出門去、寒液滿鼻清淋漓。灑袍入袖濕靴底、亦有執板趨堦塀。舟中行客何所愛、願得獵騎當風披。草中咻咻有寒兔、孤隼下擊千夫馳。敲冰煮鹿最可樂、我雖不飲强倒卮。楚人自古好弋獵、誰能往者我欲隨。紛紜旋轉從滿面、馬上操筆爲賦之。」

（6）序文の原文は以下の通り。「元祐六年十一月一日、禱雨張龍公、得小雪、與客會飲聚星堂。忽憶歐陽文忠公作守時、雪中約客賦詩、禁體物語、於艱難中特出奇麗。爾來四十餘年、莫有繼者。僕以老門生繼公後、雖不足追配先生、而賓客之美、殆不減當時、公之二子、又適在郡、故輒舉前令、各賦一篇。」

（7）『晋書』巻四九、胡毋輔之伝に「胡毋輔之字彦國、泰山奉高人也。（略）與王澄、王敦、庾敳俱爲太尉王衍所昵、號曰四友。澄嘗與人書曰、彦國吐佳言如鋸木屑、霏霏不絶、誠爲後進領袖也」とある。

# 李観論――もう一人の夭折の才子

## はじめに

李観は韓愈と親しかった文章家として知られているが、従来その個性について論じられることはほとんど無かったように見受けられる。科挙及第後二年、わずか二十九歳の若さで病没したことが、その文学の大成をさまたげ、韓愈、柳宗元、李翺ら優れた文章家が輩出した中唐期の中で、その存在を目立たなくさせたという面があるのかもしれない。しかし残された作品を見ても、李観の個性は十分に窺えるのであり、韓愈が高く評価したのも友人故の褒辞だけではないと思われる。思えば韓愈の周りには、同じく隴西の李氏の出身で、それぞれ詩と文章とに分かれて異彩を放ち、そして同様に三十に満たずして死んだ夭折の才子がいたことになる。李賀の研究はすでに汗牛充棟であるが、李観もそれには及ばずとも、もう少し注目されて良い文章家であろう。本論ではその一歩として、李観の事跡及び文章の特徴について簡単に論じてみたい(1)。なお李観の詩は、『全唐詩』巻三一九に僅か四首が収録されているに過ぎない(2)。しかもそのうちの二首は貞元八年の試帖詩であり、当然ながら彼の個性は見出しがたい。それゆえ本論では、その文章のみを取り上げる。

## 事跡について

李観の伝記は『新唐書』巻二〇三「文藝傳下」の李華の伝に附載されている。しかしそこで「從子」と記されているのは誤りで、李華の近縁者ではない。李華の甥に同名の観という人物がいたことによる誤解であること、すでに岑仲勉氏が『唐集質疑』の「中唐四李觀」の條に論述される通りである。正しくは韓愈の「李元賓墓銘」(『昌黎先生集』巻二四)に據るべきで、そこには次のように記されている。(3)

李觀、字は元賓、其の先は隴西の人なり。始め来るに江の東よりし、年二十四にして進士に挙げられ、三年にして上第に登る。又た博学宏詞に挙げられ、太子校書を得て一年、年二十九にして京師に客死す。既にこれを斂して三日、友人の博陵の崔弘禮はこれを国の東門の外七里に葬り、郷は慶義と曰い、原は崇原と曰う。友人の韓愈は石に書して以てこれを誌し、辞して曰く、已ぬるかな元賓、寿なるものは吾其の慕う所を知らず、夭なるものは吾其の悪む所を知らず。生きて淑からざれば、孰《たれ》か其れ寿なりと謂う。死して朽ちざれば、孰かこれを夭なりと謂う。已ぬるかな元賓、才は当世に高く、而も行いは古人に出づ。已ぬるかな元賓、竟に何為ぞや、竟に何為ぞや。

墓誌銘ということもあり、ここには彼の事跡の詳細は記されていない。そこで、この墓誌銘を基本に、李観の文章に見える事柄、および友人達の詩文から窺える情報を組み合わせて、その事跡の概略を簡単に振り返ってみたい。彼は貞元十年(七九四)に二十九歳で卒しているので、生年は大暦元年(七六六)になる。その郡望は「隴西」の李氏であったが、「墓銘」に「始め来るに江の東よりし」とあり、また「膳部の陳員外に与うる書（與膳部陳員外書）」に「観は江湖の郷に長ず（觀長於江湖之鄕）」、「賈僕射に上る書（上賈僕射書）」（巻五三四）に「観は江東の一布衣なるのみ（觀江東一布衣耳）」などと言うように、生まれ育ったのは江南の地であった。「東還の賦」（巻五三二）には「我の家は江湄に逼りて海滋に臨む。其の地は則ち古より呉王夫差の十代の風有り（我之家兮、逼江湄而臨海澨。其地則古有吳王之夫差十代之風兮）」と記すので、家は蘇州に有ったと見られる。(4)また「右司の趙員外に与うる書（與右司趙員外書）」（巻五三三）に「十歳にて書を読み、十六にして文を能くす（十歲讀書、十六能文）」と言い、また「張宇侍御に与うる書（與張宇侍御書）」（巻五三三）には「観は年十有八にして、再び郷薦を忝くするも、身は未だ洛に入らず、家は猶お呉に寄す（觀年十有八、再忝鄕薦、身未入洛、家猶寄吳）」と言うように、早くから文章の才能を発揮していた。

そして「右司の趙員外に与うる書」では、先の箇所に続けて「ここに弱冠に及びて、頗る古今を覧、輒ち自ら量らず、謂《おも》うに以て天下の名を取るべしと。遂に去歳三月を以て、賓として咸陽に来たる（及茲弱冠、頗覽古今、輒不自量、謂以可取天下之名。遂以去歲三月、賓來咸陽）」と記しているので、二十一、二歳の頃（貞元二、三年）に上京したものと見られる。「墓銘」には「年二十四にして進士に挙げられ、三年にして上第に登る」と記されるが、これは実際に進士科を受験したことを指して言ったもので、二十四歳で上京したということではない。及第前の作である「東還の賦」に「歳の迴復すること、倏ちに五稔を歴るも一息の如きか（歲迴復兮、倏歷五稔如一息歟）」と言い、同様に「賈僕射に上る書」にも「長安に客遊すること五年、文藝を以て容るるを求むるも、而して特達の操、籍甚の名無ければ、固より当に以て王侯大人に干めて天下の事を言うべからざるなり（客遊長安五年、以文藝求容、而無特達之操、籍甚之名、固不當以干王侯大人言天下之事也）」と言うように、及第の五年ほど前にすでに上京していたのである。但し、上京してすぐに受験したかどうかは不明である。貞元七年の秋に弟の兌に送った「弟の兌に報ずる書（報弟兌書）」（巻五三三）に「六年の春、我は小宗伯に利あらず、初め誓いし心を以て徒らに還らず、乃ち京師の窮居にて読書し、文を著すこと日時を闕く無し。是の年の冬、復た小宗伯に見うに利あらず（六年春、我不利小宗伯、以初誓心不徒還、乃於京師窮居讀書、著文無闕日時。是年冬、復不利見小宗伯）」とあり、六年の春に下第したことはわかるが、それ以前の受験歴を示す資料は見つかっていない。なおここで、六年の冬にも下第したと言うのは、受験資格を得られなかったということであり、それは長安での解試を意味するものと思われる。遠方の地から上京した受験生は、故郷に戻って郷試を受ける手間を省くため、都で受験資格を得ようとする傾向が強かった。なお「弟の兌に報ずる書」には続けて、七年の春に援助を求めて長安西方の節度使を訪ねたことが記されている。その「邠寧慶三州節度饗軍記」（巻五三四）は、この時に邠寧節度使の張獻甫のもとを訪ねて作られた文章であり、その幕下に居た族兄の李益から囑されて書いたものである。

科挙の及第は貞元八年であり、韓愈らと同年である。この年の科挙は俊才揃いで「龍虎榜」と呼ばれたという。知貢挙の陸贄に贈った「陸相公に上る書（上陸相公書）」（巻五三三）(5)に「即ち帰還して、庭闈に供養せんと思うも、俯仰して淹留し、復た時を逾ゆるを以て、乃ち選科に応ず。自ら計量《はか》らざるに、幸いにも衣褐を去りて吏と為るは、公において益ます用て感遇の窮まり無きなり（卽思歸還、供養庭闈、俯仰淹留、復以逾時、乃應選科。不自計量、幸去衣褐爲吏、於公益用感遇之無窮也）」と言うので、この年続けて博学宏詞科を受験し、及第したことがわかる。(6)及第後に江南に帰省したが、その後のことはよく分からない。太子校書に任じられた正確な時期も明らかではない。及第後の事跡と認められるのは、韓愈の「硯を瘞むる銘（瘞硯銘）」（『昌黎先生集』巻三六）に見える「褒谷を行くに、役者の劉胤は誤ちてこれを地に墜とし、毀てり。乃ち匣にして帰り京師の里中に埋む（行于褒谷、役者劉胤誤墜之地、毀焉。乃匣歸埋于京師里中）」という出来事だが、その時期は分からない。梁州へ赴いたものと思われるが、その理由も明らかではない。また九年の冬には、蘇州から常州を通って都に帰ったことが分かっている。「浙西觀察判官廳壁記」（巻五三四）は蘇州で刺史の李士擧の命を受けて書かれたものだが、その末尾に「九年十一月十四日記す」とあり、また「常州軍事判官廳壁記」（巻五三四）には「九年冬、…是年の十一月、某は京師に赴くに、蘇州より常州に至る（九年冬、…是年十一月、某赴京師、自蘇州至常州）」と記されている。ただこれも、帰省であったのか、何らかの公務によるものだったのか、詳しい事情は分からない。そして、十年の春に病に臥し、都で亡くなった。韓愈に「重雲一首　李觀疾みてこれに贈る（重雲一首李觀疾贈之）」詩（『昌黎先生集』巻一）が有り、その冒頭に「天行　其の度を失い、陰気来りて陽を干す。重雲　白日を閉ざし、炎燠　寒涼と成る（天行失其度、陰氣來干陽。重雲閉白日、炎燠成寒涼）」と詠うのが、『新唐書』巻三四「五行志」一「常雨」の條の「（貞元）十年春、雨ふり、閏四月に至るまで、間に止むことは一二日に過ぎず（十年春、雨、至閏四月、間止不過一二日）」との記述と合致すると、顧嗣立の注に指摘する。

交友の面では、墓誌銘を書いた韓愈、葬儀を執り行った崔弘禮、および孟郊と親しかった。韓愈の「北極一首李觀に贈る」詩（『昌黎先生集』巻二）に「我は年二十五、友を求むるも其の人に昧し。哀歌す　西京の市、乃ち夫子と親しめり（我年二十五、求友昧其人。哀歌西京市、乃與夫子親）」と詠うのに拠れば、彼が「二十五」歳、すなわち貞元八年に二人は知り合ったことになるが、実際のところは分からない。李觀には、韓愈の兄である韓弇を悼んだ「韓弇の胡中に没するを弔う文（弔韓弇沒胡中文）」（巻五三五）が有り、これは貞元七年冬に兵部侍郎であった陸贄に行巻として献じられた十篇の文章の中に含まれている（おそらく五年秋の作）。この文章が韓弇との縁故で書かれたのか、それとも韓愈との関係で書かれたのかが明らかでないからである。韓愈も貞元年間の初年に上京しており、三度の落第を経験しているので、その間に知り合う可能性はあり得たと思われる。また孟郊とも、貞元八年の科挙（孟郊は落第）以前に、すでに知り合っていたと見られる。(7)

## 文章について

彼の文章に對する評価は、唐代では概して高かった。韓愈が「孟東野を送る序」（『昌黎先生集』巻一九）の中で、「唐の天下を有つや、陳子昂、蘇源明、元結、李白、杜甫、李觀、皆な其の能くする所を以て鳴る」と、李白、杜甫らに並べるのを始め、文章家として知られる李翱も、「陸傪に与うる書」（『全唐文』巻六三五）で揚雄に匹敵すると評価している。文集を纏めた陸希聲も、その序文で(8)「貞元中、天子は文を以て天下を化し、天下は翕然として文を興す。文の尤も高き者は、李元賓觀、韓退之愈なり。始め元賓の進士に挙げらるるや、其の文は退之の右に居ると称さる。元賓の死するに及んで、退之の文は日びに益ます高し。今文章を言うに、元賓は反って退之の下に出づ。論ずる者は、元賓は早世して、其の文未だ極めず、退之は老いを窮めて休《や》まざるを以て、故に能く卒に其の名を擅にす、と。予は以為らく然らずと、これを要するに得る所同じからざれば、以て相上下すべからず。何となれば、文は理を以て本と為し、而して辞質は尚ぶ所に在り。元賓は辞を尚ぶ、故に辞は其の理に勝る。退之は質を尚ぶ、故に理は其の辞に勝る。退之は老いを窮めて休まざると雖も、終に元賓の辞を為すこと能わず。仮《も》し元賓をして退之の死に後らしむるも、亦た退之の質に及ぶ能わず。此れ相高くする能わざる所以なり。夫れ文は唐虞に興り、而して周漢に隆んなり。明帝より後、文体は寖く弱まり、以て魏晉宋齊梁陳隋に至り、嫣然華媚にして復た筋骨無し。唐興るも猶お隋の故態を襲い、天后朝に至りて、陳伯玉始めて古制を復す。当世これを高しとするも、博雅典実と雖も、猶お未だ全て諧靡を去る能わず。退之に至りて乃ち大いに流弊を革め、落落として老成の風有り。而るに元賓は則ち古ならず今ならず、卓然として自ら一体を作す。激揚発越、絲竹中に金石の声有るが若く、毎篇意を得る処は、健馬の御に在りて、蹀躞として止む能わざるが如し。其の長ずる所此くの如ければ、これを雄文と謂わざるを得んや」と言い、韓愈と異なる個性を有して並び立つ存在であると評価している。

しかし、その後は韓愈の影に隠れてしまい、ほとんど論評の対象になっていない。清の王士禛に至っては「唐李観の『元賓文集』五巻、附詩四篇、郊天頌に始まり、邠寧節度饗軍記に終わる、凡そ雑文五十篇なり。…予謂えらく元賓の退之を視るは、跛鼈の騏驥を追わんと欲するが如く、未だ道里を以て計るべからざるなり[9]」と、韓愈には遠く及ばない存在と酷評している。また四庫提要では、「觀と韓愈、歐陽詹とは同年たり、蓋し古文を以て相砥礪す。其の後愈の文は、百世に雄視し、而して二人の集は、寥寥として僅かに存するのみ。…今其の文を観れば、大抵は琱琢艱深にして、或いは格格として自ら其の意を達する能わず。殆んど劉蛻、孫樵と同じく一格たりて、而も鎔錬の功は或いは及ばず。則ち不幸にして蚤に凋み、未だ其の業を卒えざるが故なり。然らば則ち当時の論は、以て蛻樵に較ぶるは則ち可なれども、以て愈に較ぶれば則ち及ばず」と韓愈に及ばないと断じつつも、「顧うに章を琱り句を絵くの時に当たり、方に競うに駢偶を以て工巧を闘わすに、觀は乃ち古文に従事して、以て愈と相左右す。造《いた》る所は愈に及ばずと雖も、固より余子の及ぶ所にあらず[10]」と、より公平な見解を述べている。

同時代の古文家であるから、韓愈と比較した議論が多いのはやむを得ないのだろうが、早世した李観と、寿命を保って文壇の雄となった韓愈とを単純に比較することはできない。優劣の議論には意義が有ると思えないので、ここでは李觀の文章で注目される点を取り上げておきたい。[11]それは、睦州還淳縣の丞であった朱利見の処遇をめぐって、管轄する地方官に何篇もの文章を献じているように、[12]士の身分にかかわる問題を論じた作品が多いことである。一般に有力者に友人を推薦したり、その処遇の改善を求める書状は珍しくなく、処士の身で刺史に献策をする例も見られるが、李觀の場合は、安史の乱後の社会変革の波が地方にもたらした矛盾や軋轢を背景として、士の身分の保護に関して積極的に発言しているのである。それはまた、同じ士人である地方官が、任地の処士たちをどう処遇するべきかという論点ともかかわっており、当時の士人の意識のあり方として興味深い問題である。

ここでは、「李圖南に代わりて蘇州の韋使君に上り戴察を論ずる書（代李圖南上蘇州韋使君論戴察書）」（巻五三三）を取り上げたい。これは王士禛が「李元賓の集に人に代わりて韋蘇州に上る書二篇有り、韋の褊急躁露なるを刺り、殊に其の人となりに類せず」と指摘する文章でもある。[13]確かに、刺史の治績を讃えられる韋應物の意外な一面を窺わせる資料としても注目されるだろうが、ここでは士の処遇に対する議論という側面に着目し、あわせて「辞を尚び、故に辞は其の理に勝る」と評された李觀の文章の特徴を考えてみたい。なお韋應物が蘇州刺史であったのは貞元四年から六年と見られているので、[14]李觀が進士に及第する前の作品ということになる。

李圖南については詳しい事跡が分からないが、韓愈に「李秀才に答うる書」（『昌黎先生集』巻一六）が有り、[15]この「李秀才」がその人であるらしい。テキストによっては、題下注に「師錫」または「圖南」と記してあるという。文中にも「故友の李觀元賓は十年の前に愈に呉中に別れし故人の詩六章を示すに、其の首章は則ち吾子なり、盛んに称引する所有り。（中略）今は辱けなくも書及び文章を恵まる。其の姓名を観るに、元賓の声容は怳《きょう》として相接するが若く、其の文辞を読めば、元賓の人を知り、交道の汚れざるを見る。甚しきかな、子の心は吾が元賓に似たる有り。（下略）」と記して、李觀との関係の深さを示している。また戴察も詳しい事跡は不明だが、李観の「房武支使に与うる書」（巻五三三）に「側見すれば昨ごろ、此の州の挙人陳昌言、朱公薦、戴察は、並びに才を以て送を獲うるも、而れども往くを果さずと（側見昨者、此州擧人陳昌言、朱公薦、戴察、竝以才獲送、而不果往）」と名が見え、蘇州から挙人として推薦されたことのある人物であったことが分かる。内容を検討するためには、文章全体を掲げるべきだが、長いので、論旨を追いながら、必要と思われる箇所を抜粋して取り上げることとしたい。(16)

窮居の布衣李圖南は腹心の事有りて、書を郎中閣下に上る。圖南聞く、書は舒なり、憤りの人の心に蓄うる所を舒べ、禍福の萌しを一言に繫ぐと。郎中は止水の鑑あり、秋毫も私せず、川の東に注ぐに細流を譲らざるが如し。圖南の身を殺すの誡は、此を去りて誰にか告げん。是こを用て蓍亀に端《よ》りて吉日を考え牘を執事に進む。尚ぶ所は拙実にして遊詞を張らず、郎中は為にこれを三復せよ。

冒頭の挨拶であるが、一種の諫書であるので、堂々と論じようとする姿勢が感じられる。「書は舒なり」は『文心雕龍』「書記」篇に見える。また「三復」は、本来は自分が何度も読むことに用いるが、ここは相手に念入りに読んで欲しいと求めるのだろう。続いて「戴察を論ず」という本題に入る。

圖南の同学の生、戴察字は彦衷、年は二十二、蘇州の人なり。而るに蘇州の税の籍を司る者に、これを目して以て僑戸と為す有り。異なるかな、書剣の子にして農賈と同貫なるとは、豈に当日明吏を闕きて以て是こに至るに非ざるか。

まず問題の所在を明確にしている。徳宗朝で施行された両税法は、その対象となる戸数や等第を定めるまでに様々な混乱が生じていたが、ともかく士人でありながら徴税の対象者とされたことで、寒士の戴察は非常に苦しい立場に置かれる。以下にその困窮の様子を述べた後、韋應物の着任によって、誰しも事態の好転を期待し、戴察も再審を求めたことを言う。

爾の時彦衷は、乃ち人に冠履を借り、人の剣帯を佩び、時に麾下に歩みて、区区たる心を啓き、書して其の戸を訟し、ために降殺せんことを祈る。若何ぞ執事は以て不切の務と為し、棄てて顧みる莫く、再び状を投ずるに及んで、状の投ずる所無しとは。彦衷は亦た圖南に謂いて曰く、我の他年に言わずして今言うは、韋公の天下の人望を負い、当に左驂を解くの分有るべきを以てなり。豈に絳灌の列に同じからんや。図らざりき羝羊の藩に触るるが如く、進卻斯こに咎められんとは。乃ち高歎して曰く、清源の瀾を増す無ければ、安んぞ呑舟を運ぶを得んやと。歎声の未だ已まざるに、涙も亦た随い注ぎ、侍者は色を改め、浮雲は為に陰る。因りて沈疴を成すこと月に余日有り。老親は側に在りて、竟夕寐ねず、一飲一食も、皆これを隣に求む。嚢ぐに束楚無く、室は罄を懸くるが若し。

「左驂を解く」は晏子が越石父を贖った故事（『史記』「管晏列伝」）、「絳灌の列」も『史記』「淮陰侯傳」に見え、韋應物が並みの刺史ではないと言うのだろう。「羝羊藩に觸る」は易「大壮」の上六の卦辭に「羝羊藩に觸れ、退く能わず、遂ぐる能わず」とあり、また「清源の瀾を増す無ければ、安んぞ呑舟を運ぶを得んや」は、郭璞「遊仙詩」（『文選』巻二一に収載される七首の其の五）の句で、李善は「以て塵俗の仙者を容るるに足らざるに喩う」と注する。

案に相違して訴えが認められなかっただけでなく、戴察はこの後胥吏から厳しい税の取り立てを受けることになる。李圖南が偶々見舞いに訪れた折の経験が、以下に生々しく述べられるのだが、そこでは里胥の強引な取り立てのために、大切な書物や琴を売り払わされただけでなく、暴言も浴びせられるという屈辱的な様子が描かれている。それは取りも直さず刺史の治政の質を問う事柄であった。自ら目撃したことで、李圖南にとっても屈辱であったことを言い、この文章の要点となる纏めの部分に移る。

圖南聞く、亀玉の櫝中に毀てるは、守る者の過ちなりと。而して彦衷其の所を獲ざれば、郎中は何を以てか人を理むるを為さんや。彦衷は乾乾の子にして、章句に精意あり、此の土の儒輩は其の先に居る無し。毎秋の郷送には、皆賓首と為り、温良敬簡なるは、殊に紀すべき有り。郎中は命世の傑なれば、天に合して才を縦にし、明眸は微を燭《て》らし、剛略は猜を定め、刑賞の下には、万に一乖も無し。寧ぞ一彦衷をして肝脳を地に布き、悲しみの階《よ》る所を知らざらしむるか。圖南聞く、士は己を知るものの為に死し、且つ忘れずと。是こを用て左右を感激せしめ、手を執事に仮《か》し、彦衷の役を免れしむれば、螻蟻の望みは則ちこれに決せり。昔魏絳は薄か言いて、晋侯はこれが為に過ちと称し、李斯は辨を肆にして、秦帝はこれが為に客を復し、鄭僑は誚りを致して、范匄はこれが為に幣を軽くし、江淹は筆を投げて、建平はこれが為に席を側にするは、斯れ皆咫尺の素、以て相寤らしむるなり。今圖南の此の書も、亦た郎中に成績有るを望むなり、郎中の空しく寒暄するを願わざるなり。圖南の書をして事に実無く、言に妄を挟ましめば、則ち立《ただ》ちに匕首に伏し、甘棠の間、以て深責を塞がん。彦衷も亦た咎むる無きを獲れば、郎中は愼みて恥ずる勿れ。葑菲の旨は、克く瞻聴を動かして其の言を損するも、これがために行わざるなり。謹んで隷人をして書を捧げて跪献せしめ、圖南は伏して咳唾を俟たん、不宣。圖南再拝。

「圖南聞く」が二回繰り返されているが、前は戴察に適切な処置が下されること、後はこの書が受け入れられることを願う趣旨から、古人の言が引用されている。前者は『論語』「季氏」篇に見えるが、そこでは「亀玉の櫝中に毀てるは、是れ誰の過ちなるか」とあり、集解には「豈に典守の過ちに非ざるか」という馬融の注を引いている。後者は『史記』「刺客傳」の豫讓の言（但し「且不忘」の三字は無い）に基づく。また後半部の「魏絳」以下は、四六の形式で典故を並べており、古文らしからぬ印象があるが、これは「辞を尚ぶ」と評される李觀の個性の表れであろう。なお魏絳の故事は『春秋左氏傳』襄公三年の條、李斯の故事は『史記』「李斯傳」、鄭僑の故事は『左氏傳』襄公二四年の條にそれぞれ見え、江淹の故事もそのままではないが、建平王が江淹の上書を見て、彼を獄中から出したという話が『梁書』「江淹傳」に見える。いずれも上書が聞き届けられた故事であり、韋應物にも同様の処置を望むのであるが、「郎中に成績有るを望むなり、郎中の空しく寒暄するを願わざるなり」との言は相当に激しい。後の「彦衷も亦た咎むる無きを獲れば、郎中は愼みて恥ずる勿れ」という箇所同様、刺史の韋應物に遠慮するところがない。これは諫書であり、士として対等の立場で善処を求めるという意識が明瞭に感じ取れる。朱利見や彝について善処を求める上書とは、この点で若干印象が異なるが、それは友人を侮辱された李圖南の怒りを反映させているからかもしれない。

## 小　結

州の刺史であり、著名な詩人でもあった韋應物に対しても、同じ士大夫として、遠慮無く自らの主張を述べている。それを厚顔と見るよりも、むしろ官僚として時代を担う士人の意識が現れていることに着目すべきだろう。(17)

身分について敏感に反応しているのも、士人層の役割を自覚すればこそ、譲れない問題と判断したからではないか。管見の範囲ではあるが、こうした上書は従来あまり見られなかったように思う。また、李覯は進士及第以前の若者でありながら、周囲の人々から自分たちの代弁者として期待されていたことが窺える。これは、彼の文章が高く評価されていたからだろう。そして、こうした社会の新しい問題点を論ずるのにふさわしい文体として、また従来の規範にとらわれない、新しい考え方を表す道具として、古文を用い、工夫したのだと思われる。その意味では、主題はまったく異なるが、「圬者王承福傳」「宋清傳」「種樹郭橐駝傳」など、庶人を取り上げた韓愈、柳宗元の伝記、あるいは一部の伝奇小説とも一脈通じ合い、古文を新しい題材に対応させ、時代にふさわしい文体として活用する、その動きの一翼を担ったと言えるのではなかろうか。なお、後述するように北宋の蘇舜欽も古文を用いて皇帝への上疏、宰臣への意見書を書いており、忌憚のない批判を述べ、自らの意見を開陳している。李覯の上書のあり方、そこに籠められた士人の精神は、後代にも受け継がれていったと考えて良いのではないか。

韓愈の文章と比べれば、陸希聲の言うように、李覯の方がより装飾的である。そして対句を多用し、事例をたみかける手法は、説得的であるかもしれないが、言葉を費やし過ぎる嫌いも否めない。韓愈の文章では、こうした手法はあまり用いられておらず、論旨もより簡潔である。このあたりに、李覯の文章が古文としてなお過渡的であると判断される要因があるだろう。ただ、韓愈も李覯の文章に学ぶ面が有ったはずで、古文が確立される流れの中で李覯を正当に位置づける必要がある。本論はその一歩とするものである。

注

（1）李觀の文章は、唐末の陸希聲が纏めた『李元賓文編』三巻によって伝えられ、外編二巻とともに四庫全書に収められている。但し欠落が見られ、収録される作品も四二篇（他に題名のみが一篇）に止まる。一方『全唐文』（巻五三二～五三五）には、文体毎に編次して合計五一篇の作品が収載されている。そこで本論では『全唐文』を底本としてその巻数を附記し、『李元賓文編』を適宜参照して作品の検討を行った。

（2）『全唐詩補編』巻一七には顔眞卿らの「竹山連句潘氏の書堂に題す（竹山連句題潘氏書堂）」を収め、その参加者として李觀の名が見えるが、時期から見て、これは別人の可能性が高い。

（3）原文は以下の通り。「李觀字元賓、其先隴西人也。始來自江之東、年二十四擧進士、三年登上第。又擧博學宏詞、得太子校書一年、年二十九客死于京師。既歛之三日、友人博陵崔弘禮葬之于國東門外七里、鄕曰慶義、原曰崇原。友人韓愈書石以誌之、辭曰、已虖元賓、壽也者吾不知其所慕、夭也者吾不知其所惡。生而不淑、孰謂其壽。死而不朽、孰謂之夭。已虖元賓、才高乎當世、而行出乎古人。已虖元賓、竟何爲哉、竟何爲哉。」

なお周紹良主編『唐代墓誌彙編』（上下、上海古籍出版社、一九九二）の「殘誌〇〇八」（下冊二五四三頁）には、この墓誌を「巨唐の故との太子校書前進士李君の墓銘（巨唐故太子校書前進士李君墓銘）」の題で収めており（周紹良氏所蔵拓本に拠る）、文字にも若干の異同がある。とくに卒年を「三十九」と記すのは大きな違いだが、「三」は「二」の誤りであろう。なお『昌黎先生集』には「按ずるに、今石刻の首に題して韓愈撰し、段季展書すと云う。其の後に題して、十一年十二月建立すと云う（按、今石刻首題云、韓愈撰、段季展書。其後題云、十一年十二月建立）」との蔣之翹の注記がある。恐らく周氏所蔵の拓本ではその部分が失われていたので、「貞元」の項に入れずに「殘誌」の扱いにしたのだろうが、些か疑問の残る処置である。

（4）「張宇侍御に與うる書（與張宇侍御書）」（巻五三二）には、「觀は還淳に遁跡し、向歴数歳は、蓬戸に卻掃す。親の側に侍り、其の志は未だ果さず、躬を屈して増修す（觀於還淳遁跡、向歷數歲、蓬戶卻掃。侍親之側、其志未果、屈躬增修）」とも言っており、また後に示すように、睦州還淳縣の丞であった朱利見を擁護する文章を書いていることから、その地に実家が有った可能性もある。

（5）陸贄はこの年の四月に中書侍郎、同中書門下平章事に昇進しており（『舊唐書』德宗紀下）、この書はそれ以降の作である。

（6）『唐詩紀事』巻四〇「陸復禮」の條にも「貞元八年、宏詞に中和節に詔して公卿に尺を賜う詩を試みて云う、…。是の歳復禮は第一人たり、李觀、裴度これに次ぐ（貞元八年、宏詞試中和節詔賜公卿尺詩云、…。是歳復禮第一人、李觀、裴度次之）」と見える。また李觀の作である「中和節に詔して公卿に尺を賜う」詩が残っている。

なお、「陸相公に上る書」の冒頭には「伏して思えらく、不肖の身の大賢の門下より出づるは、其れ幸いと為《おも》えり、敢えて忘れざるなり。今は東に還りて親を拝せんとせば、即ち以て執事に起居するを得ず、将た何を以てか大賢小人の邈たるの間に申さん、乃ち其の慺慺恋恋の心を致すなり（伏思、不肖之身出自大賢門下、其爲幸也、不敢忘也。今者東還拜親、卽不得以起居執事者、將何以申大賢小人邈矣之間、乃致其慺慺戀戀之心也）」とも言っており、江南に帰省する前に贈った手紙であったこともわかる。また友人の孟郊と崔弘禮を、科挙の同考官であった梁肅に推薦した「梁補闕に上りて孟郊崔弘禮を薦む書（上梁補闕薦孟郊崔弘禮書）」（巻五三四）も、この時期の作である。

（7）孟郊との交流については拙著『孟郊研究』（汲古書院、二〇〇八）第一章「事跡の検討」第四節「韓愈らとの交流」一「韓愈と李觀」の條を参照されたい。

（8）陸希聲の序文は大順元年（八九〇）十月の作で、「唐の太子校書李觀の文集の序（唐太子校書李觀文集序）」として『唐文粹』巻九三、『全唐文』巻八一三にも収められる。引用部分の原文は以下の通り。「貞元中、天子以文化天下、天下翕然興於文。文之尤高者、李元賓觀、韓退之愈。始元賓擧進士、其文稱居退之之右。及元賓死、退之之文日益高。今之言文章、元賓反出退之之下。論者、以元賓早世、其文未極、退之窮老不休、故能卒擅其名。予以爲不然。要之、所得不同、不可以相上下。何者、文以理爲本、而辭質在所尚。元賓尚於辭、故辭勝其理。退之尚於質、故理勝其辭。退之雖窮老不休、終不能爲元賓之辭。假使元賓後退之之死、亦不能及退之之質。此所以不能相高也。夫文興於唐虞、而隆於周漢。自明帝後、文體寖弱、以至於魏晉宋齊梁陳隋、嫣然華媚無復筋骨。唐興猶襲隋故態、至天后朝、陳伯玉始復古制。當世高之、雖博雅典實、猶未能全去諧靡。至退之乃大革流弊、落落有老成之風。而元賓則不古不今、卓然自作一體。激揚發越、若絲竹中有金石聲、每篇得意處、如健馬在御、蹀躞不能止。其所長如此、得不謂之雄文哉。」

（9）『池北偶談』巻一六「談藝六」「李元賓集」の條。後述する部分もあるので、原文をすべて示す。「唐李觀元賓文集五巻、附詩四篇、始郊天頌、終邠寧節度饗軍記、凡雜文五十篇。諸碑銘亦有奇處。至與孟簡吏部、奚員外諸書、粗率

叫呶、如醉人使酒罵坐。蓋唐中葉已後、江湖布衣、挾行巻干薦紳、延接稍遲、贈遺稍薄、則謗讟隨之、浸以成習、觀諸書可見。編首有陸希聲序謂、始元賓擧進士、其文稱居退之右。元賓早世、其文未極、退之窮老不休、故能卒擅其名。又云元賓尙於辭、故辭勝其質。退之尙於質、故質勝其辭。予謂元賓視退之、如跛鼈欲追騏驥、未可以道里計也。」

(10)『四庫全書總目提要』巻一五〇、集部・別集類三「李元賓文編三巻外編二巻」の條。当該部分の原文を以下に示す。「觀與韓愈歐陽詹爲同年、蓋以古文相砥礪。其後愈文雄視百世、而二人之集、寥寥僅存。…今觀其文、大抵琱琢艱深、或格格不能自達其意。殆與劉蛻孫樵同爲一格、而鎔鍊之功或不及。則不幸蚤凋、未卒其業之故也。然則當時之論、以較蛻樵則可、以較於愈則不及。…顧當琱章繪句之時、方競以駢偶鬬工巧、而觀乃從事古文、以與愈相左右。雖所造不及愈、固非餘子所及。」

(11)『文苑英華』には十二篇の文章と二篇の詩が収められている。本来は、それらの作品を中心に取り上げて検討すべきだろうが、本論では彼の考え方がより鮮明に現れた特徴的な作品に着目することにしたい。

(12)「睦州の糾曹王仲連に貽る書(貽睦州糾曹王仲連書)」(巻五三二)「睦州の獨孤使君に与えて朱利見を論ずる書(与睦州獨孤使君論朱利見書)」(巻五三二)「張宇侍御に与うる書」(同)の三篇。具体的な事情は十分には分からないが、「張宇侍御に与うる書」に「竊かに見るに渝濫の官に注せらるる有り、朱利見は前に此の邑の丞に任ぜらるるに、腐儒孤官の、纔かに三命を受くるや、無頼なる令史は、前に名銜を削除し、其の冠冕を裂きて、其の禄利を奪う。家を亡くして既に久しく、食を求むるに所無ければ、累卵より危うく、倒懸より急なり。如何ぞ聖朝に厥の濫罸有らんとは、一たび此を念う毎に、悲涕交ごも注ぐ(竊見有被注渝濫官、朱利見前任此邑丞、腐儒孤官、纔受三命、無頼令史、前削除名銜、裂其冠冕、奪其祿利。亡家既久、求食無所、危於累卵、急於倒懸。如何聖朝有厥濫罸、每一念此、悲涕交注)」と言うことから見れば、定員を超えて後から任命された者のために、無実の罪で身分を剝奪され、郷里に帰ることもできず困窮していたらしい。なお、安史の乱後、地方官の選任において不正や混乱が頻発していたことは、『唐會要』巻七四「論選事」の條に収める、貞元四年八月の吏部の奏上などからも窺える。

(13)『池北偶談』巻一九「談藝九」「韋蘇州」の條。「李元賓集有代人上韋蘇州書二篇、刺韋褊急躁露、殊不類其爲人。今錄於左」とあって、「彝に代わりて蘇州の韋使君に上る書(代彝上蘇州韋使君書)」(巻五三二)を挙げ、さらに

「又代李圖南上蘇州韋使君論戴察書、文多不具錄」と記す。なお「代彝上蘇州韋使君書」の「彝」は、姓が落ちたものと思われる。代筆の原稿なので、こうした形で残っていたのだろう。これも詳しい事情は明瞭ではないが、韋應物に何らかの援助を求めに行き、禁令に触れて罪に落とされたものらしい。謝罪して放免を願う内容である。

(14) 傅璇琮「韋應物繫年考證」(『唐代詩人叢考』所収)に拠る。

(15) 韓愈「答李秀才書」の原文は以下の通り。「愈白。故友李觀元賓十年之前示愈別吳中故人詩六章、其首章則吾子也、盛有所稱引。元賓行峻潔清、其中狹隘不能苞容、於尋常人不肯苟有論說。因究其所以、於是知吾子非庸衆人。時吾子在吳中、其後愈出在外、無因緣相見。元賓既沒、其文益可貴重。思元賓而不見、見元賓之所與者則如元賓焉。今者辱惠書及文章、觀其姓名、元賓之聲容怳若相接。讀其文辭、見元賓之知人、交道之不汚。甚矣、子之心有似於吾元賓也。子之言以愈所爲不違孔子、不以琢雕爲工、將相從於此。愈敢自愛其道而以辭讓爲事乎。然愈之所志於古者、不惟其辭之好、好其道焉爾。讀吾子之辭而得其所用心、將復有深於是者與吾子樂之、況其外之文乎。愈頓首」

(16) 「代李圖南上蘇州韋使君論戴察書」の原文(全文)は以下の通り。「月日。窮居布衣李圖南有腹心事、上書郎中閣下。圖南聞、書者舒也、舒所憤蓄於人之心、禍福之萌繫乎一言。郎中止水之鑑、不私秋毫、如川注東不讓細流。圖南殺身之誠、去此誰告。是用端蓍龜考吉日、進牘於執事。所尚拙實不張游詞、郎中爲三復焉。圖南同學之生、戴察字彦衷、年二十二、蘇州人也。而有蘇州之稅司籍者、目之以爲僑戶。異哉、書劍之子而與農賈同貫、豈非當日闕明吏以至於是乎。其人固窮自立、家業無一。老父垂白、處妹未字、湫底之巷、蓬茨蔽身、弊衣糲食、丐貸取給。累年徭賦、非出諸己、卽日數口、憂擠溝壑。重以官迫、不聊有生。郎中侯服玉膳、信有如是事者否。郎中之始至也、謀以息民。布令曰、矜老疾、活艱困、凡在庶物、令趣其本。於是鄉計之而白於縣、縣審之而上於郡。執事視之而疾首曰、罔有不允、乃條其年稅差與蠲放、禺禺延頸、情有所向。爾時彦衷、乃借人冠履、佩人劍帶、時步麾下、啓區區心、書訟其戶、祈與降殺。若何執事以爲不切之務、棄而莫顧、及再投狀、狀無所投矣。彦衷亦謂圖南曰、我他年不言而今言者、以韋公負天下人望、當有解左驂之分也。豈同絳灌之列哉。不圖如羝羊觸藩、進卻斯咎。乃高歎曰、清源無增瀾、安得運呑舟。歎聲未已、涙亦隨注、侍者改色、浮雲爲陰。因成沈痾月有餘日。老親在側、竟夕不寐、一飲一食、皆求諸鄰。爨無束楚、室若懸罄。圖南昨就相省、杖而能起。神緒凄黯、絕無話言。立未俄頃、見有衣黃衣者、排闥直入口、稱里胥。罵彦衷曰、兩税方斂、何獨不納。刺史縣令公知是誰、俾予肌膚代爾擔責。嚄嚄叫怒、不容少安。彦衷回惶若狂、計靡從所。其父諭之曰、取爾常讀之書、常撫之琴、質於東西家南北家、以其所資將以奉之。無令來客貽我之戚。彦衷唯唯。乃獲上繒而與之。及將去也、仍誡之曰、後所欠者、必搤公喉唾雪而取辦於時。蠶妾牧豎、知爲之辱、況圖南六尺之士乎。圖南聞、龜玉毀櫝中、守者之過也。而彦衷不獲其所、郎中何以爲理人哉。彦衷乾乾之子、章句精意、此士儒輩、無居其先。毎秋鄉送、皆爲賓首、溫良敬簡、殊有可紀。郎中命世之傑、合天縱才、明眸燭微、剛畧定猜、刑賞之下、萬無一乖。寧令一彦衷肝腦布地、不知所階悲哉。圖南聞、士爲知己死、且不忘。是用感激於左右、假手於執事、兎彦衷之役、螻蟻之望則決之矣。昔魏絳薄言、晉侯爲之稱過、李斯肆辨、秦帝爲之復客、鄭僑致誚、范匄爲之輕幣、江淹投筆、建平爲之側席、斯皆咫尺素也、以相寤也。今圖南此書、亦望郎中有成績也、不願郎中空寒暄也。使圖南書事無實、言挾於妄、則立伏匕首、甘棠之間、以塞深責。彦衷亦獲無咎、郎中愼勿恥。葑菲之旨、克動瞻聽而損其言、不爲之行也。謹遣隸人捧書跪獻、圖南伏俟咳唾、不宣。圖南再拜。」

（17）注（9）に引いた『池北偶談』巻一六「李元賓集」の條では、「吏部奚員外に与うる書」（巻五三二）「先輩孟簡に貽る書」（巻五三二）を挙げて「蓋し唐の中葉已後、江湖の布衣は、行巻を挟んで薦紳に干め、延接稍や遅れ、贈遺稍や薄ければ、則ち誘讟これに随うこと、浸く以て習いと成るは、観の諸書に見るべし」と言っている。確かにそういう一面もあるだろうが、やはりそこに士人としての権利と任務の自覚があると見るべきだろう。先輩が後輩を引き立てるべきという考え方は古くからあるけれども、この時期にはその意識が明瞭に現れているように思う。また社会正義の実現を求める、あるいは少なくともそれを期待する発言も、少なくないように感じられる。寒渋と評される孟郊の詩にもそうした一面があり、また士人社会の側にも、彼らの訴えを許容する受け止め方があったように見える。それは士人が官僚として活躍する可能性が見えた、中唐後期の一つの特徴でもあると思う。

# 白居易「中和節の頌」について

## はじめに

白居易の文章については、翰林学士、中書舍人として書いた多くの制勅、あるいは元稹への手紙、また友人や身内の死を悼む祭文や墓誌銘などが注目され、すでに数多くの研究成果が発表されている。彼の平生の考え方やその文学に関わる発言を見るためには、「元九に与うる書」（『白氏文集』巻四五）などの作品が重要な意義を持つことは言うまでもない。しかし文学全体を考える上では、個々にどのような作品が書かれており、それらが当時において、また文学史的に見て、どのような位置を占めているのかを検証し、積み上げる作業が必要だろう。そしてその際には、内容にさほど見るべきものが無いと思われる作品であっても、丹念に取り上げる努力が求められると思う。そこに白居易の個性を考えるヒントが隠れているかもしれないからである。このような認識から白居易の「中和節の頌　幷びに序」（同巻四六）を取り上げ、内容および制作の趣旨を検討するとともに、頌という様式の発展の中に占めるこの作品の意義をも考えてみたい。

## 「中和節の頌」の検討

「中和節の頌　并びに序」は、その序の末尾に「賤臣居易は文明の化に濡い、賓貢の列に就くを忝くすれば、輒ち敢えて盛徳を美で、成功を頌して、中和の頌一章を献じて、唐雅の末に附せんとす」と言うことから、貞元十五年（七九九）に宣州から貢士として推挙され、長安に出た折の作品と判断される。白居易は翌年二月十四日に中書舎人高郢のもとで第四人で進士に合格しており、「賓貢の列に就」いたのはこの時だけであった。

作品の検討に入る前に、主題となっている中和節について簡単に見ておきたい。中和節は、徳宗が貞元五年正月に詔を出して、正月晦日の節を改め、二月一日を中和節とすると定めたもので、万物が生育する時期に豊作を祈る節日であった(1)。農書を献上させたり、また刀尺を賜るなど、主として農業の振興に関わる行事が行われた。この時期に新しく節日を設けたのは、朱泚の乱を収めた後で、ようやく小康を得たという思いが徳宗に有ったからではないか。唐室の安定を願い、農業の振興に努めようとしたのだろう。そして、貞元八年の博学宏詞科に「中和節に公尺を賜う」の詩題が出されているように(2)、中和節は徳宗の朝廷にとって重要な行事として意識されていたようだ。それだけに士大夫も一定の関心を持ったはずであり、佳節を祝う作品が多く作られていても良さそうだが、しかし中和節を主題とした頌は、現状では白居易以外には残されていない。

それでは頌を見てみよう。少し長いが全文を引く。なお本来なら詳しい注釈を加えるべきだが、煩雑になるので、後に触れる一部の箇所を除いて基本的に割愛する(3)。

乾清くして四時行われ、坤寧らかにして万物生ず。聖人はこれに則り、無為にして為さざる無し。神唐宇を御するの九葉、皇帝符を握るの十載、夷夏咸な寧らかにして、君臣交ごも欣ぶ。詔有りて始めて二月の上巳の日を以て中和節と為す。上よりして下され、雷解きて風動かし、翌日にして四嶽に頒《し》き、浹辰にして八荒に達す。

ああ、中和の時義は遠きかな。惟れ唐の興るや、我が神堯は兆民を子として皇徳を基《きず》き、太宗は六合を家として帝功を開く。玄宗は象を執りて仁寿の風を薫らせ、代宗は拱を垂れて富庶の俗を阜《たか》くす。舄奕たるかな、赫赫煌煌として、八聖は光を重ね、以て我が皇に至る。我が皇は玄樞を運らし、淳精を陶《はぐく》み、治定まりて化成る。皇極を穆清に嗣ぎ、黔首を升平に納む。時においてか数は惟れ上元、歳は惟れ仲春なり。皇帝は穆然として青陽の太廟に居り、有司に命じて時令を考えしむ。以為らく萌牙を安んじ、幼少を養い、刑獄を緩くし、慶賜を布かんと。蓋し百王の常行の道は、未だ以て天地の化を啓迪し、祖宗の徳を発揮するに足らざらん。乃ち初吉を命じて、肇めて中和と為す。中とは三陽の中を揆り、和とは二気の和を酌む。其の称たるや大なり、至聖に非ざれば疇《たれ》か能くこれを建てん。

是において始めを謀り終わるを要め、義に循いて源を討《たず》ね、于に九八の節、七六の気を以て、重陽に排《つら》ねて上巳を拉《まね》く。元気を厚壌に煦《あたた》めれば、則ち幽蟄は蘇りて勾萌は達す。和風を窮荒に噫《ふ》かせば、則ち桀驁も化されて獷俗も淳し。万祀に垂れて以て無窮に攄《つた》え、四表を被《おお》いて以て大同を示す。時においてか両儀三辰は、貞明にして絪縕たり。千品万彙は、熙熙として忻忻たり。是に繇りて文武百辟は僉な拝手稽首して言を颺げて曰く、大なるかな睿徳は、玄造に合えり、と。又た曰く、昔　唐堯に在りては、敬いて人の時に授け、典謨に垂れり。降りて周文に及ぶに、鎬に在りて飲酒し、雅頌に列す。斯れ蓋し欽んで四序に若《したが》い、凱《やわ》らぎて一方に楽しむのみ。未だ肇めて令節を建てて、天下を混同し、沢は動植に鋪き、慶は華夷に浹《あまね》く、斯くの若きの盛んなるに若かざらんか。蓋し聖人の事を作すは、必ず導きて交ごも泰らかなるに達し、幽《ふか》く亭《な》りて毒《じゅく》するを賛《あきら》かにし、元化と其の運を合わせ、真宰と其の功を同じうす。丕休なるかな、其の至れるや。賤臣居易は文明の化に濡い、賓貢の列に就くを忝くすれば、輒ち敢えて盛徳を美で、成功を頌して、中和の頌一章を献じて、唐雅の末に附せんとす。

頌に曰く、権輿胚渾として、玄黄既に分かる。昫嫗すること絪縕にして、肇めて蒸民を生ず。天は聖神に命じ、是れ大人為らしむ。大人は淳淳として、天下の君と為る。巍巍たる我が唐、穆穆たる我が皇。九葉を纂承し、八方を照臨す。四維は載ち張り、両曜は光を重ぬ。齷齪たる唐虞、絪縕たる羲皇。時に乗じて作る有り、煥たる文章。乃ち貞元を建て、以て乾坤を正す。乃ち吉辰を紀し、以て仲春を殷んにす。吉辰これ何、号して中和と為す。和は維れ大和、中は維れ大中。以て中気を暢べ、以て和風を播く。萌牙昆虫は、昭かに蘇りて融たる有り。玄化を斡らすが如く、神功を運らすが如し。ああ、徳は洽く道は豊かに、万邦は来り同ず。微臣は頌を作り、裕を無窮に垂れん。

序文の文体は、平仄の配置が定式と合わない箇所も多いが、四言、六言を主としたリズム、対句の構成、および典故の多用などの点から見て、駢体と判断して良いだろう。駢体の序文と四言の頌の構成は、最も代表的な作りである。まず序文では、第一段落で世の中が治まったこの年、春の時節にふさわしく中和の節を定め、国内外に広められたことが述べられる。続く第二段落では唐朝の徳を讃え、節日を設けた意義を述べる。冒頭の「中和の時義は遠きかな」は、昭明太子「文選の序」の「易に曰く、天文を観て以て時変を察し、人文を観て以て天下を化成す、と。文の時義は遠きかな」を踏まえるだろう。続いて先帝の功徳を述べるが、高祖、太宗、玄宗、代宗の四人を挙げたのは、創業と中興という観点に拠るものか。そして代々の帝徳を受け継いだ徳宗が、昇平の世にその徳業を明らかにするため、新たに節日を設けたことを言う。なお「中和」は『禮記』「中庸」の「喜怒哀楽の未だ発せざる、これを中と謂う。発して皆節に中る、これを和と謂う。中なるものは天下の大本なり。和なるものは天下の達道なり。中和を致さば、天地は位《ただ》しく、万物は育《しょう》ず」に基づく言葉だが、ここでは仲春の朔日を中和節としたことを踏まえて、「三陽の中」で「二気の和を酌む」と言ったのだろう。「二」は那波本は「仁」に作るが、数対の方が良いと思うので陰陽二気の意味に解した。第三段落では節日を定めたことによって、徳化が全土に広がり、恩恵が夷狄や動植物にも及んだことを言い、それが堯帝や周の文王にも勝るものであることを讃える。なお「九八の節」は七十二候のことだが、「七六の気」については分からない。また「噫」は『荘子』「齊物論」に「夫れ大塊の噫気は、其の名を風と為す」とあり、成玄英の疏に「大塊の中より、噫《ふ》きて気を出す、仍りて此の気に名づけて風と為す」と解するのを踏まえた。さらに「幽く亭りて毒するを賛らかにす」の「毒」は、那波本は「育」に作るが、「幽賛」は『易』「説卦傳」の「昔者聖人の易を作るや、幽く神明を賛らかにして蓍を生ず」（注に幽は深なり、賛は明なりとある）を、また「亭毒」は『老子』第五十一章の「故に道これを生じ、徳これを畜《やしな》い、これを長じこれを育て、これを亭《な》らしめてこれを毒《じゅく》せしめ、これを養いこれを覆う」を踏まえると見て、「毒」のままとした。序文は最後に、自分も貢士として聖王の徳化に潤うことを喜び、人々と共にそのことを言祝ぐ意志を示して締めくくる。一方頌は、伝統的な四言の形式で、序文に述べた内容を格調高く歌い上げている。「煦嫗」は『禮記』「樂記」に「天地訢合し、陰陽相得て、万物を煦嫗覆育す」（注に「天は気を以てこれを煦《あたた》め、地は形を以てこれを嫗《はぐく》む」という）とある。序文で徳宗の恩沢は堯帝や周の文王にも勝ることを述べたが、頌では「齷齪たる唐虞、趢趗たる義皇」と、五帝のみか三皇にも勝ると歌う。張衡の「東京の賦」（『文選』巻三）に「三王の趢趗たるを狭しとし、五帝の長駆を軼《す》ぐ」（薛綜の注に「趢趗は局小の貌なり、軼は過ぐるなり」という）とあるのを意識しつつ、さらにそれを上回る表現にしたのだろう。また「中和」を敷衍した箇所の「大和」は、『易』「乾」の「乾道変化して、おのおの性命を正しくし、大和を保合するは、すなわち利貞なり」を、また「大中」は『易』「大有」の「大有は、柔尊位を得、大中にして上下これに応ずるを大有と曰う」を、それぞれ踏まえる。万物を育む「中和節」の意義を繰り返し述べて、帝徳の広さ、豊かさを讃えている。

全体として、中和節を新たに設けたことの意義を讃え、この節日が唐王朝の隆盛、とくに徳宗の治政の成果であることを強調する。また表現も、『易』『書』『詩』『禮記』などの経書、あるいは『文選』所収の作品を多く典故に用いて、帝徳を表すのにふさわしい言葉遣いを心がけている。おそらくは、中和の時節を迎えて万物が豊かに育つことを言祝ぎつつ、貢士である白居易自身にとっても、皇帝の恩寵が下されることを期待する気持ちが含まれていただろう。

## 頌の歴史と唐代の頌

頌の由来および南朝までの歴史については、劉勰『文心雕龍』の「頌讃第九」に纏めがなされているので、まずそれを引用する。[4]

　四始の至、頌は其の極に居る。頌とは、容なり、盛徳を美《ほ》めて形容を述ぶる所以なり。昔帝嚳の世に、咸黒は頌を為り、以て九招を歌う。商より已下、文理允《まこと》に備わる。夫れ化の一国を偃《なび》かす、これを風と謂い、風の四方を正す、これを雅と謂い、雅容もて神に告ぐ、これを頌と謂う。風雅は人を序す、故に事は変正を兼ね、頌は神に告ぐるを主る、故に義は必ず純美なり。魯は公旦を以て編を次し、商は前王を以て追録す。斯れ乃ち宗廟の正歌にして、讌饗の常詠に非ざるなり。時邁一篇は、周公の製する所にして、哲人の頌なれば、規式存せり。

夫れ民は各おの心有りて、惟《こ》の口を壅ぐこと勿し。晋輿の原田を称し、魯民の裘韠を刺《そし》るは、直言して詠わず、短辞以て諷す。丘明と子高は、並びに謂いて頌と為す。斯れ則ち野頌の変体にして、浸《ようや》く人事を被《おお》えり。三閭の橘頌に及びて、情采は芬芳として、比類寓意は、又た覃《の》びて細物に及べり。秦政の刻文に至って、爰に其の徳を頌す。漢の惠、景は、亦た容を述ぶる有り。世に沿いて並び作《おこ》り、時に相継ぐ。若し夫れ子雲の充國を表し、孟堅の戴侯を序し、武仲の顯宗を美め、史岑の熹后を述ぶるは、或いは清廟に擬し、或いは駉、那に範す。浅深同じからず、詳略各おの異なると雖も、其の徳を褒め容を顕わすは、典章一なり。班、傅の北征、西征に至っては、変じて序引と為る。豈に褒むること過ぎて体を謬《あや》まらざらんや。馬融の廣成と上林とは、雅にして賦に似る。何ぞ文を弄して質を失えるや。又た崔瑗の文學、蔡邕の樊渠は、並びに美を序に致して、しかも篇に簡約なり。摯虞の品藻は、頗る精覈を為す。雑うるに風雅を以てすと云い、而して旨趣を変ぜざるに至っては、徒だ虚論を張り、黄白の僞説に似たる有り。魏晋の雑頌に及んでは、轍を出づる有ること鮮し。陳思の綴る所は、皇子を以て標と為す。陸機の積篇は、惟れ功臣最も顕なり。其の褒貶の雑居するは、固より末代の訛体なり。

夫の頌を原《たず》ぬれば、惟れ典懿にして、辞は必ず清鑠たり。敷写は賦に似れども、而して華侈の区に入らず。

敬慎は銘の如きも、而して規戒の域に異なれり。揄揚以て藻を発し、汪洋以て義を樹つ。繊曲巧致なりと雖も、情と与に変ず。其の大体の底《いた》る所は、斯くの如きのみ。

ここに述べられるように、『詩経』の頌に由来し、本来は宗廟の正歌で神に告げる内容であったが、『楚辞』の「橘頌」などを経て、徐々に対象が人事にも広がり、体裁や趣旨が変化していった。賛頌の文学としての性格は維持しつつも、対象も形式も多様化したのである。漢代には『詩経』以来の四言の形式以外に、雑言あるいは賦や散文に類する形式が生まれ、また序文が附された例も現れている。『文心雕龍』に具体的に言及された作品のうち、班固の「安豊戴侯の頌」、傅毅の「顯宗の頌」、史岑の「和熹鄧后の頌」は作品が現存しないが、揚雄の「趙充國の頌」は『文選』巻四七に収められている。『文選』には、他に王褒の「聖主賢臣を得るの頌」、史岑の「出師の頌」、劉伶の「酒徳頌」、陸機の「漢高祖の功臣の頌」が収められている。これら『文選』所収の作品について言えば、「趙充國の頌」と「出師の頌」はともに四言の韻文で、前者は趙充國の画像を見ながらその功績を讃えたもの、後者は鄧騭が羌を討伐したことを歌うもので、劉勰が「其の徳を褒め容を顕わすは、典章一なり」と言うように、伝統的な様式を踏まえる作品である。「聖主賢臣を得るの頌」と「酒徳頌」に対しては『文心雕龍』での言及が無いが、前者は天子が賢臣、俊士を得てその功業をひろめることを言祝ぐ内容である。但し押韻の仕方は一定しておらず、また賦ほど装飾的でもない。後者は五篇の中では最も著名であり、単独の研究も少なくない。酒の功徳を述べたもので、褒め称えるという趣旨からは頌に外れないが、王褒の作同様に一部で韻を踏むだけであり、内容からも論に近い印象を受ける。時期的に王褒に近い董仲舒の「山川の頌」(『全漢文』巻二四、『春秋繁露』巻一六の一節)も似た形式であり、『文心雕龍』で「変じて序引と為る」と言う班固の「竇將軍北征の頌」（『全後漢文』巻二六）、傅毅の「西征の頌」（『全後漢文』巻四三、但し断句のみ）、および「雅にして賦に似る」と言う馬融の「廣成の頌」（『全後漢文』巻一八、「上林の頌」の方は伝わらない）などと同様、頌の新しい形式と見られる。なお「廣成の頌」には短い序文が附されており、管見の範囲ではこれが序の附された最も早い例である。『文選』に収められる作品の中では「漢高祖の功臣の頌」に序文が附されているが、功臣三十一人の名前を挙げるだけでほぼ終わっている。ただその頌は四言で、功臣たちの事跡を次々と歌い上げた長編である。

なお、序文に駢体が用いられるのは、明確にいつからとは断定できないが、『文心雕龍』にも言及される後漢末の崔瑗の「南陽文學の頌」（『全後漢文』巻四五）や蔡邕の「京兆樊惠渠の頌」（『蔡中郎集』巻六）などには、すでに装飾的な序文が附されている。また魏の曹植の「冬至に襪履を獻ずるの頌　表有り」（『曹集銓評』巻六）や、晋の陸雲の「盛德の頌」（『陸雲集』巻六）などの序文は、上奏文の形式であることが注目される。頌が公的な意義を持つ作品であるところから、これを奉る趣旨の上表を添えたことが、序文に駢体を用いることになった大きな理由だったと想像される。劉宋の江夏王劉義恭の「嘉禾甘露の頌」（『全宋文』巻一二）、何承天の「白鳩の頌」（同巻二四）、沈演之の「白鳩の頌」（同巻四一）などは、ともに「幷びに上表」と注記されており、この想像を補強する。そして南朝後期には駢体の序が一般的となり、しかも序が長文となって、梁の簡文帝の「南郊の頌　幷びに序」（『文苑英華』巻七七二）「馬寶の頌　幷びに序」（『全梁文』巻一二）「大法の頌　幷びに序」（同巻一三）などのような雄篇が生まれるに至っている。頌が本来は宗廟の正歌であり、対象が広がった後も賛頌の文学として重んじられていたから、上表の文体である駢体の序と組み合わされることが最もふさわしいと認識されたのであろう。『文心雕龍』では、その纏めにおいて頌には典雅で清澄であることが求められ、華美な表現や教訓的な言辞に傾いてはならないと述べている。しかし、宗廟の正歌から天子や功臣の治績を賛頌することに力点を移していったために、どうしても装飾的な側面が強くなっていったのだと思われる。

唐代では、高宗、則天朝と玄宗朝に多く作られており、帝王の徳、およびその象徴である壮麗な宮殿を讃える雄篇が目立つ。しかも頌はあまり長くなく、駢体の長文の序に力点を置く作品が多い。高宗朝の代表は王勃で、「南郊に拝するの頌」(『王子安集』巻一二)「九成宮の頌」(同巻一三)「乾元殿の頌」(同巻一四)の三作はいずれも堂々たる長編である。しかも麟徳二年の作である「乾元殿の頌」を始め、いずれも十代の作と見られており、その文才を如実に示すものと言える。また則天武后が皇位に就いた時には、陳子昂の「大周命を受くるの頌」(『全唐文』巻二〇九)が献上されている。[5] 玄宗朝では張説と張九齢が代表格で、玄宗が潞州に居たときから瑞祥が現れ、やがて韋后の乱を収めて皇位に就くに至ったことを、幾篇もの頌で讃えている。張説の「聖徳の頌」「皇帝潞州に在りて祥瑞あるの頌十九首　勅を奉じて撰す」「起義堂の頌」「上黨の舊宮に聖を述ぶるの頌　幷びに序」「大唐封祀壇の頌」(以上『全唐文』巻二二一)「開元に暦を正し乾符を握るの頌」(同巻二二二)、張九齢の「開元に暦を正し乾符を握るの頌　幷びに序」「龍池聖徳の頌　幷びに序」「開元に功徳を紀すの頌　幷びに序」(以上『全唐文』巻二八三)がそれである。これら帝徳を讃える頌は、いずれの作品も時代の風気を反映した壮麗さを有している。六朝以来の駢文を生かしつつ、唐代の頌にふさわしい風格を備えた作品となったと言えるだろう。

しかし安史の乱を経ると、時代の変化に応じて頌も変わってくる。大暦の文人の作品では、元結の「大唐中興の頌　幷びに序」(『全唐文』巻三八〇)、李華の「無疆の頌八首　幷びに序」(『全唐文』巻三一四)、獨孤及の「鴻名を慶ぶの頌　幷びに序」(『全唐文』巻三八四)などが、前代の作風を承けるものとして注目されるが、全体にやや小ぶりな印象がある。貞元以降では、長編はもとより、帝徳を讃える作品も少なくなり、符載の「新たに雙城門を廣むるの頌　幷びに序」「蘄州の新城門の頌　幷びに序」「樊公の畋して虎を獲るを賀するの頌　幷びに序」

（ともに『全唐文』巻六八八）など地方官の治績を讃えるものや、韓愈の「伯夷の頌」（『昌黎先生集』巻一二）のような偉人の功績を論ずる作品が目につく。「伯夷の頌」については後で取り上げる。この時期に帝徳を讃える趣旨を持つ点で注目されるのは、李觀、歐陽詹、呂溫らの作品である。李觀には「郊天の頌」（『全唐文』巻五三二）があり、貞元六年冬の「郊天」の行事に即して、帝徳を讃えた作品である。しかし序は無く、頌も雑言の緩やかな韻文であって、趣旨はともかく全体的に見れば前代の傾向とは異なっている。歐陽詹の「徳勝の頌二章　幷びに序」（『全唐文』巻五九五）も貞元六年の作と見られ、この年が午の歳で、陰陽家は災厄の虞があると預言したけれども、皇帝の徳によってそれが回避されたことを讃える内容である。具体的な出来事や行事に即して作られたものでない点が新しい。序文は駢体とは言い難いが、二章の頌は四言体で、形式面では従来のスタイルをほぼ守っている。呂溫には「皇帝の庶政を親らするの頌　幷びに序」（『全唐文』巻六二五）と「凌煙閣勳臣の頌　幷びに序」（同巻六二九）の二篇が現存する。いずれも頌は四言であるが、序文は駢体ではない。前者は貞元二十一年の順宗の即位を言祝ぐ内容だが、しかしこれは侍御史であった彼が工部侍郎の張薦に伴って吐蕃に使者として赴き、しばし留め置かれたために、朝廷に早い召還を求めて奉られた作品であった。呂溫は順宗が東宮の時に近侍していたので、その縁故でこの頌を奉ったのであり、即位を言祝ぐ内容であっても、張説、張九齢らの作品とは制作事情において大きく異なっている。後者は唐初の功臣たちを讃える内容である。

こうしてみると白居易の「中和節の頌」は、篇幅は初盛唐期の作品に比べてやや小ぶりではあるが、頌の制作に変化の見られた貞元期にあって、様式や趣旨において前代の風を最も良く受け継いだ作品であったことがわかる。

## 「中和節の頌」と白居易の文学傾向

「中和節の頌」は、序の末尾に「中和の頌一章を献じて、唐雅の末に附せんとす」と言うように、進士受験に際して行巻として作られたものであったろう。白居易は貞元十五年に上京した折、給事中の陳京に手紙を送り、知貢挙の高郢への推挙を頼んでいる。その「陳給事に与うる書」(『白氏文集』巻四四)の中で、彼は「今禮部の高侍郎の主司と為るは、則ち至公なり。而して居易の文章の進むべきや、退くべきやは、切に自らこれを知らず、進退の疑を以て決を給事に取らんと欲す。…今給事は鑒みること水鏡の如く、言は蓍亀を為し、邦家の大事は、咸な決を給事に取る。豈に独り其の微小なるを遺さんや。謹んで雑文二十首、詩一百首を献じ、俯して悃誠を察して、賤小を遺さず、退公の暇に、精鑒の一加を賜らんことを伏し願う。与《ため》に進むべきや、これが一言を乞い、小子は則ち鉛を磨き蹇に策して、力を進取に騁せん。進むべからざるや、亦たこれが一言を乞い、小子は則ち機を息め迹を斂めて、退蔵に甘心せん」と言っている。(6) ここで献じられた雑文二十篇の内容は不明だが、時期から見て、この頌もその中に含まれていた可能性が高い。また同じ巻四六に頌に続いて収録されている「晋の恭世子と諡する議」と「漢將李陵論」の二篇も、内容から判断して恐らく行巻として作られたと思われる。(7) そうだとすれば、後年文集を纏める際にこの三篇が残されたのは、白居易が行巻の文章の中でも比較的出来がよいと判断したからではなかろうか。(8)

ところで行巻に用いる文章は、当然自信のあるジャンルから選ぶはずである。頌は一般に為政者を讃えて作られるものなので、登用を求めて献上される例も少なくない。だが誰もが作るわけではなく、また帝徳を言祝ぐ内容だけで評価されるとも言えないのだから、頌を選択したことには彼の志向が反映されていたと見るべきだろう。またこの頌を作る際には、当然前人の作品を参考にしたはずである。そして多彩な形式の中から、敢えてオーソドックスな駢文の序と四言の頌の組み合わせを選んだのであり、その点にも彼の文学的な志向が現れていると見て良いだろう。しかも単なる模倣作ではなく、優れた作品に仕上がっている。後に翰林学士、中書舎人として、多数の翰林制詔、中書制誥を残した白居易の文章力は早くから培われていたことが、これによっても窺える。中唐期に入って頌の傾向が変わり、則天朝、玄宗朝のような雄篇が見られなくなるのは、時代の気象が異なってしまったからだろう。その中で、白居易が敢えてこの頌を献じたのは、中和節に王朝の安定を願う意図が込められ、また朝廷の行事として定着してきていたことを意識したからではないか。それで唐代の頌の特徴と言える帝徳を讃える雄篇に学び、自分らしい作品に仕上げたのだと思われる。

ところで中唐期に見られる頌の変化の中で、その代表的な例と言えるのが韓愈の「伯夷の頌」である。少し長いが以下に引用する(9)。

士の特立独行、義に適うのみにして、人の是非を顧みざるは、皆豪傑の士、道を信ずること篤くして自ら知ること明らかなる者なり。一家これを非とするに、力行して惑わざる者は寡なし。一国一州これを非とするに、力行して惑わざる者に至りては、蓋し天下に一人のみ。若し挙世これを非とするに、力行して惑わざる者に至っては、則ち千百年に乃ち一人のみ。伯夷の若き者は、天地を窮め万世に亘りて顧みざる者なり。昭乎たる日月も明るしと為すに足らず、崒乎たる泰山も高しと為すに足らず、巍乎たる天地も容るると為すに足らざるなり。

殷の亡び、周の興るに当たりて、微子は賢なり、祭器を抱きてこれを去る。武王、周公は聖なり、天下の賢士と天下の諸侯とを従えて往きてこれを攻む。未だ嘗てこれを非とする者有るを聞かざるなり。彼の伯夷、叔齊は、乃ち独り以て可ならざると為す。殷は既に滅び、天下は周を宗とするに、彼の二子は乃ち独り其の粟を食むを恥じ、餓死して顧みず。是に繇りて言えば、夫れ豈に求むる有りて為せるや。道を信ずること篤くして自ら知ること明らかなるなり。

今の世に謂う所の士は、一凡人これを譽むれば、則ち自ら以て余り有りと為す。一凡人これを沮《はば》めば、則ち自ら以て足らざると為す。彼は独り聖人を非として、自ら是とすること此くの如し。夫れ聖人は乃ち万世の標準なり。余は故に曰く、伯夷の若き者は、特立独行にして、天地を窮め万世に亘りて顧みざる者なり、と。然りと雖も、二子微かりせば、乱臣賊子は跡を後世に接せん。

内容は分かりやすく、言葉も飾られていない。一方で頌と題しながらも、韻は踏んでいない。伯夷を讃える論旨は明瞭であるから、頌の本質には外れないが、むしろ彼の持論を展開した達意の議論文という印象である。文学史的な流れから見れば、董仲舒の「山川の頌」や劉伶の「酒徳の頌」などを承けて発展させた作品と言えようか。しかしより散文に近づけたのは、頌を自らの文学志向に即した形で提示しようとする意図に因るのではないだろうか。

なお韓愈には、他に「子産郷校を毀たざる頌」「河中府の連理木の頌」（共に『昌黎先生集』巻一三）の二作がある。前者は四言を主とした韻文だが、内容は「伯夷の頌」と同様議論文に近い。また後者は貞元六年に河中節度使の渾瑊に献上されており、瑞祥を言祝ぐ内容で、散体の序文と楚歌の体の頌（四句）の組み合わせである。

「伯夷の頌」と「子産郷校を毀たざる頌」の制作時期は明らかでないが、おそらく「河中府の連理木の頌」が最も早いであろう。さてそうであるとすると、献上された作品では伝統的な頌の様式をある程度踏まえていたのだから、「伯夷の頌」の場合はその「特立独行」を讃えるという趣旨からも、むしろ彼の主張を示した作品と見るべきなのではなかろうか。意図的に従来の様式を逸脱し、論に近づけたのだろう。「子産郷校を毀たざる頌」との先後は不明だが、それが主に四言句で構成された韻文であるのと比べると、さらに一歩進めた印象がある。具体的な事情は分からないが、官界において孤立しやすかった韓愈が、自らの姿勢の正しさを表すために作った可能性も高いと思われる。韓愈は新しい散文のスタイルをうち立てた人物として知られるが、当然ながら上表などでは典型的な駢体を用いている。しかし上奏の文章であっても、それが型通りの文書ではなく、自分の意見を述べた作品の場合には、必ずしも駢体に拘らない姿勢を見せている。したがって頌においても、賛頌の文学という基本的な趣旨に沿いつつも、その新しい形を目指したと言うことができよう。

この韓愈の頌と比較したとき、白居易が伝統的な様式に沿った作品を残したことは、彼の文学的な特徴を示すこととして注目される。「中和節の頌」は、伝統を受け継ぐだけでなく、文章も流麗でむしろ巧みであると言える。おそらくそれが『文苑英華』にも採録された理由だろう。『文苑英華』には同時代の作品はあまり収められておらず、韓愈の「伯夷の頌」も除外されている。「中和節の頌」は頌の作品として模範的と判断されたのであり、そこに後代の評価を見て取ることができる。

改めて白居易の文学を振り返ってみると、華麗さや音楽的な流れを持つことが一つの特徴として指摘できる。そこには六朝以来の美文の伝統が形を変えつつ受け継がれ、生かされていた。したがって駢体の序文を持つ四言の頌は、その文学の性格に適っている。そして翰林制詔、中書制誥の諸作を見て分かるように、彼はその駢文の能力を生かして、官僚として活躍したのである。また装飾的な文章を多く残している反面、論理を前面に立てた議論はあまり好まなかったように見える。集に残る議論文と言えば、先に挙げた「晋の恭世子と謚する議」と「漢将李陵論」くらいであるが、これらの作品は独特な論点や論理の展開の面白さを見所にしたものではない。韓愈のように個性的な議論を展開することは、必ずしも彼の求めるものではなかったのだろう。白居易の文章では、代表作の「元九に与うる書」がそうであるように、一般に事柄や感情面を豊かに表現する作品が多い。それが彼の持ち味と言えるのではないか。

憲宗朝以降、官僚となってからは再び頌を作ることが無かったようだが、それはやはり立場も有り、またその文学の能力が別の形で発揮されていたからではないか。改めて頌という特別な文体でそれを示す必要はなかったということだと思う(10)。

## 小　結

白居易がその文集にたった一篇の頌を収めたのは、あるいは受験時の作であるが故に、その記念とする思いが強かったからかもしれない。彼自身、文学作品としてはさほど重視していなかった可能性はある。しかし、自らは意識しなかったとしても、駢体を序とする四言の頌の形式は、彼が持つ文学傾向に合致するものだったと言うことができる。感情面を率直に描き、また流麗な表現を尊んだ反面、理を前面に押し立てた議論は好まなかった彼の資質が、こうした選択に現れているように思われる。韓愈の「伯夷の頌」が、その文学傾向を如実に語るものであるように、「中和節の頌」もまた白居易の文学の一面を物語る作品であると思う。そして初盛唐期の頌に学びながら、時代によりふさわしい作品に仕上げていることは、盛唐の文学を受け継ぎながら独自のあり方を模索した白居易の姿勢を示す事例ともなるであろう。

注

（1）『舊唐書』巻一三「徳宗紀下」には「（貞元）五年春正月壬辰朔。乙卯、詔、四序嘉辰、歴代増置、漢崇上巳、晉紀重陽。或説禳除、雖因舊俗、與衆共樂、咸合當時。朕以春方發生、候及仲月、勾萌畢達、天地和同、俾其昭蘇、宜助暢茂。自今宜以二月一日爲中和節、以代正月晦日、備三令節數、内外官司休暇一日。宰臣李泌請中和節日令百官進農書、司農獻穜稑之種、王公戚里上春服、士庶以刀尺相問遺、村社作中和酒、祭勾芒以祈年穀。從之」とある。また貞元六年二月の條には「戊辰朔、百僚會宴於曲江亭、上賦中和節羣臣賜宴七韻。是日、百僚進兆人本業三巻、司農獻黍粟各一斗」とあって、この日に百官に宴を賜るようになったことが分かる。但し、貞元十五年、二十年には凶作などの理由で宴会が行われなかったようであり、『唐會要』巻二九「節日」に拠れば、元和二年に詔によって中和、重陽の節日に宴を賜ることをやめている。そのためか、本紀に中和節の記事が見えるのは徳宗紀に限られるようである。注（2）に見るように、『文苑英華』に採録される中和節に関連した作品も、多くは徳宗朝のものである。但し、その後も中和節の行事が失われたわけではない。白居易の「中和日謝恩賜尺狀」（巻五九）は、彼が翰林学士の任にあった元和二年から六年の間の作と見られるし、『舊五代史』巻七「梁太祖紀」七、『遼史』巻五三「禮志」六、および『夢粱録』巻一、『武林舊事』巻二など、後代の記録にも中和節に関する記事を見ることができる。

（2）貞元十九年の進士科の賦題には「中和節百辟獻農書賦」が出されており、『文苑英華』巻二二には侯喜、賈餗、胡直鈞、鄭式方の作品が採録されている。『文苑英華』にはこの他、應制詩は巻一七二に權徳輿の「奉和聖製中和節賜百官宴集因示所懷」が、表は巻五九二に闕名の「謝賜中和節御製詩序表」が、狀は巻六三一に白居易の「中和節謝賜尺狀」（ここは『文苑英華』での題に従う）、巻六四一に柳宗元の「進農書狀」が、そして序は巻七一一に梁肅の「中和節奉陪杜尚書宴集序」と符載の「中和節陪何大夫會讌序」が、それぞれ採録されている。

（3）原文は以下の通りだが、那波本（四部叢刊本『白氏文集』巻二一九）と朱金城『白居易集箋校』（上海古籍出版社、一九八八）および『文苑英華』巻七七四とを勘案した。なおこの頌は、『白氏文集　五』（明治書院、新釈漢文大系、二〇〇四）に明木茂夫氏の訳注が収められている。「乾淸而四時行、坤寧而萬物生。聖人則之、無爲而無不爲。神唐御宇之九葉、皇帝握符之十載、夷夏咸寧、君臣交欣。有詔始以二月上巳日爲中和節。自上而下、雷解風動。翌日而頒乎四嶽、浹辰而達乎八荒。於戯、中和之時義遠矣哉。惟唐之興、我神堯子兆民而基皇德。太宗家六合而開帝功。玄宗執象而薫仁壽之風、代宗垂拱而阜富庶之俗。舄奕乎、赫赫煌煌、八聖重光、以至于我皇。我皇運玄樞、陶淳精、治定而化成。嗣皇極於穆淸、納黔首於升平。于時數惟上元、歳惟仲春。皇帝穆然居靑陽太廟、命有司考時令。以爲安萌牙、養幼少、緩刑獄、布慶賜。蓋百王常行之道、未足以啓迪天地之化、發揮祖宗之德。乃命初吉、肇爲中和。中者揆三陽之中、和者酌二氣之和。其爲稱也大矣。非至聖疇能建之。於是謀始要終、循義討源、于以九八節、七六氣、排重陽而拉上巳。煦元氣于厚壤、則幽蟄蘇而勾萌達。噫和風于窮荒、則桀驁化而獷俗淳。垂萬祀以攄無窮、被四表以示大同。于時兩儀三辰、貞明絪緼。千品萬彙、熙熙忻忻。繇是文武百辟僉拜手稽首而颺言曰、大哉睿德、合于玄造。又曰、昔在唐堯、敬授人時、垂于典謨。降及周文、在鎬飮酒、列于雅頌。斯蓋欽若四序、凱樂一方而已。未若肇建令節、混同天下、澤鋪動植、慶浹華夷、若斯之盛歟。蓋聖人之作事、必導達交泰、幽贊亭毒、與元化合其運、與眞宰同其功。丕休哉、其至矣夫。賤臣居易忝濡文明之化、就賓貢之列、輒敢美盛德、頌成功、獻中和頌一章、附于唐雅之末。頌曰、權輿胚渾、玄黃既分。煦嫗絪緼、肇生蒸民。天命聖神、是爲大人。大人淳淳、爲天下君。巍巍我唐、穆穆我皇。纂承九葉、照臨八方。四維載張、兩曜重光。齷齪唐虞、趦趄羲皇。乘時有作、煥乎文章。乃建貞元、以正乾坤。乃紀吉辰、以殷仲春。吉辰伊何、號爲中和。和維大和、中維大中。以暢中氣、以播和風。萌牙昆蟲、昭蘇有融。如斡玄化、如運神功。於戯、德洽道豐、萬邦來同。微臣作頌、垂裕無窮。」

（4）『文心雕龍』の原文は以下の通りである。なお、『陶淵明・文心雕龍』（筑摩書房、世界古典文学大系二五、一九六八）に興膳宏氏の訳注が収められているので、詳しくはこれに譲る。但し本文については、基本的に詹鍈氏の『文心雕龍義證』（三冊、上海古籍出版社、一九八九）に拠り、興膳氏の訳注と勘案した。「四始之至、頌居其極。頌者、容也、所以美盛德而述形容也。昔帝嚳之世、咸黒爲頌、以歌九招。自商已下、文理允備。夫化偃一國謂之風、風正四方

謂之雅、雅容告神謂之頌。風雅序人、故事兼變正、頌主告神、故義必純美。魯以公旦次編、商以前王追錄、斯乃宗廟之正歌、非讌饗之常詠也。時邁一篇、周公所製、哲人之頌、規式存焉。夫民各有心、勿壅惟口。晉輿之稱原田、魯民之刺裘韠、直言不詠、短辭以諷、丘明、子高、竝謂爲頌、斯則野頌之變體、浸被乎人事矣。及三閭橘頌、情采芬芳、比類寓意、又覃及細物矣。至於秦政刻文、爰頌其德。漢之惠景、亦有述容。沿世竝作、相繼於時矣。若夫子雲之表充國、孟堅之序戴侯、武仲之美顯宗、史岑之述熹后、或擬淸廟、或範駉那、雖淺深不同、詳略各異、其褒德顯容、典章一也。至於班傅之北征西征、變爲序引、豈不褒過而謬體哉。馬融之廣成上林、雅而似賦、何弄文而失質乎。又崔瑗文學、蔡邕樊渠、竝致美於序、而簡約乎篇。摯虞品藻、頗爲精覈、至云雜以風雅、而不變旨趣。徒張虛論、有似黃白之僞說矣。及魏晉雜頌、鮮有出轍。陳思所綴、以皇子爲標。陸機積篇、惟功臣最顯。其褒貶雜居、固末代之訛體也。原夫頌惟典懿、辭必淸鑠、敷寫似賦、而不入華侈之區。敬愼如銘、而異乎規戒之域。揄揚以發藻、汪洋以樹義、雖纖曲巧致、與情而變、其大體所底、如斯而已。」

なお唐以前の頌に関する研究書としては、陳開梅氏の『先唐頌体研究』（中山大学出版社、二〇〇七）が挙げられる。同書は漢代以前の研究に大半が費やされているので、魏晋南北朝期については甚だ手薄であるが、頌の研究に道を開く書として尊重される。

（5）王勃の「拜南郊頌」「九成宮頌」と陳子昂の「大周受命頌」には、別に献上のための上表が残されている。それは本来駢体の序が持っていたであろう上表の意義が薄れ、序と頌が一体のものと意識されていたことを物語るのではないか。

（6）原文は次の通りである。「今禮部高侍郎爲主司、則至公矣。而居易之文章可進也、可退也、切不自知之、欲以進退之疑取決於給事。…今給事鑒如水鏡、言爲蓍龜、邦家大事、咸取決於給事。豈獨遺其微小乎。謹獻雜文二十首、詩一百首、伏願俯察悃誠、不遺賤小、退公之暇、賜精鑒之一加焉。可與進也、乞諸一言、小子則磨鉛策蹇、騁力於進取矣。不可進也、亦乞諸一言、小子則息機斂迹、甘心於退藏。」

（7）「中和節頌」の題下に「此已下文、竝是未及第前作」という自注が有り、それは「晉謚恭世子議」と「漢將李陵論」までを含んでいる。いずれも及第前の作であれば、行巻として作られた可能性が高いだろう。

また、李觀が貞元八年の受験の際に主司の陸贄に奉った「帖經日上侍郎書」（『全唐文』巻五三三）には「觀去冬十首之文、不謀於侍郎矣。豈一賦一詩足云乎哉。十首之文、去冬之所獻也。有安邊書、漢祖斬白蛇劍贊、報弟書、邠寧慶三州饗軍記、謁文宣王廟文、大夫種碑、項籍碑、請修太學書、弔韓弁沒胡中文等作。上不罔古、下不附今、直以意到爲辭、辭訖成章。中最逐情者、有報弟書一篇。不知侍郎嘗覽之耶、未嘗覽之耶」と記す箇所が有り、当時の行巻にどういった内容の文章が用いられていたかを窺わせてくれる。なお李觀には、先に挙げたように「郊天頌」が有るが、これが先の「十首」の最後の一篇だったのかどうかは分からない。制作時期が分かっている「邠寧慶三州節度饗軍記」「報弟兌書」はいずれも七年の作であるのに対し、「郊天頌」は六年冬の作であるので、この中には含めていなかった可能性も高い。但し、そうであっても、彼の文章力を示すために作られ、他の機会に行巻として献じられたことは十分考えられる。また歐陽詹の「德勝の頌」も及第前の作品であるので、行巻として作られた可能性があるだろう。

（8）元稹の「白氏長慶集序」（『元稹集』巻五一）では、白居易の文学が多岐に亘り、かつ優れていることを「是以諷諭之詩長於激、閑適之詩長於遣、感傷之詩長於切、五字律詩、百言而上長於贍、五字七字、百言而下長於情、賦贊箴戒之類長於當、碑記敍事制誥長於直、書檄詞策剖判長於盡。總而言之、不亦多乎哉」と述べるが、「頌」はその中に含まれていない。しかしここに挙げられている「檄文」は、白居易の文集には一篇も採録されていないので、必ずしも評価に応じて項目が取捨されたわけではないだろう。文章のあやで「頌」が外れたのであって、作品の実態に即して書かれたのではないと思われる。

（9）「伯夷の頌」の原文を馬其昶氏の『韓昌黎文集校注』（上海古籍出版社、一九八六）に拠って以下に示す。「士之特立獨行、適於義而已、不顧人之是非、皆豪傑之士、信道篤而自知明者也。一家非之、力行而不惑者、寡矣。至於一國一州非之、力行而不惑者、蓋天下一人而已矣。若至於擧世非之、力行而不惑者、則千百年乃一人而已耳。若伯夷者、窮天地亘萬世而不顧者也。昭乎日月不足爲明、崒乎泰山不足爲高、巍乎天地不足爲容也。當殷之亡、周之興、微子賢也、抱祭器而去之。武王周公聖也、從天下之賢士與天下之諸侯而往攻之。未嘗聞有非之者也。彼伯夷叔齊者、乃獨以爲不可。殷既滅矣、天下宗周、彼二子乃獨恥食其粟、餓死而不顧。繇是而言、夫豈有求而爲哉。信道篤而自知明也。今世之所謂士者、一凡人譽之、則自以爲有餘。一凡人沮之、則自以爲不足。彼獨非聖人、而自是如此。夫聖人乃萬世之標準也。余故曰、若伯夷者、特立獨行、窮天地亘萬世而不顧者也。雖然、微二子、亂臣賊子接跡於後世矣。」

（10）大和元年十月の文宗生誕の日に内道場で行われた三教の談論の場に、秘書監であった白居易も連なって、相互の問答を記している。その「三教論衡」（巻六八）の序文では、駢文で皇帝の徳業を讃えている。また大和年間には、劉伶の「酒徳の頌」を承けて「酒功の賛　幷びに序」（巻七〇）を書いている。そのように賛頌の文章は残しているが、頌は作っていない。なお国家的な慶事を挙げれば、元和十二年十月に淮西の乱が平定されている。翌年春には王承宗らも朝廷に恭順を示しているので、この時期に帝徳を讃える頌を再度書いていても不思議はない。しかし白居易は江州司馬に左遷の身であり、しかもその原因が武元衡暗殺事件に関して上訴したことを咎められたのであれば、いかに言祝ぐべき事柄であったとしても、頌を奉るという行為に出るのは憚られたのだろう。

# 劉禹錫論

## 一　楽府詩について

### はじめに

劉禹錫、字は夢得は柳宗元、白居易らとともに、中唐元和期に大きな足跡を残した人として知られる。政治的には、王伾、王叔文を中心とした順宗朝の革新的な政治改革において、柳宗元とともに果したブレイン的な役割が注目されており、思想的には、柳宗元の「天説」（『柳河東集』巻一六）と並んで近代的な合理的思想を開陳した「天論」（巻五）[1]が、そして文学的には、詞の先駆的作品として知られる「竹枝詞」（巻二七）、懐古の詩に新生面を開いた「金陵五題」（巻二〇）、および白居易らとの数多くの唱和詩などが、研究の対象としてとりあげられてきている。

これらの多彩な活動に加えて、中唐期に新たな展開を見せた楽府詩の分野においても、劉禹錫は注目してよい働きをしていると思われる。西域音楽など新たな歌曲の流入と、その刺激によって、中唐期には楽府制作の機運がまた高まりを見せた。王建、張籍、李賀ら著名な作家が多数輩出し、また李紳、白居易、元稹らを中心に新楽府の創作が試みられている。この機運の中にあって、劉禹錫も量質ともに看過しえない作品を残しているのである。まずその量であるが、楽府と古詩との境界の定めがたいことから正確な数を言うことは困難であるものの、いま仮に張修蓉『中唐楽府詩研究』(2)の数え方に従うなら、合計百五十二首に達し、その詩の総数の五分の一に及ぶ。また『楽府詩集』の収録数について見ても、二十九曲七十二首に達しており、これは白居易の七十五曲九十八首には及ばないものの、王建の三十六曲五十四首、張籍の五十三曲五十五首、李賀の四十四曲五十六首などと十分肩を並べる数字と言える。したがってまず量的に、その詩および中唐詩壇の中で、注目されてよい存在となっている。

次にその内容であるが、用いている楽府題に伝統曲が少なく、『楽府詩集』の分類に言う近代曲辞に属するものが比較的多いことがまず目につく。これは白居易や元稹らとは共通し、李賀、王建、張籍らとはやや異なる点であって、劉禹錫の立場をある程度示すことと思われるが、ここではそのことを指摘するにとどめておく。そして、より注目される内容的特徴として、以下の二点があげられる。一つは、「竹枝詞」のような民歌をとりあげた作品、あるいは「競渡曲」(巻二六)「沓潮歌」(巻二七)などの土風に取材した作品が比較的多く見られること、もう一つは、新しい社会の動きに目を向け、とくに「泰娘歌」(巻二七)のような流落した楽人、妓女を主題とした作品を残していることである。これらは劉禹錫の楽府詩のもつ意義を考える上で最も重要な点と思われるので、本論ではこの二点を中心に検討を進める。

なお、これは内容とは異なるが、それと密接に関わることとして、彼の楽府詩の大半が、順宗朝での政治改革がわずか数ヶ月で挫折して朗州司馬に貶謫された後、連州、夔州、和州の刺史の時期を含めた、南方での不遇な生活の中で作られていることも注意しておかなければなるまい。楽府詩を自らの文学的才能の表明として、もしくは政治的発言の具として、布衣あるいは下級官僚の時期に積極的に作る他の多くの詩人とは異なって、若くして政治の中枢に参与しえた幸運があっけなく破れ、政治的敗者の立場に立たされてから、自らの心情を託し自らの存在を訴えかける道具として選び取られているところに、劉禹錫における楽府詩の意味を考える大きな手がかりがあると思われるからである。

## 民歌、土風に関わる作品

まず第一の点である、民歌に取材し土風を歌う作品から考えてみたい。劉禹錫は、永貞元年（八〇五）秋、憲宗の即位によって柳宗元らとともに地位を追われ、連州刺史からさらに朗州司馬に再貶された。そして朗州での十年の生活のあと、一旦都へ召還されるもののすぐに連州刺史へと出され、それから大和元年（八二七）洛陽で主客郎中となるまで、母の死のための服喪をはさんで、夔州、和州という南方の地の刺史を歴任する。先に述べたように、この二十余年の間に彼の楽府作品の大半が作られているのだが、その展開を見る上から、そして民風土俗を歌う作品を考える上からも、朗州司馬の時期から時間的な順序を追って検討したい。

この時期には、貶謫されて間もないこともあって、たとえば「聚蚊謡」、「萋兮吟」、「飛鳶操」（いずれも巻二一）など、政敵への憤り、拙い処世の自嘲といった、政変に関わる感情を寓する作品が多い。中傷する輩を、闇にまぎれて人を刺す蚊に譬えた「聚蚊謡」を例示する。

沈沈夏夜閑堂開　　沈沈たる夏夜　閑堂開く

飛蚊伺暗聲如雷　飛蚊　暗きを伺いて　声は雷の如し
嘈然歘起初駭聽　嘈然と歘ち起こりて　初めて聴を駭かし
殷殷若自南山來　殷殷として　南山自り来るが若し
喧騰鼓舞喜昏黑　喧騰　鼓舞して　昏黒を喜び
昧者不分聰者惑　昧者は分たず　聡者は惑う
露花滴瀝月上天　露花　滴瀝として　月　天に上り
利觜迎人看不得　利觜人を迎えて　看れども得ず
我軀七尺爾如芒　我が躯は七尺　爾は芒の如し
我孤爾衆能我傷　我は孤にして爾は衆ければ　能く我を傷つく
天生有時不可遏　天の生ずるに時有れば　遏むべからず
爲爾設幄潛匡牀　爾が為に幄を設けて　匡牀に潜む
清商一來秋日曉　清商一たび来る　秋日の暁
羞爾微形飼丹鳥　爾が微形を羞めて丹鳥を飼わん

寓意がこれほどあからさまではない作品を含めると、こうした楽府は比較的多く残っているが、大きな挫折を経験し、かつ十年もの間、再三の働きかけにも関わらず量移されなかった劉禹錫の心情からは、むしろ作らずにはいられなかったのであろう。

　そして、これら寓意の作とともに多いのが、荊南の地の歴史や風土に目を向けた楽府なのである。貶謫の旅の途次の作と見られる「荊州歌」、「紀南歌」（いずれも巻二六）にすでにその傾向が見られるが、朗州に到着して後は、土地の歴史、風俗、周辺の蛮夷などの様子に深い関心を示している。楽府詩ではないが、到着後まもない作である「武陵にて懐いを書す五十韻」（巻二二）では、武陵すなわち朗州にまつわる史実について人々に質したこと、山川風物を見てそれが騒人の詠じたものであることに感慨をもったことなどを序に記したのち、「西漢 支郡を開き、南朝 戚藩と号す（西漢開支郡、南朝號戚藩）」とこの地の由來から説きおこし、「俗は東皇の祀りを尚び、謡は義帝の寃を伝う。桃花 隠跡を迷わし、楝葉 忠魂を慰む（俗尚東皇祀、謠傳義帝寃。桃花迷隱跡、楝葉慰忠魂）」と土地の故事をつらね、さらに「山を照らして畬火動き、月を蹋んで俚歌喧し。欃を擁して舟は市を為し、甍を連ねて竹は軒を覆う（照山畬火動、蹋月俚歌喧。擁欃舟爲市、連甍竹覆軒）」と、その風俗を歌っている。後半には朗州に来ることになったいきさつを述べ、最後は「日に就くに秦京は遠く、風に臨んで楚奏は煩たり。南に登るも灞岸は無し、旦夕 高原に上る（就日秦京遠、臨風楚奏煩。南登無灞岸、旦夕上高原）」と結んでいる。京畿の地との異質性を印象づける役割を担うものであるにせよ、詩の主題である身の不遇を詠うのに先立って、朗州の土地柄を一通り詠っていることは、注意すべきだろう。この他、陶淵明の「桃花源記」（『靖節先生集』巻六）の舞台とされる武陵桃源を訪ねた「桃源に遊ぶ一百韻」（巻二三）、後漢の梁松を神として祭る俗祀のさまを描いた「陽山廟に神を賽るを観る」（巻二四）などの詩も残されている。このうち「桃源に遊ぶ一百韻」は、「桃花源記」の記述をなぞるのではなく、当時の桃源の様子や、唐代に入ってからその地で登仙した人の話など、自らの見聞を中心に詠じている(3)。

貶謫の地ではあっても、その土地柄に興味を失わない姿勢が、俚歌や珍しい習俗と出会うことによって、土風、土俗を歌う楽府を生みだしたのであろう。詳しい制作年代は知れないが、朗州在任中の作と考えられるものに、

「競渡曲」、「采菱行」、「蠻子歌」（いずれも巻二六）、「龍陽縣歌」（巻二七）などがある。まず「競渡曲」をとりあげてみよう。「競渡は武陵に始まり、今に至るも楫を挙げてこれに相和す、其の音は咸な呼びて何くに在りやと云う、斯れ屈を招くの義なり、事は図経に見ゆ（競渡始於武陵、至今擧楫而相和、其音咸呼云何在、斯招屈之義、事見圖經）」という序がある。

沅江五月平隄流　　沅江　五月　隄に平《ひと》しく流る
邑人相將浮綵舟　　邑人　相将いて　綵舟を浮かぶ
靈均何年歌已矣　　霊均　何年か　歌已む
哀謠振檝從此起　　哀謡　檝を振るいて　此れ従り起こる
揚枹擊節雷闐闐　　枹を揚げ節を撃ちて　雷は闐闐たり
亂流齊進聲轟然　　流れを乱《よこ》ぎり斉しく進みて　声は轟然たり
蛟龍得雨鬐鬣動　　蛟龍雨を得て　鬐鬣動き
螮蝀飲河形影聯　　螮蝀河に飲みて　形影聯なる
刺史臨流褰翠幃　　刺史は流れに臨みて翠幃を褰げ
揭竿命爵分雄雌　　竿を掲げて爵を命じ　雄雌を分かたしむ
先鳴餘勇爭鼓舞　　先鳴　余勇　争いて鼓舞し
未至銜枚顏色沮　　未だ枚を銜むに至らざるに顔色は沮たり
百勝本自有前期　　百勝は本自《もと》　前に期す有り

一飛由來無定所　　一飛は由来　定所無し
風俗如狂重此時　　風俗狂うが如く此の時を重んじ
縱觀雲委江之湄　　縦観して江の湄に雲委たり
綵旗夾岸照鮫室　　綵旗は岸を夾みて鮫室を照らし
羅韈凌波呈水嬉　　羅韈は波を凌ぎて水嬉を呈す
曲終人散空愁暮　　曲終り　人散じて　空しく暮るるを愁えば
招屈亭前水東注　　招屈亭の前　水は東に注ぐ

競渡は、『荊楚歳時記』によれば、[4]屈原の入水を傷んで、人々が舟を出して助けようとしたことに始まるとする説と、伍子胥の霊を迎えるために行われるもので、越王句践より始まるという説があるが、行事そのものは、長江流域に幅広く認められる、雨乞いの儀式と言われる。そして、それが水に関わる行事であるために、やがて入水した屈原や屍を江水に投げこまれた伍子胥に関係づけて語られるようになったと見られている。競技として行われることも、南朝にすでに記録が残っており、[5]唐代にはかなり盛んであったらしい。敬宗が巨費を投じて、競渡用の舟を三十艘造らせようとした話も伝わっている。[6]したがって、当時すでに著名な行事であったろうが、しかしそれを目のあたりにして楽府に歌うことは、なお新しいことであった。『楽府詩集』新楽府辞五（巻九四）では、この詩を引用するだけであり、また元稹に「競渡」、「競舟」（ともに『元稹集』巻三）の作があるが、五言古詩の長篇で議論を展開する内容であり、楽府のあり方とは異なっている。かつ元稹の作は、元和五年（八一〇）に江陵士曹参軍に貶謫された後と見られ、単純に先後は言えないものの、おそらく劉禹錫の作の方が早いと推定される。

さてこの「競渡曲」は、序に記すように武陵が競渡の発生の地であるという認識に立ち、この地独特のものであろう「何在」というかけ声、競う舟の様子、刺史による勝敗の判定、雲集する見物の人々、そして祭りの終りに至るまで、この行事の有様を一観客の目をもって丁寧に描き出している。とくに論評をつけ加えることもなく、その実際に即して歌っていると思われる。それは、競渡自体はよく知られていても、武陵のものは土俗的色合いを濃く残しており、その有様を楽府に歌いあげることは、この地を訪れることになった詩人の役割と考えたからではないか。詩でなく、楽府の形式を選んだのは、おそらく風俗を詠うのには歌謡の方がよりふさわしいという考えによるものだろう。それと同時に、この競渡の際に歌われる俚歌を意識して、楽曲に載せることを考えていた可能性もあろう。

武陵の土俗を歌い伝えるという意識は、「競渡曲」のような新楽府だけでなく、伝統曲に数えられる「采菱行」の場合でもやはり同様に認められる。「武陵の俗は、芰菱を嗜み、歳秋なれば、女郎の盛んに馬湖に遊ぶ有り、薄《いささ》か言《ここ》にこれを采り、帰りて以て客に御《すす》む。古に采菱曲有るも、其の詞を伝うること罕なり、故にこれを賦して以て采詩の者を俟つ（武陵俗嗜芰菱、歳秋矣、有女郎盛遊于馬湖、薄言采之、歸以御客。古有采菱曲、罕傳其詞、故賦之以俟采詩者）」との序がある。

白馬湖平秋日光　　白馬湖平らかに　秋日光《かがや》く
紫菱如錦綵鴛翔　　紫菱は錦の如く　綵鴛は翔る
盪舟遊女滿中央　　舟を盪《うか》べて遊女は中央に満ち

采菱不顧馬上郎
爭多逐勝紛相向
時轉蘭橈破輕浪
長鬟弱袂動參差
釵影釧文浮蕩漾
笑語哇咬顧晚暉
蓼花緣岸扣船歸
歸來共到市橋步
野蔓繫船萍滿衣
家家竹樓臨廣陌
下有連檣多估客
攜觴薦芰夜經過
醉蹋大隄相應歌
屈平祠下沅江水
月照寒波白煙起
一曲南音此地聞
長安北望三千里

菱を采りて馬上の郎を顧みず
多きを争い勝ちを逐いて　紛として相向い
時に蘭橈を転じて　軽浪を破る
長鬟　弱袂　動くこと参差たり
釵影　釧文　浮かぶこと蕩漾たり
笑語哇咬として　晩暉を顧み
蓼花岸を縁どり　船を扣いて帰る
帰り来れば共に市橋に到りて歩み
野蔓もて船を繋ぎ　萍は衣に満つ
家家の竹楼は広陌に臨み
下に連檣有りて估客多し
觴を携え　芰を薦めて　夜に経過し
酔いて大隄を蹋み　相応じて歌う
屈平の祠下　沅江の水
月は寒波を照らして　白煙起こる
一曲の南音　此の地に聞く
長安は北望すること三千里

前半は武陵西北の白馬湖で、競いあうようにして菱をとる艶やかな女性達の有様、後半は家に帰ってこれを酒とともに舟旅の客にすすめる様子が、いずれもこの土地の秋の風俗として描かれている。そして、そのように土俗を歌うことが、やがて流寓の身であることに思い至らせ、最後には都を遠く離れた地に捨ておかれている悲しみが歌われている。そこに彼がこの楽府を作った主たる意図が存するとしても、この地の採菱の風俗を取り上げたことの意義は失われていない。

こうして十年に及ぶ朗州での謫居生活の中で、土地の風俗を楽府によって詠うことが劉禹錫の詩人としての活動の一つの柱となるのだが、それは続く連州刺史の時期も同様であった。連州での作品には「沓潮歌」、「莫徭歌」(ともに巻二六)などがある。まず「沓潮歌」を例にとろう。序文に「元和十年夏五月、終風濤を駕し、南海羨溢す。南人曰く、沓潮なり、率ね三たび歳を更るに一たびこれ有りと。余は連州の客と為り、或ひと予が為に其の状を言えば、因りてこれを歌い、南越志に附せんとす(元和十年夏五月、終風駕濤、南海羨溢。南人曰、沓潮也、率三更歳一有之。余爲連州客、或爲予言其狀、因歌之、附于南越志)」と言い、連州刺史に着任後、ほどなくこの現象に接したことを伝える。なお、連州は今の広東省の北部で、そこから南海の溢れる様子を目撃することは不可能であるから、「或ひと予が為に其の状を言う」とあるように、その内容は伝聞に拠っているのであろう。また序文に言う「南越志」は、沈懷遠(年代不詳)の撰とされるが、一部しか現存していない。しかし当時は著名な地誌であったと見られ、その欠を補う意図を示すところに、嶺南ならではの不思議な現象を歌い伝えようとする姿勢が伺える。

屯門積日無回飆　　屯門　積日　回飆無し

滄波不歸成沓潮
轟如鞭石矻且搖
亘空欲駕黿鼉橋
驚湍蹙縮悍而驕
大陵高岸失岧嶤
四邊無阻音響調
背負元氣掀重霄
介鯨得性方逍遙
仰鼻嘘吸揚朱翹
海人狂顧迭相招
罽衣髽首聲嘵嘵
征南將軍登麗譙
赤旗指麾不敢囂
翌日風回沴氣消
歸濤納納景昭昭
烏泥白沙復滿海
海色不動如青瑤

滄波帰らず　沓潮を成す
轟くこと石に鞭うつが如く　矻《そび》え且つ揺れ
空に亘りて黿鼉の橋を駕せんと欲す
驚湍は蹙縮して　悍にして驕り
大陵高岸も　岧嶤たるを失う
四辺は阻む無く　音響調い
元気を背負して　重霄を掀《あ》ぐ
介鯨は性を得て　方に逍遙たり
鼻を仰ぎて嘘吸し　朱翹を揚ぐ
海人は狂顧して　迭ごも相招き
罽衣　髽首　声は嘵嘵たり
征南将軍は麗譙に登り
赤旗もて指麾すれば　敢えて囂《さわ》がず
翌日　風回りて　沴気は消え
帰濤は納納として　景は昭昭たり
烏泥白沙は復た海に満ち
海色動かざること青瑤の如し

沓潮については、唐の劉恂の『嶺表録異記』（『説郛』巻三四）に「毎年八月、潮水は最も大なり。秋中復た颶風多し。潮水の未だ退かざるの間に当たりて颶風作《おこ》り、而も潮は落ちず、晩潮又た至れば、遂に波濤岸に溢れ、人の廬舎を淹没し、苗稼を蕩失し、舟舡を沈溺せしむるに至る。南中はこれを沓潮と謂う。或いは十数年に一たびこれ有り。亦た時の災数に係らんのみ。俗に呼びて海翻と為し、漫天と為す」と記す。すなわち今で言う高潮であり、かなりの被害をもたらす災厄として、嶺南では知られた現象であったことがわかる。この『嶺表録異記』の簡潔な記述に比べると、「沓潮歌」は伝聞と想像とを交えて、現象のもつ異常さが誇張されて描かれている。内容について少し説明を加えておくと、「屯門」は広東省寶安縣の南にある山名。「鞭石」は、晋の伏琛の『三齊略記』に見える、秦始皇が東海に石塘を渡して日の出る処を見ようとしたとき、神人が現われて石を落とし、すみやかに落ちない石を鞭打ったという話をふまえる。(7)「黿鼉橋」は、周の穆王が越を伐ったときに、黿鼉に橋をかけさせて渡ったという『竹書紀年』の話を用いており、(8)また「介鯨」は巨鯨をいい、郭璞「江賦」（『文選』巻一二）に「介鯨は濤に乗りて以て出入す（介鯨乘濤以出入）」などと描かれるのを意識するのだろう。「海人」は海辺に住む人とも、海中に住む人とも解せると思うが、次の「罽衣髽首」が土着の蠻夷を指すことからすれば、いわゆる鮫人のように、海中に住む人を指し、それも逃げまどうとの意と見ておきたい。このように、この歌は伝聞をもとに作られたために、故事を多用し、想像力を駆使した内容になっているが、しかしそれらやや誇張された表現が、嶺南の地の珍しい現象に遭遇した驚きをよく表わしており、これを楽府に歌って広く伝えようとする彼の意図に沿ったものとなっている。

また「莫徭歌」は、先祖に功績があったため徭役を免除される特権を持ち、それゆえ莫徭と称されている少数民族について歌う作品である。

莫徭自生長　莫徭　自ずから生長し
名字無符籍　名字　符籍無し
市易雜鮫人　市易　鮫人を雑え
婚姻通木客　婚姻　木客と通ず
星居占泉眼　星居して泉眼を占め
火種開山脊　火種もて山脊を開く
夜渡千仞谿　夜に千仞の谿を渡れば
含沙不能射　含沙も射る能わず

唐朝の直接支配の外にあることがまず述べられた後、漢族からは異様に見える生活の様子や、すばやい身のこなしが、誇張を交えつつ描かれている。朗州での「蠻子歌」も同様であるが、こうした異民族の存在も、その土地の持つ大きな特徴であり、劉禹錫は彼らの生活や言葉などに細かな観察の目を注いでいる。莫徭については「連州にて臘日に莫徭の西山に獵するを観る（連州臘日観莫徭獵西山）」詩（巻二五）も残されている。所管の地に住む異民族であるだけに、刺史として関心を寄せていたのであろう。

さて、劉禹錫はこうした土風を歌う楽府を作るとともに、その地の俚歌にも注意を払っていた。たとえば連州での作である「挿田歌」（巻二七）は、その序文に「連州城は下俯すれば村墟に接す。偶たま郡楼に登り、適たま感ずる所有り。遂に其の事を書して俚歌を為し、以て采詩の者を俟つ」と述べるだけでなく、中に「農婦は白紵の裾、農夫は緑蓑の衣。斉しく唱う田中の歌、嚶儜として竹枝の如し。但だ怨響の音を聞くのみ、俚語の詞を辨ぜず（農婦白紵裾、農夫緑蓑衣。齊唱田中歌、嚶儜如竹枝。但聞怨響音、不辨俚語詞）」と、農夫たちが作業歌を歌いながら田植えを行っている様子が描かれている。先の競渡や采菱などの場合でも、行事や労働の中で歌われる曲に注意していた。そうした積み重ねがあって、やがて夔州刺史の時に「竹枝詞」（その序に「昔屈原は沅湘の間に居り、其の民の神を迎うるに、詞に鄙陋なる多ければ、乃ち為に九歌を作り、今に到るまで荊楚ではこれを鼓舞す。故に余も亦た竹枝詞九篇を作り、善く歌う者をしてこれを颺げしめ、末に附せんとす」と記される）が俚歌に即して生れることになるのである。[9] またそうであればこそ、白居易の「夢得を憶う」詩（『白氏文集』巻二六）の題下注に「夢得は能く竹枝を唱い、聴く者は愁絶たり」と記されるように、自身、竹枝歌に巧みだったのであろう。文学史的には、詞の歴史の上で先駆的な役割を果したことから、「竹枝詞」、「楊柳枝詞」、「浪淘沙詞」、「紇那曲」（いずれも巻二七）などの作品が注目されているが、それらの作品の生れる背景に、朗州、連州において、それぞれの土地の風俗や俚歌に関心を寄せていた彼の姿勢が有ったことを忘れてはなるまい。

連州刺史在任中に母の死にあい、その喪があけて就いた夔州刺史の任期中に、先の「竹枝詞」、「浪淘沙詞」、「紇那曲」などが作られるのだが、この時期にも、土風を歌うものとして「畬田行」（巻二七）などが残されている。次の和州刺史の時期には、任地が江東に移ったこともあり、南朝以来の歴史をふりかえる「金陵五題」や「西塞山懐古」（巻二四）などの懐古の詩が増えて、それが時期的な特色となっている。

このように、土風や俚歌に取材した楽府は、劉禹錫が中央文化と切り離された南方の地に身を置くなかで、そこで見聞した特異な風俗や現象を歌い伝えようとする姿勢から生れてきたものであった。それは、中央政界から見捨てられたことによって目に入ってきたものを、むしろ積極的にとりあげて、自己の置かれた情況を克服する手段としたと言えるのかもしれない。しかしこのことは、当時の他の詩人と比べてみるとき、彼の特徴として大きく浮かびあがると思われる。彼の属した中唐元和期は、士人の政治参加の道が比較的広がった時期だが、それゆえの政争も激しく、南方へ左遷された人々も多かった。柳宗元、韓愈、白居易、元稹、李徳裕など、主要な詩人の多くは貶謫を経験しているが、劉禹錫ほどに土俗や俚歌に関心を寄せた詩人は他にない[10]。ことに運命を共にしたと言える柳宗元には、南方の風俗などが描かれるものは、「嶺南江行」、「柳州峒氓」（ともに『柳河東集』巻四二）など数首を数えるにすぎない。だが、そこに両者の個性の違いがあると言うべきであろう。柳宗元は、永州司馬、柳州刺史の期間、付近の山水を歩き回り、中央から見捨てられているその地の自然に、辺境に見捨てられた自己の姿を重ねるようにして、山水詩や記を書いたのだが[11]、劉禹錫は、辺境の地の風俗や俚歌という人事的、社会的な側面に目を向けることによって、自己の詩の世界を造り出していったのである。

## 妓女の物語を歌う作品

劉禹錫の楽府の特徴として注意したいもう一つの点は「泰娘歌」の存在である。まず序と本文とを掲げる。

泰娘は、本と韋尚書の家の主謳者なり。初め尚書は呉郡と為りてこれを得、楽工に命じてこれに琵琶を誨えしめ、これをして歌い且つ舞わしめば、幾何も無くして、尽く其の術を得たり。居ること一二歳、これを携えて以て京師に帰る。京師は新声の善工多し、是こに於いて又た故技を捐去し、新声を以て曲を度す。而して泰娘の名字は、往往にして貴遊の間に称せらる。元和の初、尚書は東京に薨じ、泰娘は出でて民間に居る。これを久くして、蘄州刺史の張愻の得る所と為る。其の後愻は事に坐し、謫せられて武陵郡に居す。愻卒して、泰娘は帰する所無し。地は荒れて且つ遠く、能く其の容と藝とを知る者有る無し。故に日び楽器を抱き

て哭き、其の音は焦殺にして以て悲し。雑客はこれを聞き、為に其の事を歌いて、以て楽府に足すと云う。(12)

泰娘家本閶門西　　泰娘　家は本と閶門の西
門前綠水環金堤　　門前　緑水　金堤を環る
有時妝成好天氣　　時有りて妝成る　好き天気
走上皐橋折花戲　　走りて皐橋に上がり花を折りて戯る
風流太守韋尚書　　風流なる太守　韋尚書
路傍忽見停隼旟　　路傍に忽ち見て隼旟を停む
斗量明珠鳥傳意　　斗もて明珠を量り　鳥は意を伝え
紺幰迎入專城居　　紺幰もて迎え入る　専城の居
長鬢如雲衣似霧　　長鬢は雲の如く　衣は霧の似し
錦茵羅薦承輕步　　錦茵　羅薦　軽歩を承く
舞學驚鴻水榭春　　舞は驚鴻を学ぶ　水榭の春
歌撩上客蘭堂暮　　歌は上客を撩す　蘭堂の暮れ
從郎西入帝城中　　郎に従いて西のかた帝城の中に入る
貴遊簪組香簾櫳　　貴遊　簪組　香簾櫳
低鬟緩視抱明月　　低鬟　緩く視て　明月を抱き
纖指破撥生胡風　　纖指　破撥して　胡風を生ず
繁華一旦有消歇　　繁華　一旦　消歇する有り

題剣無光履聲絶
洛陽舊宅生草萊
杜陵蕭蕭松柏哀
妝匳蟲網厚如繭
博山爐側傾寒灰
蘄州刺史張公子
白馬新到銅駝里
自言買笑擲黄金
月墮雲中從此始
安知鵩鳥座隅飛
寂寞旅魂招不歸
秦嘉鏡有前時結
韓壽香銷故篋衣
山城少人江水碧
斷雁哀猿風雨夕
朱弦已絶爲知音
雲鬢未秋私自惜
擧目風煙非舊時

題剣光無く　履声絶ゆ
洛陽の旧宅　草萊を生じ
杜陵蕭蕭として松柏哀し
妝匳の虫網　厚きこと繭の如く
博山爐の側　寒灰を傾く
蘄州の刺史　張公子
白馬新たに到る　銅駝の里
自ら言う　買笑　黄金を擲つと
月の雲中に堕つるは此れ従り始まる
安んぞ知らん　鵩鳥　座隅に飛び
寂寞たる旅魂　招けども帰らざるとは
秦嘉の鏡に前時の結び有れども
韓壽の香は故篋の衣に銷えたり
山城は人少なく　江水は碧なり
断雁　哀猿　風雨の夕べ
朱弦の已に絶つは知音が為なり
雲鬢は未だ秋ならざれば私自《ひそ》かに惜しむ
目を挙げれば風煙は旧時に非ず

夢尋歸路多參差　　夢に帰路を尋ぬるも参差たること多し
如何將此千行涙　　如何ぞ　此の千行の涙を将て
更灑湘江斑竹枝　　更に湘江の斑竹の枝に灑がんとは

詩中の韋尚書とは、蘇州刺史、検校工部尚書、東都留守などを歴任し、死後尚書左僕射を贈られた韋夏卿である。(13)また張愻の方は、ここに述べられる以外には、徳宗朝の宰相關播の門下にいたことが知れる程度で、詳しい事迹はわからない。(14)また朗州で作られたことは明らかだが、制作年代を特定することはできない。泰娘とも直接面識があったのではなく、おそらくは伝え聞いた話にもとづいて歌われたものと思われる。詩の内容は保護者の運命に左右され、翻弄される泰娘の姿を描き、都洛陽での華やかな生活が一変して、辺境の朗州に一人とり残されてしまった悲劇を歌うものである。そして流落した妓女を主人公とする歌物語である点、および泰娘の境涯を傷むことに劉禹錫自らの境涯に対する歎きが重ねられている点に、この作品の注目すべき特徴があると思われる。

安史の乱後は梨園の弟子や教坊の妓女たちが流落して、地方の有力者の庇護を受けることが多くなり、結果として士人との接触の機会も増えて、楽人や妓女との交渉の中で作られる詩が増加した。また妓女を主人公に、士人との恋愛を描く「李娃傳」、「柳氏傳」などの、いわゆる伝奇小説もさかんに作られつつあった。一方楽府においては、「莫愁樂」、「情人碧玉歌」など女性を主人公にし、その名を篇名とする作品が伝統的に作られて来ている。「泰娘歌」は、この二つの点を合わせつつ、新しい楽府のスタイルを作ろうとしたものであろう。同様に妓女を主人公とし、その名を篇名とした作品には、他に元稹の「崔徽歌」（『全唐詩』巻四二三。断片のみ現存）、「李娃行」（同、やはり断片のみ）、李賀の「洛姝真珠」（『李賀歌詩篇』巻一）、「許公子鄭姫歌」（同巻四）などが有り、また楽府ではないが、後の杜牧の「杜秋娘詩」、「張好好詩」（いずれも『樊川詩集』巻一）を加えれば、一つのテーマとして広がりを見せていたことがわかる。そして「泰娘歌」は、運命に翻弄されて数奇な人生を歩んだ妓女の物語を歌っている点で、それらの詩の中でも新しさをもっている。かつ杜牧の「杜秋娘詩」と比較すると、この詩が影響を与えていた可能性もある。「杜秋娘詩」も、運命のいたずらから幾度もの浮沈を経験した末に、郷里の金陵で孤独な晩年を送る妓女の悲劇に感慨をおこして作られたものであり、スタイルは異なるが、共通したテーマをもっている。(15) 後に見るように、杜牧は懐古の詩においても、劉禹錫の「金陵五題」などを意識していたと想像され、彼に学んだ点は多かったと思われる。

また、流落した妓女を歌うことに自らの境涯を重ねあわせる点は、陳寅恪『元白詩箋証稿』（第二章、琵琶引の條）に触れられるように、白居易の「琵琶引」（『白氏文集』巻十二）との類縁が見られる。「琵琶引」は、琵琶の演奏のさまを描写することにも大きな特徴をもち、詩としての趣きはかなり異なっているが、女性の物語を聞いて身につまされるという枠組みは類似している。「琵琶引」の制作は元和十一年（八一六）の秋であり、「泰娘歌」の方が数年は早いのであるが、白居易が見ていたかどうかは明らかでない。筆者は、杜牧が読んでいたとみられるように、白居易も読んでいた可能性が十分あると思うが、かりに暗合であったとしても、士人も妓女も浮沈を経験させられることの多かった当時の世相をとらえ、権力者に翻弄される点において両者を重ねて見るという構図を描き出したことは、「泰娘歌」の手柄としてよいだろう。なお「琵琶引」では最後に女性の物語を聞いて悲運に涙を流す司馬が登場し、作者の感慨が直接表わされている点で「泰娘歌」とは大きく異なるが、これは自らの経験として描き、それゆえに演奏技術の描写に多くの筆を費す「琵琶引」と、泰娘の数奇な物語を歌いあげる「泰娘歌」との、それぞれの狙い所の違いによるのであろう。また劉禹錫に即して言うなら、直接述べるのでなく、叙述の中から感慨や意見を引き出してくるのを得意とする、その作風の表われでもあると思われる。

このように「泰娘歌」は、当時の文学や社会の動きに対応した新しさをもっており、劉禹錫の楽府の特徴の一つに挙げられる作品であると思う。またその集には「歌者の米嘉榮に与う（與歌者米嘉榮）」、「旧《も》との宮中の楽人穆氏が歌を唱うを聴く（聽舊宮中樂人穆氏唱歌）」、「歌者の何戡に与う（與歌者何戡）」、「歌童の田順郎に与う（與歌童田順郎）」（いずれも巻二十五）などの楽人に贈る詩、あるいは「武昌の老人の笛を説く歌（武昌老人説笛歌）」（同）のように笛を得意とした老人を歌う詩などが多数残されており、そのように妓女や楽人に対する関心や興味を豊かにもっていたことも、この作品の生れる一つの要因であったろう。なお哀悼の作であって主題は異なるが、知人の愛姫を悼んだ「秦妹を傷む行《うた》（傷秦姝行）」（巻三十）があり、やはり伎藝に優れた姫が主人に従って南方に赴き、早世した不幸を傷んでいる。

## 小結

以上、劉禹錫の楽府詩を、主に土風を歌い、俚歌に即した作品と、流落した妓女を歌う「泰娘歌」の二点から、その特徴と文学史的意義とについて考えてきた。そして、こうした楽府詩が作られた背景に、京畿と切り離された不遇な生活の中で、むしろ京畿に見られない事柄に目を向け、新しい文学の世界を作ろうとした彼の姿勢があったことも明らかにできたと思う。

劉禹錫は、その前半生で激しい運命の変転を経験したが、また最終的には、当時の詩人の中でも長命と言える寿命を保ち、名誉職ながらも高官の仲間入りを果した。そうした波瀾に富む生涯と、文学のみならず政治、思想、医学知識から趣味的な事柄に至るまでの幅広い活動[16]とが、反面、その評価の力点の置き場所を定めにくくしている面がある。また詩に限って見ても、縦横に議論を展開したり感情を直接吐露するよりは、物事の叙述を通じて感慨や意見を表わそうとし、繊細な感覚を尊ぶその作風が、個性的な、自己主張の強い詩人が多い中唐詩壇において、かえって印象を弱くしている面がある。しかし後述するように、彼の持つ幅広さは、宋代のオールラウンドな文人の一祖型と見なしうるものであり、またその詩は、蘇軾、黄庭堅らも愛したように、宋の詩風につながる点がある。[17]したがって、その活動の全体を視野に収めて、研究、評価を行なってゆくことが必要であろう。

注

（1）劉禹錫の作品は『崇蘭館本』（四部叢刊所収）を底本とし、『劉賓客文集』（影宋紹興刊本、大安、一九六七）、『結一盧朱氏刻本』（四部備要所収）、『全唐詩』、『樂府詩集』、および瞿蛻園『劉禹錫集箋證』（上海古籍出版社、一九八九）を参照した。また劉禹錫の経歴、作品の繫年については、主として、卞孝萱『劉禹錫年譜』（中華書局、一九六三）および羅聯添『劉夢得年譜』（文史哲學報八期、一九五八、のち『唐代詩文六家年譜』臺湾・學海出版杜、一九八六に再録）に依拠した。

（2）臺湾、文津出版杜、一九八五。劉禹錫の樂府については、同書二四六〜二八八頁。なお同書は、題名に歌・曲などが付くものを便宜的に数えあげているので、最も広く、かつ数多い取り方となっている。

（3）楽府としては「桃源行」（巻二三）が別にあり、「桃花源記」の話に沿った内容を歌っている。ただし、これは朗州へ来る以前の作とみられ、桃源の地を訪れていないが故に、逆に故事を用いたものと思われる（外集巻八に収める「八月十五日夜桃源翫月」詩に、一族の劉甑が「叔父元和中、取昔事爲桃源行、後貶官武陵、復爲翫月作、竝題於觀壁」と付記している。「元和中」はおそらく貞元中の誤りであろう）。なお「遊桃源一百韻」詩は、見聞を中心とする前半の記述に続いて、後半では朗州へ来ることになった経緯が述べられ、最後に隠棲、学仙の希望を記して終る。

（4）「五月五日、（略）是日競渡、採雜藥。按五月五日競渡、俗爲屈原投汨羅日、傷其死所。故竝命舟楫以拯之。舸舟取其輕利、謂之飛鳧。一自以爲水車、一自以爲水馬。州將及士人、悉臨水而觀之。蓋越人以舟爲車、以楫爲馬也。邯鄲淳曹娥碑云、五月五日、時迎伍君。逆濤而上、爲水所淹。斯又東呉之俗、事在子胥、不關屈平也。越地傳云、起於越王勾踐。不可詳矣。」（守屋美都雄『中國古歳時記の研究』〈帝國書院、一九六三〉の資料篇に収める「寶顔堂秘笈本校註」による）

（5）南斉、劉澄之の『鄱陽記』（『太平御覽』巻六六、地部三一、潭）に次のように記される。「懷蛟水、一名孝經潭。在縣南二百歩。江中流石際有潭、往往有蛟浮出、時傷人焉。毎至五月五日、鄕人於此江水以船競渡。俗云、爲屈原攘災。承前郡守縣綵以賞之、刺史張栖貞、以人之行莫大於孝、懸孝經標竿上賞之、而人知勸。俗號爲懷蛟水、或曰孝經潭。」

（6）『新唐書』巻一二六、張仲方傳「敬宗立。（略）帝時詔王播造競渡舟三十艘、度用半歳運費。仲方見延英、論諍堅苦、帝爲減三之二。」

（7）『墨娥漫録』（『説郛』巻四、引）云「始皇作石塘、欲過海看日出處。時有神人、能驅石下海。石去不速、神輒鞭之。」

（8）「（穆王）三十七年、伐越、大起九師、東至于九江、叱黿鼉以爲梁。」（王國維「古本竹書記年輯校」による）

（9）なお『舊唐書』の伝（巻一六〇）には、「禹錫在朗州十年、唯以文章吟詠、陶冶情性。蠻俗好巫、毎淫祠鼓舞、必歌俚辭。禹錫或從事其閒、乃依騷人之作、爲新辭以教巫祝。故武陵谿洞閒夷歌、率多禹錫之辭也」と記しており、「竹枝詞」の制作時期を朗州と誤っている。『新唐書』の傳（巻一六八）の当該箇所でも、「州接夜郎諸夷、風俗陋甚、家喜巫鬼、毎祠、歌竹枝、鼓吹裴回、其聲傖儜。禹錫謂屈原居沅湘閒作九歌、使楚人以迎送神、乃倚其聲、作竹枝辭十餘篇。於是武陵夷俚悉歌之」と、同様に朗州のことと記している。

（10）王建、張籍、李賀ら、楽府作家として著名な詩人たちの作品にも、こうした特徴は見えない。

（11）この点については、清水茂「柳宗元の生活体験とその山水記」（『中国文学報』二、一九五五）などに指摘がある。

（12）「泰娘歌」序文の原文は以下の通り。「泰娘、本韋尙書家主謳者。初尙書爲呉郡得之、命樂工誨之琵琶、使之歌且舞、無幾何、盡得其術。居一二歳、攜之以歸京師。京師多新聲善工、於是又捐去故伎、以新聲度曲。而泰娘名字、往往見稱於貴遊之門。元和初、尚書薨於東京、泰娘出居民間。久之、爲蘄州刺史張愻所得。其後愻坐事、謫居武陵郡。愻卒、泰娘無所歸。地荒且遠、無有能知其容與藝者。故日抱樂器而哭、其音焦殺以悲。雒客聞之、爲歌其事、以足乎樂府云。」

（13）『新唐書』巻一六二、『舊唐書』巻一六五に、それぞれ伝がある。韋夏卿は、蔣防「霍小玉傳」に李益を諌める友人として登場するが、当人もまた愛姫を多く持ち、「風流太守」と稱されるにふさわしかった。『雲谿友議』巻上「舞娥異」には、彼と愛姫との間にできた娘が、潭州で柘枝妓となっていたという話が見える。

（14）『新唐書』巻一五一、關播の傳に「時李元平、陶公達、張愻、劉承誡率輕薄子、游播門下。能侈言誕計、以功名自喜。播謂皆將相材、數請帝用之。（略）公達等以元平屈賊、皆廢不用」と記されている。

（15）この点は、山内春夫「杜牧の杜秋娘詩について」（『大谷女子大國文』一四、一九八四。のち『杜牧の研究』彙文堂、一九八五、に収載）にも指摘がある。「泰娘歌」と「杜秋娘詩」の類似と相違の詳細は山内氏の論に譲るが、山内氏が、杜牧は「泰娘歌」を読み、これを意識しつつ「杜秋娘詩」を作ったであろうと推測される点は、筆者も同意見である。

（16）現存しないが、医学に関する著述として「傳信方」があったらしい。「傳信方述」（外集巻九）によれば、元和十三年、連州刺史の時に、道州刺史の薛景晦に著述を贈られたのに応えて、舊稿を整理して成したという。また韋絢『劉賓客嘉話録』は、夔州刺史の時に政務のかたわら韋絢に語った話に基づくというが、これには異常な夢の話なども含まれている。当時一般に志怪的な話を語ることが広まっていたが、彼も小説的な事柄に興味をもっていたことが伺える。さらに、胡仔『苕溪漁隠叢話』（後集、巻一二）も指摘するように、「觀棋歌送儇師西遊」詩（巻二九）の表現からは、囲碁も相当な腕前であったことが分かる。言うまでもなく、音楽の素養も豊かであった。

（17）例えば、「竹枝詞」に封する黄庭堅の跋（『山谷文集』巻二四）には、「劉夢得竹枝九章、詞意高妙、元和閒誠可以獨歩。道風俗而不俚、追古者而不愧、比之杜子美夔州歌所謂同工而異曲也。昔東披嘗聞余詠第一篇、歎曰、此奔軼絶塵不可追也」と記す。また胡應麟の『詩藪』（外篇巻五）には、「宋之學陳子昂者、朱之晦。（略）學劉禹錫者、蘇子瞻」との判断が示されている。

# 二　懐古詩について

## 「金陵五題」

劉禹錫の懐古詩は、中唐元和期において量質ともに傑出しており、彼の文学の中でも重要な一角を占めている。この項では、劉禹錫の懐古詩を取り上げ、とくに代表作の「金陵五題」（巻二四）が唐の七絶形の懐古詩の流れに持つ位置を中心に検討する。それによって、楽府詩とは別に、彼が中唐期において、そして晩唐期に対して果たした役割の一端が明らかになると考える。

劉禹錫の集に残る懐古詩は三十余首。大半は、朗州司馬や和州刺史など、南方の地方官の職に在った時期の作と見られている。劉禹錫の詩は全般的に見て、母の死によって洛陽に家居していた元和末年を境に習作期と円熟期とに分かれると考えるが、懐古詩についてもほぼ同様の区分が認められる。即ち、朗州司馬、連州刺史を中心とする前期には、永貞の変による失脚を承けて、たとえば「詠史二首、其二」（巻二一）

賈生明王道　　賈生は王道を明かにし
衞綰工車戲　　衞綰は車戲に工みなり
同遇漢文時　　同じく漢文の時に遇い
何人居貴位　　何人か　貴位に居る

のような、朝廷の所遇に対する批判をこめた詠史詩や、「司馬錯の故城に登る」(巻二三)「漢壽城の春望」(巻二四)等の、要地を離れて埋れている故跡を意識的に取り上げた懐古詩が主流をなし、その表現や感慨の示し方に、彼の個人的な思いが反映されていると感じられる作品が多い。これに対し、夔州、和州、蘇州刺史を中心とする後期には、個人的な境涯を主たる背景とした作詩動機が、より普遍的な歴史への興味へと転換して、「西塞山懷古」(巻二四)「金陵懷古」(巻二二)「姑蘇臺」(外集巻八)等、纖細な抒情を重んじた、劉禹錫の懐古詩を代表する作品が生み出されている。

「金陵五題」は後期の、しかも「西塞山懷古」等の主要作品が集中して、最も充実していると認められる和州刺史の時期(長慶四~宝暦二)の作に属する。以下、序と作品とを掲げる。

余は少くして江南の客と為るも、而して未だ秣陵に遊ばざれば、嘗に遺恨有り。後に歴陽の守と為り、跂してこれを望む。適たま客の金陵五題を以て相示す有り、逌爾として思い生じ、欻然として得る有り。它日友人の白樂天は、頭を掉りて苦ろに吟じ、歎賞すること良や久しくして、且つ曰く、石頭詩に云う、潮は空城を打ちて寂寞として回ると、吾は後の詩人の復た詞を措かざるを知る、と。余の四詠も此れに及ばざると雖も、亦た樂天の言に孤《そむ》かざらんのみ。(18)

石頭城　　　　石頭城

山圍故國周遭在　　山は故国を囲みて周遭として在り

潮打空城寂寞回　　潮は空城を打ちて寂寞として回る

淮水東邊舊時月　　淮水東辺　旧時の月

夜深還過女牆來　　夜深く還た女牆を過ぎて来る

烏衣巷　　烏衣巷

朱雀橋邊野草花　　朱雀橋辺　野草の花
烏衣巷口夕陽斜　　烏衣巷口　夕陽斜めなり
舊來王謝堂前燕　　旧来　王謝　堂前の燕
飛入尋常百姓家　　飛んで入る　尋常百姓の家

臺城　　臺城

臺城六代競豪華　　臺城　六代　豪華を競う
結綺臨春事最奢　　結綺　臨春　事　最も奢る
萬戶千門成野草　　万戸千門　野草と成るは
只緣一曲後庭花　　只だ一曲の後庭花に縁る

生公講堂　　生公の講堂

生公說法鬼神聽　　生公法を説けば　鬼神聴く
身後空堂夜不扃　　身後　空堂　夜も扃ざさず
高坐寂寥塵漠漠　　高坐寂寥として　塵漠漠たり
一方明月可中庭　　一方の明月　中庭に可《あ》たる

江令宅　　　　江令の宅
南朝詞臣北朝客　南朝の詞臣　北朝の客
歸來唯見秦淮碧　帰り来りて唯だ秦淮の碧なるを見る
池臺竹樹三畝餘　池台　竹樹　三畝の余
至今人道江家宅　今に至るも　人は道う　江家の宅なりと

この「金陵五題」には、幾つか注目すべき点が見られる。第一には、金陵を主題とした懐古詩でありながら、金陵を訪れる以前に、南朝の歴史についての知識を基礎に歌われた詩であること。第二には、名所ごとに独立した連作形式であること。そして第三には、劉禹錫の製作時期のわかっている懐古詩のうち、最も早い七絶の作品であることである。いずれも製作事情と関わる点であるが、それが詩の内容にどう反映しているかを中心に検討する。

まず第一の点。後にも述べることだが、一般に懐古詩の場合は、作者が故跡の情景に接することが、懐古の情の起こる主たる契機となる。劉禹錫の作品を例にとっても、武昌の西塞山での七律「西塞山懷古」

西晉樓舩下益州　西晉の楼船　益州より下り
金陵王氣漠然收　金陵の王気　漠然として収まる
千尋鐵鎖沈江底　千尋の鉄鎖　江底に沈み
一片降幡出石頭　一片の降幡　石頭より出づ
人世幾回傷往事　人世　幾回か　往事を傷む

山形依舊枕寒流　　山形　旧に依りて　寒流に枕す
今逢四海爲家日　　今　四海の家と為る日に逢うに
故壘蕭蕭蘆荻秋　　故塁蕭蕭として　蘆荻秋なり

や、金陵での七絶「臺城懷古」（巻二五）

清江悠悠王氣沈　　清江悠悠として　王気沈み
六朝遺事何處尋　　六朝の遺事　何処にか尋ねん
宮牆隱嶙圍野澤　　宮牆隠嶙として野沢を囲み
鸛鵙夜鳴秋色深　　鸛鵙夜鳴きて秋色深し

などは、いずれも荒廃した故跡の情景に対することによって引き起こされた詠嘆を根底に置いて歌われている。従って「金陵五題」のように、別な場所に居て想像で作られた詩は、懐古詩としてはあまり一般的ではないと言える。少くとも、その場に臨んでいないことを序に明示する例は、これ以前に見ない。劉禹錫がこうした作り方をしたのは、金陵の歴史に深い関心を持つが故に、懐古の情感を呼び起こすにふさわしい情景を想定して、一篇の詩を構成することに新しい魅力を感じたということなのであろう。詠嘆の直接の表出を抑え、月、燕、野草、竹樹など、何気ない景物から有為転変の感慨が表われるよう工夫された表現方法も、想像の中で情景を描くという新しい試みにふさわしいものとなっている。これによって、臨場感にはやや乏しい反面、より鮮明な印象を与える情景を描出し得ている。

次に第二の点。個々に題のついた独立した連作形式は、古跡を詠じた作品としては、李白の「姑熟十詠」(『李太白集』巻二二)[19]を唯一の先例とするに止まり、中晩唐期にもほとんど類を見ない。人に五題を示されたという経緯が明らかでないが、当時どの程度普通の形式であったのか興味がもたれる。内容に即して言えば、それぞれの詩で歌い方に変化がつけられているのは、この形式に関連してのことだろう。即ち、「石頭城」「烏衣巷」の二首は、過去の歴史を詩の背後に置き、今に残る有様を印象的に捉えて、有為転変の感慨を言外に伝えており、「臺城」は、過去の歴史を直接とりあげて、滅び去った営みを傷みつつ批判の気分をこめている。さらに「生公講堂」「江令宅」の二首は、詩中に生公、江令の事蹟と遺跡の様とを映発させて、故人を偲ぶ気持を表わしている。ところで、こうした多様な歌い方は、一義的には単調さを避けるためになされたと思われるが、懐古詩の流れを考え合わせると、別の意図が働いていた可能性も考えられる。それは、作品に占める過去の歴史の叙述と、現在の景の描写との比率を見ると、晩唐期には、七律を中心に、「石頭城」「烏衣巷」のような、過去の歴史の叙述の比率が極めて低く、現在の有様を印象的に歌うことに力点のある詩が増加しているのである[20]。また一方では、七絶を中心に、「臺城」のような歴史叙述を主とし、それにからめて批評、感慨を歌う詩も流行している。そして、それまで一般的であった、古詩形を中心として、過去の叙述と現在の描写とが相応の比率を占めて映発しあうあり方と、鼎立する現象が認められるのである。この流れを考え合わせれば、「金陵五題」の歌い方の多様さには、当時萌していた新しい懐古詩を模索する動きを、具体的な作品として表してみるという意図もあったように思われる。

さらに第三の点については、劉禹錫が七絶の名手として、後世高く評価されていることが挙げられる[21]。物議をかもした「元和十一年朗州より召しを承けて京に至り戯れに花を看る諸君子に贈る(元和十一年自朗州承召至京戯贈看花諸君子」」(巻二四)、「再び玄都観に遊ぶ絶句」(同)、或いは旧知の楽人に贈る「歌者の何戡に与う」、そして「竹枝詞」、「楊柳枝詞」、「浪淘沙詞」などの歌謡作品と、人口に膾炙する七絶詩は劉禹錫の集に数多い。ところで、十分な論拠は用意し得ていないが、七絶は盛唐期までは、李白、王昌齢等の作品をはじめとして、一般に楽府、歌謡に用いられることが多いのに対して、中唐期からは次第に歌謡を離れて個的な抒情を表わす具として用いられるようになっていると思われる。劉禹錫が、「竹枝詞」など、民間音楽に採取した新しい歌謡に七絶を用いる一方で、遊覧や贈答の詩などにも七絶の作品を多く残したのは、七絶の新しい展開と関連してのことではなかろうか。その点から見ると、「金陵五題」は七絶を懐古詩に生かすという意図があったように思われる。つまり、一つの主題を様々な角度から捉えうる、連作に適した七絶の性質を、各首独立しつつ全体で金陵の懐古となる構成に生かすことで、古詩形式によってパノラマ的に歌いあげる懐古詩とは異なる趣きを求めたということなのではないだろうか。

以上、大まかに三点から「金陵五題」の検討を行った。その結果、この詩が内容的に優れた点を持つと同時に、劉禹錫の懐古詩の中で重要な意味を持つ詩であることが指摘できたと思う。これ等の点をふまえて、次に「金陵五題」が唐の懐古詩の歴史に占める位置の検討を行い、併せて劉禹錫の果した役割について考えたい。

## 懐古と詠史

唐の懐古詩の歴史を逐ってみると、中晩唐期に変化の見られる点が大きく二つある。一つは、「懐古」「詠史」という二つの流れが、部分的にその性格を重ねてくること。もう一つは、詩形の上で古体と今体の比率が入れ替わることである。

まず第一の点であるが、歴史、故事をふまえて感慨なり批評なりを歌う詩は、厳密には「詠史」と「懐古」の二種類に分けられる。「詠史」は古くは後漢の班固に遡り、『文選』（巻二一）には「詠史」の項が立てられて、王粲、左思らの作品二十一首が収められるように、唐以前に既に一つのジャンルとして成立していた。王粲の「詠史詩」につけられた呂向の注によれば、その定義は「史書を覧て其の行事得失を詠い、或いは自ら情を寄す」であり、具体的には王粲の「詠史詩」や曹植の「三良詩」のように、歴史上の事件、人物についての感想、批評を述べるもの、或は、左思の「詠史詩」八首のように、歴史上の人物のイメージを借りて、自らの思想、身世の感を述べるものがこれにあたる。(22) したがって主題とする事件、人物に対する把握の仕方に詩の力点がかかる傾向をもつ。なお詩題は、「詠史」の他には人名や事件に関するものが多く、地名、故跡名に関する題の多い「懐古」とは対照的である。

一方「懐古」は、その成立は「詠史」に比べて遅く、六朝末から唐初期にかけてと見られる。(23) その主な理由には二点挙げられる。まず、古人の墓や廟、或は古城を訪れてその故事を歌う詩の場合、古人を偲び、古人の功を称えることに主眼をおいていたのが、陳の張正見の「行きて季子の廟を経る詩」（陳詩巻三）、隋の段君彦の「故との鄴に過る詩」（隋詩巻七）など、陳から隋の作品になると、人世の有為転変を歌うことにも重きをおくように変ってきていることがある。またもう一点は、盧照鄰の「長安古意」（『全唐詩』巻四一）、駱賓王の「帝京篇」（同巻七七）、劉希夷の「白頭を悲しむ翁に代わる」（同巻八二）など、物語性に富み、世の無常を主題とした歌行体の詩の流行が、李百藥の「郢城懐古」（同巻四三）、王績の「漢の故城に過る」（同巻三七）、劉希夷の「巫山懐古」（同巻八二）など、故事を物語風に述べ、過去と現在との対比から無常感を引き出す「懐古」のスタイルの形成に一定の影響を与えていると考えられることである。したがって「懐古」は、故跡を訪れてそこにまつわる歴史、故事に思いを致し、惹き起こされる感慨を歌うものと言うことができる。そして、故跡に臨んで歌われることが一つの前提となるため、故事をどう捉えるかより、過去と現在との対比、人世の有為転変の感慨に力点がかかる傾向をもつ。

さて「詠史」と「懐古」は、本来はこのように性格を異にするものであるが、中晩唐期には部分的に両者の性格を兼ねもった、新しい懐古詩が生れてくる。それは、故跡の名を表題に掲げ、懐古題壁の形をとりながら、故事に対する感想や批評を中心とする「詠史」的な内容を持つもので、杜牧の「烏江亭に題す」(『樊川詩集』巻四)、「赤壁」(同)などを代表的な例として、七絶形式の懐古詩に集中的に見られるのである。[24] なお、懐古詩の詩形について見ると、初盛唐期には、五古を中心として古詩が多数を占めるのに対し、中晩唐期には、七絶、五律、七律を中心に、近体詩が多数を占めるという変遷が認められる。[25] これは、近体詩の完成と普及という基本的な背景があるにせよ、絶句、律詩による懐古詩が、古詩のそれとは異なる趣きを持つことに中晩唐期の詩人たちが気付き、新しい可能性を求めたことの表れでもあるだろう。従ってここでは、先に挙げた中晩唐期における懐古詩の変化の集約的な問題点として、絶句形、特に七絶形の懐古詩をとりあげ、そのなかに占める「金陵五題」の位置を検討することとする。

七絶の懐古詩は盛唐期までは極めて少なく、中で李白の「蘇臺覽古」(『李太白集』巻二二)、

舊苑荒臺楊柳新　　旧苑の荒台　楊柳新たなり
菱歌清唱不勝春　　菱歌　清唱　春に勝えず
只今惟有西江月　　只今　惟だ西江の月有るのみ

曾照呉王宮裏人　　曾て照らす　呉王宮裏の人を

「越中覧古」（同）

越王勾踐破呉歸　　越王勾践　呉を破りて帰り
義士還家盡錦衣　　義士は家に還りて　尽く錦衣す
宮女如花滿春殿　　宮女は花の如く春殿に満ちしが
只今惟有鷓鴣飛　　只今　惟だ鷓鴣の飛ぶ有るのみ

の二首が特筆されるにとどまる。この二首は、前者の転句と後者の結句にそれぞれ置かれた「只今惟有」の四字を軸に、過去の英華と現在の荒廃とを鮮明に対比させて有為転変の感慨を歌っており、李白の絶句の中でも傑作に数えられている。しかし、過去と現在の対比から転変の情を引き出す手法は、当時の「懐古」の一般的傾向に即しており、七絶形であることに特別の意義が認められるということはない。

しかし中晩唐期には、量的な増加をみると同時に、機智的な発想によって故事に対する寸評を行うという性格を持つようになり、懐古詩の一角に独自性を主張している。具体例を挙げれば、杜牧の「烏江亭に題す」

勝敗兵家事不期　　勝敗は兵家も事期せず
包羞忍恥是男兒　　羞を包み恥を忍ぶは是れ男児
江東子弟多才俊　　江東の子弟　才俊多し
卷土重來未可知　　巻土重来すれば　未だ知るべからず

「赤壁」

折戟沈沙鐵未銷　折戟沙に沈みて　鉄は未だ銷えず
自將磨洗認前朝　自ら磨洗を将て前朝を認む
東風不與周郎便　東風　周郎の与に便ならざれば
銅雀春深鎖二喬　銅雀　春深く　二喬を鎖さん

「商山四皓の廟に題する一絶」（『樊川詩集』巻四）

呂氏強梁嗣子柔　呂氏は強梁　嗣子は柔
我於天性豈恩讐　我は天性に於いて豈に恩讐せんや
南軍不袒左邊袖　南軍　左辺の袖を袒《はだぬ》がざれば
四老安劉是滅劉　四老の劉を安んずるは是れ劉を滅するなり

など、実際には起らなかったことを仮定して、王朝や個人の運命を傷み、もしくは批評するもの、あるいは李商隠の「景陽の井」（『李義山詩集』巻六）

景陽宮井剩堪悲　景陽の宮井　剰《まこと》に悲しむに堪えたり
不盡龍鸞誓死期　尽くさず　龍鸞　誓死の期を
腸斷呉王宮外水　腸断す　呉王宮外の水
濁泥猶得葬西施　濁泥　猶お西施を葬るを得たり

のように、意外な一面を捉えて感慨や批評を述べるものである。また、多作をもって知られる唐末期の汪遵、胡曾等の作品も含めてよいだろう。[26] 従来の「詠史」の範疇に入るものでも、たとえば李商隠の「賈生」(同)

宣室求賢訪逐臣　　宣室　賢を求めて　逐臣を訪ぬ
賈生才調更無倫　　賈生の才調　更に倫《たぐい》無し
可憐夜半虚前席　　憐むべし　夜半　虚しく席を前め
不問蒼生問鬼神　　蒼生を問わず　鬼神を問う

「北齊二首、其二」(同)

一笑相傾國便亡　　一笑すれば相傾けて　国は便ち亡ぶ
何勞荊棘始堪傷　　何ぞ労せん　荊棘にして始めて傷むに堪うを
小憐玉體横陳夜　　小憐の玉体　横陳するの夜
已報周師入晉陽　　已に報ず　周師の晋陽に入るを

などのように、中晩唐期の七絶形の詩には、機智的な発想をもって、王朝や人物の歴史、運命を傷み、或いは批評する例が多く見られる。

では七絶の懐古詩が、中晩唐期に至って歴史、故事に対する寸評という性格を強め、しかも従来の「懐古」と「詠史」の双方の性格を兼ね合わせる形で多数作られたのは何故であろうか。大きな理由として詩人たちの姿勢の変化が考えられる。つまり、王朝の運命を歌うにせよ、世の有為転変に詠嘆を発するにせよ、盛唐期までは歴史、故事を比較的客観的に捉えていたのに対して、中晩唐期には、現在もしくは自己との関りの中で、歴史、故事を主観的に捉えようとする態度が強く現れていると思われるのである。これは一つには、従来の古詩形式を主流とする懐古詩の、半ば常套化した感慨の表し方や故事の把握の仕方に、詩人たちが満足できなくなったという側面があるだろう。それとともに、爛熟した文化の背後に滅亡の予感が伴う社会状況下に置かれて、鋭敏な感性を持つ詩人たちは、過去の歴史を自分との関わりにおいて捉える以外に意味を見出せなかったという側面もあったと思われる。(27) この現在、もしくは自己との関りの上で歴史、故事を捉えようとする態度が、「懐古」に批評の要素を強めさせ、故跡に臨む場合にも、その歴史に対する批評、感想を主に歌うという、「詠史」的な側面をもたらす作用をしたのではなかろうか。そして、簡潔で屈折、飛躍を含みつつも一貫した論理性をもたせうる七絶の性格が、この主観的な歴史把握に合致し、新しい懐古詩の形式として定着したのだと思われる。

寸評的な性格を持つ、中晩唐期の七絶の懐古詩の形成について、大まかに以上のような過程を考えるが、ではこの流れの上で、劉禹錫の「金陵五題」は、どういう位置を占めるのであろうか。結論から先に言えば、この流れの端緒というべき位置にあると思われる。それは「臺城」のような、歴史の叙述に批評をからめた、先駆的な作品を含むこと。また、五首とも故跡に臨まずに、知識を基礎に構成された情景を描いていること。さらに、七絶の連作形を用いて、そこに歌い方の変化をつけるなど、七絶を懐古詩に積極的に用いていることなどの理由からである。歴史を現在もしくは自己との関わりにおいて捉える晩唐期の態度とはやや隔りがあるものの、自分の知識から金陵の故跡の情景を想定したことを序に明示する点から見て、懐古詩に主観的な態度が強まってくる流れの上で先駆的な役割を果たした作品と言って良いであろう。

## 小　結

以上、中晩唐期の懐古詩について、近体詩の浸透によって詩形が多様化して、従来の懐古、詠史の様式を融合させる動きが生れること、特に七絶形の詩が、歴史に対する寸評という性格の強い懐古詩として独自性を持ってくることを述べ、さらに「金陵五題」が、その七絶詩の流れの上で、端緒と言うべき位置にあることを指摘した。

劉禹錫は「金陵五題」の他にも、「韓信廟」（巻二四）

将略兵機命世雄　　将略　兵機　命世の雄
蒼黄鐘室歎良弓　　蒼黄として鐘室に良弓を歎く
遂令後代登壇者　　遂に後代の壇に登る者をして
毎一尋思怕立功　　一たび尋思する毎に功を立つるを怕れしむ

のような、歴史に対する寸評の性格のより明瞭な作品も残している。彼の懐古詩が当時高い評価を得ていたことからみて、晩唐期の懐古詩に与えた影響は少なからぬものがあったと想像される。したがって劉禹錫は、「竹枝詞」などによって詞の歴史に先駆的役割を持ったのみならず、懐古詩の歴史においても、新しい様式が確立される上で重要な役割を果したと言えよう。

劉禹錫の懐古詩の全体像は、晩唐期の詩人たちのそれがやや単一な傾向にあるのに比べて、はるかに多様な広がりを持つ。だがそれ故に、七絶形の懐古詩において先駆的な作品を残しながらも、それを杜牧や李商隠のような個性あふれた作品につきつめる積極性を持たなかったうらみもある。しかし、それは劉禹錫が、何気ない景物にこまやかな情感を託すというその詩の特徴を懐古詩にも生かすことを主眼に置いたためと思われる。そして、その繊細な情感に溢れた描写こそが、後世も愛誦され、また注目されている主たる理由であると考える。

なお中唐期の文化的な風潮として、韓愈の古典批判などに顕著なように、伝統的に受け継がれてきたものに主体的な判断を加え直そうとする動きが認められる。そのことが、歴史を主体的に捉えるという懐古詩の態度とも関連していることは、十分考えられることであろう。この点については、今後の検討課題としたい。

注

(18)　序の原文は以下の通り。「余少爲江南客而未遊秣陵、嘗有遺恨。後爲歴陽守、跂而望之。適有客以金陵五題相示、逌爾生思、欻然有得。他日友人白樂天掉頭苦吟、歎賞良久、且曰、石頭詩云、潮打空城寂寞回、吾知後之詩人不復措詞矣。餘四詠雖不及此、亦不孤樂天之言爾。」

なお何光遠『鑒誡録』にも、白居易が彼の懐古詩を高く評価した逸話が載せられている。「長慶中、元微之、劉夢得、韋楚客同會白樂天之居、論南朝興廢之事。樂天曰、古者言之不足、故嗟歎之、嗟歎之不足、故詠歌之、今羣公畢集、不可徒然、請各賦金陵懷古一篇、韵則任意擇用。時夢得方在郎署、元公已在翰林、劉騁其俊才、略無遜讓、滿斟一巨杯、講爲首唱、飲訖、不勞思忖、一筆而成。白公覽詩曰、四人探驪、吾子先獲其珠、所餘鱗甲、何用。三公于是罷唱、但取劉詩、吟味竟日、沈醉而散。（下略）」（巻七、四公會）

(19)　李赤の作ともいい、伝承に不明な点がある。

(20)　一例として、許渾の「姑蘇懷古」（巻五三三）を掲げる。

宮館餘基輟棹過、黍苗無限獨悲歌。荒臺麋鹿爭新草、空苑鳧鷖占淺莎。呉岫雨來虛檻冷、楚江風急遠帆多。可憐國破忠臣死、日日東流生白波。

（21）後世の詩話に、劉禹錫の絶句を高く評するものは少くない。いま二例掲げる。
「大歴後、劉夢得之絶句、張籍王建之樂府、吾所深取耳」（嚴羽『滄浪詩話』）
「七言絶句、初盛唐既饒有之、稍以鄭重故損其風神、至劉夢得而後、宏出於天然、於以揚扢性情、馺娑景物、無不宛爾成章、誠小詩之聖證矣」（王夫之『薑齋詩話』）

（22）左思の「詠史詩」については、興膳宏「左思と詠史詩」（『中國文學報』第二一）に論がある。

（23）唐代以前に「懐古」と題する詩には、陶潛「癸卯歳始春懐古田舎二首」（『靖節先生集』巻三）がある。しかし陶潛の詩は、懐古と題していても、盧諶の「覽古詩」（文選巻二一）と同様に、形式は他の六朝の詠史詩に類し、唐の懐古詩とは異る。

（24）例外的に、元稹「四皓廟」（巻三九六）のような五古の作品も見られる。

（25）唐の懐古の詩を『全唐詩』に依って数え、詩形、時期別に示せば、概ね以下のようになる。
初唐…五古・四七、七古・三、五絶・三、五律・三、五排・七
盛唐…五古・一〇九、七古・六、五絶・三、七絶・八、五律・一七、七律・九、五排・一
中唐…五古・五四、七古・一四、五絶・一一、七絶・四六、五律・三九、七律二八、五排・四、五言三韻律・一、七言三韻律・一
晩唐…五古・三五、七古・一三、五絶・一四、七絶・五九五、五律・五六、七律・一四三、五排・一三、五言三韻律・三

詩形の判定では、律句でない句を含み、韻律上は古体となるものも、全体的な印象から今体に含めた場合がある。また、詩人の時代区分は、代表的な詩人は通説に従い、他の詩人は代表的な詩人に準じて判断した。不明の場合は、対象から除外した。同一の詩が二名以上の詩人の集に重出する場合は、十分な考証を行わぬまま、とりあえずそのうちの一名に繫属してある。なお、懐古詩かどうかの判定に迷うものも多く、見落しも予想されるので、数字はあくまで一つの目安として示すものである。

（26）張政烺「講史與詠史詩」（『歴史語言研究所集刊』第十）では、結語の中で、胡曾等の作品について、その由来を次

のように言う。

「詠史詩始于胡曾、前無所承、與漢魏人之詠史絶無關係。懷古題壁本詩人習氣（觀羅隱諸作可見）、大量作七言絶句亦晩唐諸家之共同趨向（如王建宮詞、曹唐小遊仙、王渙惆悵詩、羅虬比紅兒之類是也）、胡曾詠史詩卽滙合此兩種風氣而生。」

しかし、「始于胡曾、前無所承、與漢魏人之詠史絶無關係」と言うのは正しくあるまい。講史との関連はともかくとして、汪遵、胡曾等の作品も、中晩唐期の七絶の懐古の詩の流れの中で、位置づけられるべきものと思う。

(27) 個々の詩人を例にとれば、牛李の黨争による混迷した政治状況下にあった杜牧や李商隠は、批判精神を直截現実の社会に向けることができなかったために、現実社会に対する不満を、起こらなかったことを仮定する形で史実に託し、あるいは韜晦した表現で王朝の滅亡や不運な文人の運命を歌うという態度へ向かわざるを得なかったという面が指摘できる。なお、杜牧の仮定を含んだ懐古詩については、山内春夫「杜牧の詠史詩について」（『東方學』二一）に論がある。

## 三　白居易との関係

### 交　友

劉禹錫は、その前半生においては柳宗元と最も親しく交わったが、柳宗元の死後は白居易、元稹との関係が深まり、ともに長寿を保った白居易が、その後半生において最も親しい友人となった。白居易も「劉蘇州に与うる書」（『白氏文集』巻六八）の中で「嗟乎、微之は我に先んじて去る、詩敵の勍《つよ》き者、夢得に非ずして誰ぞや（嗟乎、微之先我去矣、詩敵之勍者、非夢得而誰）」と述べている。また大和六年（八三二）の秋、洛陽から蘇州にいた劉禹錫

に贈った「劉蘇州に寄す」詩（同巻二六）では、

去年八月哭微之　去年　八月　微之を哭し
今年八月哭敦詩　今年　八月　敦詩を哭す
何堪老涙交流日　何ぞ堪えん　老涙交わり流るる日の
多是秋風揺落時　多く是れ　秋風　揺落の時なるに
泣罷幾迴深自念　泣き罷みて　幾迴か　深く自ら念う
情來一倍苦相思　情の来ること一倍　苦ろに相思う
同年同病同心事　同年　同病　同心事
除却蘇州更是誰　蘇州を除却して　更に是れ誰ぞ

と、元稹、崔羣らの旧友たちが次々と世を去るなかで、劉禹錫のみが真に心を通わせ得る友であると歌っている。そのような強い結びつきを保つ中で、数多くの唱和詩がやり取りされ、宋代に通じる新たな詩風が生まれていったのである。

劉禹錫と白居易は同じ年の生まれだが、官界への登場は劉禹錫の方がかなり早かった。貞元九年（七九三）に柳宗元らとともに進士に及第し、ついで吏部試にも合格して、十一年に太子校書の官を授けられている。白居易の進士登第が十六年、秘書省校書郎を授かるのが十九年であるから、ともに七、八年先行していることになる。しかも、十九年に監察御史となってからは、柳宗元とともに、王叔文・韋執誼らのグループに接近し、二十一年の正月に徳宗が崩じて順宗が即位すると、屯田員外郎となって財政面の実務を握り、順宗の新政に深く参画したのである。白居易にとって、その活躍には目を見張る思いがしたことだろう。しかし、順宗が病気のために実務に当たれなかったことと、打ち出した新しい施策が、藩鎮、宦官および保守的な官僚層の利害と衝突するものであったことのために、同年八月に順宗が退位に追い込まれるとともに新政は失敗し、これに参画したグループもその地位を追われてしまう。劉禹錫も朗州の司馬へ左遷され、ここから二十余年に及ぶ地方官の生活が始まることになる。そして、入れ替わるように、白居易は元和元年（八〇六）に制科に合格し、翌年十一月には翰林学士として憲宗に近仕するのである。

ところで、劉禹錫が参画したこの新政の評判は、当時きわめて悪いものであった。その主たる理由は、韋執誼を除き、多くが寒門の士族の出身であったこと、また宦官から兵権を取り上げようとしたり、宮市・進献の悪習を禁止するなど、旧勢力の利権を損なう施策を行なったことにあったと言われる。後世には再評価の動きも生まれ、現在ではその革新的意義が正当に評価されているが、当時は政を乱す行為として酷評され、関係者には厳しい処分が下された。王叔文は配所で死を賜り、劉禹錫も柳宗元も司馬に貶謫されたまま十年間放置され、召還されてもすぐに遠方の刺史の任に出されたのである。同期の文学者の中でも、韓愈は劉・柳と親しい間柄でありながらも、この新政の評価は否定的であった(28)。しかし白居易はとくに関連する発言を見せていない。彼の受け止め方は不明だが、劉禹錫らが取り組んだ改革の趣旨と、彼が「新楽府」等の諷諭詩で批判した問題点との間に一定の共通性が認められることから考えれば、少なくとも改革の理念に対しては肯定的な見方をしていた可能性がある。

だが、前半生の二人の関係を語る資料は極めて少ない。そもそも二人の交友がいつ始まったのか、それも詳しいことはわからない。劉禹錫に「樂天の揚州に初めて逢いし席上にて贈らるるに酬ゆ（酬樂天揚州初逢席上見贈）」

詩（外集巻二）があり、この詩題を一見すれば、宝暦二年（八二六）の冬に和州刺史の任を終えて上京する途中、蘇州刺史の任を終えた白居易と揚州で初めて出会ったように思える。しかし「初逢」の語は、出逢ったばかりの意味に理解すべきであるし、[29] これ以前にすでに詩の贈答がなされているので、二人の出会いはもう少し早い時期におこなわれていたと考えるのが正しいだろう。瞿蛻園氏は「劉禹錫交遊録」[30] において、劉禹錫の父の緒が浙西観察使の下僚として埇橋（宿州符離県）に勤務していたことがあり、白居易も少年時にやはり宿州符離県で過ごした時期があること、および父親の官歴がともに似通っていることを理由に、出仕以前から互いに交わりを結んでいた可能性もあると見ている。とくに貞元十六年（八〇〇）に白居易が南遊した際、徐州において、淮南節度使の杜佑の幕下で書記をしていた劉禹錫と逢う機会があったのではないかと想像している。その是非はともかくとしても、劉禹錫が朗州司馬に左遷されていた元和年間の初期に、翰林学士であった白居易から百篇の詩を寄せられて、これに答える「翰林白二十二学士は詩一百篇を寄せらる、因りて以て貺《たま》うに答う（翰林白二十二學士見寄詩一百篇因以答貺）」詩（外集巻一）を書いていることから、遅くとも双方が長安にいた貞元年間の後半には、互いに面識を持っていたものと思われる。その後も、劉禹錫が夔州刺史となった長慶二年（八二二）に、ともに長安にいた白居易と韓愈とに引き立てを求めて贈った「始めて雲安に至る、兵部韓侍郎、中書白舎人の二公は近ごろ曾て遠守す、故にこれに属する有り（始至雲安寄兵部韓侍郎中書白舍人二公近曾遠守故有屬焉）」詩（外集巻一）があるほか、翌年杭州刺史に出た白居易と何度か詩の唱和をしていて、とくに宝暦元年（八二五）以降にはその頻度が増している。

長慶以前に密接な交流が見られないのは、科挙の及第時期と任官の時期の違いによって、親しく交際を結ぶグループが分かれたことに大きな理由が求められるだろう。とくに科挙・制挙の同年及第者という間柄は、もっとも深いつながりであり、その中に生涯の友を見いだす例が多かった。劉禹錫における柳宗元、白居易における元稹が、まさしくそれに当たる。それぞれの前半生において、立場を同じくし、とりわけ親しい関係にあったのは、柳宗元であり、元稹であった。元和十四年（八一九）に柳宗元が没して後、劉禹錫と元・白両名との接近が見られ、大和五年（八三一）に元稹が没して以降、最初に述べたような親密な交流が行なわれるのである。その交流は、会昌二年（八四二）七月の劉禹錫の死まで続くが、その間に生み出されたもっとも大きな文学的成果が、三百首以上にのぼる両者の唱和詩である。

## 劉白唱和集

二人の唱和集は、増えるにしたがって何回か手を加えているが、最初にまとめられたのは、大和三年（八二九）の春であったらしい。「三月五日」の日付をもつ白居易の序文「劉白唱和集の解」（巻六九）には、次のように言う。[31]

> 彭城の劉夢得は、詩の豪なる者なり。其の鋒は森然として、敢えて当たる者は少なし。予は力を量らず、往往にしてこれを犯す。夫れ合い応ずる者は声同じく、争いを交うる者は力敵し、一往一復して、罷めんと欲するも能わず。是れ繇り一篇を製する毎に、先ず草を相視る。視竟《おわ》れば則ち興作《おこ》り、興作れば則ち文成る。一二年より来のかた、日び筆硯を尋ね、同和し贈答すること、覚えず滋く多し。大和三年の春に至る已前に、紙墨の存する所の者は凡そ一百三十八首なり。其の余の興に乗じ酔いを扶け、率然として口号せる者は、此の数に在らず。因りて小姪の亀児に命じて編録し、両巻に勒成せしむ。仍りて二本を写し、一は亀児に付し、

一は夢得の小児の崙郎に授けて、各おの収蔵せしめ、両家の集に附せしむ。

これに依れば、その時までに手元に残されていた作品百三十八首を二巻に編集して、「劉白唱和集」と名付けたことが分かる。宝暦二年に揚州で再会後、二人は洛陽まで同行するが、白居易はそのまま長安に戻って秘書監となるのに対し、劉禹錫はしばらく辞令を待った後、洛陽勤務となった。そして大和二年の春に、ようやく長安勤務となるのであり、おそらくそれから約一年の間に、この唱和集に収められた作品の多くが作られたものと思われる。白居易はこの唱和集を編んだ大和三年に、病気を理由に洛陽勤務を願い出、四月には太子賓客の職で東都に分司となっている。二人はまた、長安と洛陽に離れて生活することになるのである。

それからしばらくは、詩のやりとりも途絶えがちになっていたらしい。しかし、大和五年の冬、蘇州刺史に任じられた劉禹錫が、赴任の旅の途中で洛陽に立ち寄り、河南尹であった白居易のもとに暫らく逗留してから、また二人の間で頻繁に唱和が行なわれている。冒頭に引いた「劉蘇州に与うる書」には、その事情を次のように言っている。[32]

閣下と与に長安に在りし時、著わす所の詩数百首を合して、題して劉白唱和集巻上下と為せり。去年の冬、夢得は礼部郎中、集賢学士由り蘇州刺史に遷る。冰雪路を塞ぐに、秦より呉に徂く。僕は方に三川を守れば、東道主と為るを得たり。閣下は僕の為に駕を税《と》くこと十五日、朝に觴し夕に詠じ、頗る平生の歓を極む。各おの数篇を賦し、草を視て別かる。歳月得易く、行くこと復た周星。一往一来、忽ち又た篋に盈つ。誠に知る老醜冗長にして少年なる者の嗤う所と為るを。然れども呉苑と洛城とは相去ること二三千里、此れを捨《お》きて何を以てか歯を啓きて頤を解かんや。（中略）然るに得雋の句、警策の篇は、多く彼唱此和の中に因りてこれを得たり。他人は未だ嘗て能く発せざれば、輒ち自ら愛重する所以なり。今は復た編みてこれを次し、以て前集に附す。前に合して三巻とし、此の巻に題して下と為し、前の下を遷して中と為す。命じて劉白呉洛寄和巻と曰う。大和五年の冬に夢得の任に之くを送るの作より始む。

文中で劉禹錫の蘇州への赴任を「去年」と言っているように、「劉白呉洛寄和巻」が編まれたのは大和六年（八三二）のことであった。ここには収められた作品数が記されていないが、百三十八首を二巻に編んだ「劉白唱和集」と合わせて、その第三巻としたという点から判断すれば、同程度の七十首前後であったろうと想像される。

これからしばらく、二人の唱和は二度目の休止期にはいり、大和八年七月に劉禹錫が汝州刺史に転じてから、再び活発化したようだ。翌九年九月、白居易が同州刺史の任を授かりながら病のために辞し、かわって劉禹錫がその任に就く。さらにその翌年の開成元年（八三六）の秋に、同州刺史から太子賓客に転じて、太子少傅であった白居易とともに洛陽勤務となる。この二年ほどの間の二人の唱和詩が、「汝洛集」としてまとめられている。劉禹錫の「汝洛集引」（外集巻九）には、その間の事情を次のように簡潔に記す。(33)

大和八年、予は姑蘇より臨汝に転じ、楽天は三川の守を罷め、復た賓客を以て東都に分司す。未だ幾くもなく、詔有りて馮翊を領するも、辞して職を拝せず。太子少傅を授けられて分務し、以て其の高きを遂ぐ。時に予は代わりて左馮に居る。明年、予は郡を罷め、賓客を以て洛に入り、日び章句を以て交歓す。因りてこれを編み、命じて汝洛集と為す。

この唱和集の編纂が、開成元年のうちであるのか、翌年以降のことなのか、序文では判断が難しいが、通説では元年の編と考えられている。なおこの「汝洛集」は、後に「劉白唱和集」に加えられてその第四巻を構成することになるが、『新唐書』藝文志・総集類には「劉白唱和集」（三巻）と並べて挙げてあり[34]、成立時のままの形でも通行していたらしい。

さてここまでは、いずれも成立の経緯が明らかだが、会昌五年（八四五）五月一日の日付をもつ「白氏長慶集後序」（外集巻下）には、長慶集五十巻、後集二十巻、続後集五巻を合わせた白氏文集七十五巻について述べたあとに、「又た元白唱和因繼集共に十七巻、劉白唱和集五巻、洛下遊賞宴集十巻有り。其の文は尽く大集の内に在りて録出し、別に時に行わる（又有元白唱和因繼集共十七卷、劉白唱和集五卷、洛下遊賞宴集十卷。其文盡在大集内録出、別行於時）」と記す。これによれば「汝洛集」の後に、さらに一巻が加えられたことがわかる。劉禹錫が太子賓客となってから、二人はともに洛陽を離れることはなく、会昌二年七月に劉禹錫が没するまで親交が続いた。したがって、この六年間の唱和が劉禹錫の死後にまとめられて、「劉白唱和集」の第五巻となったものであろう。

以上のような過程を経て成ったと見られる「劉白唱和集」五巻は、元白の唱和集十七巻に比べれば、分量ははるかに少ないが、その性格や唱和詩の歴史に持つ意義には、自ずから別個のものを備えている。「劉白唱和集」そのものは、元白の唱和集と同様に、現在ではすでに失われているが、双方の別集の中にそのかなりの部分が残されているので、ある程度の復元は可能である。その試みは、すでに花房英樹氏等の手によって行なわれており[35]、関係する作品を摘出し、対応するものを組み合わせる基本作業は、ほぼ終了している。花房氏の『白居易研究』には、唱和の跡を追えるものが百三十組、三百三十三首と四句が挙げられている。これはおそらく、「劉白唱和集」五巻の原載詩数の九割近い量であろう。これによって、両者の唱和の内容を窺うことは、十分可能である。

さて、その性格を、元白の唱和との比較の上で述べるならば、まず形式的な面で大きな違いを持つことが挙げられる。それは唱和の仕方と、韻の用い方である。唱和の仕方における違いは、花房氏も指摘されるように、劉白では「同和贈答」（先の「劉白唱和集の解」の中の言葉）が多く、元白に多い「追和」の形式は少ないということである。すなわち劉白の場合、同じ体験、感動を共有するなかで唱和がなされる例が多く、時空を異にしながら、相手の作品に示された世界を追体験しつつこれに和すことは、あまりなされなかったのである。このことは、先に見た「劉白唱和集」の成立過程において、両者が別の土地にいる時期には、必ずしも活発な唱和が行なわれずに、むしろ休止期が生じていることとも対応することであろう。

次に和韻であるが、これは元稹が意図的に多用し、元白の唱和集の一つの特徴となった次韻の形式が、劉白では非常に少ないことが挙げられる。とくに、長編の次韻の作が見られない。また劉白の唱和では、韻を和していない例のほうがむしろ数多い。それはおそらく、元稹が「令狐相公に詩を上る啓」（『元稹集』巻六〇）[36]の中で

> 稹と同門生の白居易とは友とし善し。居易は雅に能く詩を為し、就中文字を駆駕し、声韻を窮極するを愛し、或いは千言を為し、或いは五百言の律詩を為して、以て相投寄す。小生は自ら以てこれに過ぐること能わざるを審らかにすれば、往往にして戯れに旧韻を排し、別に新詞を創りて、名づけて次韻相酬と為す。蓋し難を以て相挑まんと欲せしのみ。

と述べるような文学的な実験の意図、形式面における新奇さを、二人の唱和では、必ずしも求めていなかったということであろう。

劉白の唱和が求めていたものは、「追和」や「次韻相酬」のもたらす競い合う心の動きではなく、心の交流を楽しむことであったと思われる。身辺雑事と言っても良いような、きわめて日常的なテーマも少なくなく、白居

易が後半生において生活の基本としていた閑適の趣が強くにじみ出ている作品が多い。但し、二人の立場や見方の違いは自ずと反映されていて、そこに唱和のやりとりの面白さが生まれている。また形式で見れば七言律詩を中心に近体の短詩形が多く、表現では対句の技巧や詩句の持つリズムなどの点に特に工夫が認められる。一例を挙げてみよう。白居易は刑部侍郎として、また劉禹錫は主客郎中、集賢殿学士として、ともに長安にいた大和三年（八二九）の春の作で、最初に編まれた「劉白唱和集」二巻に含まれていたと思われる唱和である。まず白居易が「夢得に贈る」詩（巻二七）

心中萬事不思量　　心中　万事　思量せず
坐倚屛風臥向陽　　坐して屛風に倚り　臥して陽に向かう
漸覺詠詩猶老醜　　漸く覚ゆ　詩を詠ずるは猶お老醜なりと
豈宜憑酒更粗狂　　豈に宜しく酒に憑りて更に粗狂なるべけんや
頭垂白髮我思退　　頭は白髪を垂れて　我は退くことを思い
脚蹋青雲君欲忙　　脚は青雲を蹋んで　君は忙しからんと欲す
只有今春相伴在　　只だ今春の相伴いて在る有るのみ
花前賸醉兩三場　　花前に賸《はなは》だ酔わん　両三場

を贈り、これに答えて劉禹錫が「樂天に答えて戯れに贈る」詩（外集巻一）を返している。

才子聲名白侍郎　　才子　声名　白侍郎

風流雖老尚難當　風流　老いたりと雖も　尚お当たり難し
詩情逸似陶彭澤　詩情の逸なるは陶彭沢に似
齋日多如周太常　斎日の多きは周太常の如し
矻矻將心求淨法　矻矻と心を将て淨法を求むれど
時時偸眼看春光　時時に眼を偸みて春光を看る
知君技癢思歡宴　知んぬ　君の技癢にして歓宴を思うを
欲倩天魔破道場　天魔を倩《か》りて道場を破らんと欲す

ともに陽韻を用いた、いわゆる依韻の作である。先にも述べたように、劉白の唱和では韻を和することに必ずしもこだわっておらず、韻を合わせても最も制約の緩い依韻の作が一般的である。ところでこの二首の詩は、韻が合い、またそれぞれの制作時期が一致することからも、一組の唱和の作と考えられるのだが、内容がぴったり合致していないとして疑問を存する意見もある。しかし唱和であっても、全く同じ内容を歌う例ばかりではない。原詩の内容に工夫を加え、あるいは異なった視点を示すところに唱和詩の妙味が生まれるのである。そして和詩に工夫が見られる点にこそ、劉白の唱和の一つの特徴がある。この例でも、白居易の詩は、老いた身ではもう詩を作るのも、酒を飲んで羽目を外すのもやめた方がよいと言いつつ、せめてこの春だけのこととして花見の宴に誘うのに対し、劉禹錫の詩では、白は老いたと言い、仏教に傾倒しつつも、風流な宴の楽しみを忘れかねているから、仏法を破る魔力をもつ美女の力で道場から引っ張り出してやりたいと、戯れ返しているのである。白居易は前年の冬に病気のために長期休暇をとり、洛陽勤務を願い出て許されるのだが、実際のところはそれほど弱っていた訳ではない。それをこの詩のように歌うのは、一種の戯れであり、忙しくしていると言われた劉禹錫にしてみれば、病気と言っているのも口実で、本当は仏教に凝って物忌みばかりしている、と言い返したくなるところだろう。このような、機知や諧謔を交えたやりとりが、二人の唱和詩の一つの見所である。「技癢」と言うが、[37] 実際白居易は音楽に詳しく、酒令が巧みで、風流の技に長けていた。劉禹錫の方も劣らぬ強者であったのだが、そのあたりを遠慮なく歌いこんでいるところに、二人の気のおけない間柄が感じられる。

また、両者の立場の違いという点で注目しておきたいのは、白居易の詩の頸聯である。長安という政治の中心、またそれゆえに政争の繰り返される地から、彼は身を遠ざけようとしていた。病気を口にするのも、もとより嘘ではないものの、やはり口実という面があった。政治を厭うたわけではないし、諷諭詩を書いた済世の意志が衰えていたのでもない。高位への意欲も決して人に劣ることはなかったと思われる。ただ不安定な政治情況の中で名利を争うことを厭い、官位よりも閑適の境地を楽しむことを求めたのである。しかし劉禹錫は、必ずしもそうではなかった。前半生の栄光と挫折の落差は、やはり大きな心の傷となっていたのである。そのことは、揚州での「樂天の揚州に初めて逢いし席上にて贈らるるに酬ゆ」詩（前出）の著名な一聯、「沈舟の側畔　千帆過ぎ、病樹の前頭　万木春なり（沈舟側畔千帆過、病樹前頭萬木春）」に端的に表れているし、大和二年（八二八）の春に、二十数年ぶりに朝廷の官に復帰した折の「初めて長安に至る」詩（巻二二）でも、次のように不遇の思いを洩らしている。

左遷凡二紀　　左遷　凡そ二紀
重見帝城春　　重ねて帝城の春を見る

老大歸朝客　老大　朝に帰る客
平安出嶺人　平安　嶺を出でし人
毎行經舊處　行きて旧処を経る毎に
卻想似前身　卻りて想う　前身に似たりと
不改南山色　改まらざるは南山の色
其餘事事新　其の余は事事に新たなり

したがって劉禹錫にしてみれば、ようやく復帰した朝廷で、もうひと働きしたいという思いがあった。白居易が「脚は青雲を躡んで　君は忙しからんと欲す」と歌うのは、戯れだけだったのではあるまい。実際には、彼の活躍できる余地はすでになく、蘇州、汝州、同州などの刺史を歴任したのち、白居易とともに洛陽で太子賓客などの名誉職に甘んずることになるのだが、世に立って用いられようとする意志は、最後まで捨てていなかったと思われる。と言っても、彼を動かしていたのは、権勢欲のようなものではなく、若年時に不当に奪われた名誉を取り戻したいという思いであったろう。それほど、傷は深かったのである。

白居易は劉禹錫のこうした気持ちをよく理解していたと思われる。揚州で久しぶりに逢った際に贈った「酔いて劉二十八使君に贈る」詩（巻二五）で、

爲我引杯添酒飲　我が為《ため》に杯を引きて酒を添えて飲め
與君把筯擊盤歌　君が与に筯を把りて盤を撃ちて歌わん
詩稱國手徒爲爾　詩は国手と称せらるるも徒為なるのみ

命壓人頭不奈何　命は人頭を圧して奈何ともせず
擧眼風光長寂寞　眼を挙ぐれば風光は長に寂寞たり
滿朝官職獨蹉跎　朝に満つ官職も独り蹉跎たり
亦知合被才名折　亦た合に才名の折るを被るべしと知るも
二十三年折太多　二十三年は折ること太だ多し

と歌ってその不遇に同情するのを始め、たびたび慰めの言葉を寄せている。但し、永貞の革新についてほとんど発言していないように、劉禹錫の政治的な能力に対してどの程度の評価をしていたのかは分からない。白居易が高く評価していたのは、この詩で「詩は国手と称せらる」と言っているように、あくまでも劉禹錫の文学の才能であった。詩文に優れるからこそ、彼を「詩の豪なる者」と言って尊重し、詩友として、また風流の遊びをともにする雅友として求めたのである。

白居易は「劉蘇州に与うる書」(前出)の中で「得雋の句、警策の篇は、多く彼唱此和の中に因りてこれを得たり。他人は未だ嘗て能く発せざれば、輒ち自ら愛重する所以なり」と言い、劉禹錫との唱和の中で啓発されるところが多かったことを表明している。「得雋の句、警策の篇」とは具体的にどのような作品を言うのか、ここでは明らかにされていないが、「劉白唱和集の解」(前出)において「夢得の『雪裏の高山　頭の白きこと早く、海中の仙果　子の生ること遅し』、『沈舟の側畔　千帆過ぎ、病樹の前頭　万木春なり』の句の類の如きは、真に神妙と謂えり。在在処処応当《まさ》に霊物のこれを護る有るべし」と述べるのも同じ趣旨と考えられるので、これによって劉禹錫の詩のどういう点に魅力を感じたのかを、ある程度窺うことができる。ここに挙げられた詩句は、前者は「蘇州の白舎人の新詩を寄するに早白無児を歎くの句有り、因りて以てこれに贈る（蘇州白舎人寄新詩有歎早白無兒之句因以贈之）」詩（外集巻一）の頷聯であり、白居易が贈った「自ら詠ず」詩（巻五四）の中で、子供に恵まれないまま頭ははや白くなったと歎いたのに答えたものである。また後者は、前述したように、揚州で出会った折に返した和詩の頸聯で、自分が地方に放置されている間に、後進の者に次々と追い抜かれていった不遇を歎いたものである。いずれも表現に奥行が有るという詩句ではない。むしろ、比喩を巧みに用いた対句表現の面白さに見所がある詩句である。一見平凡な措辞のようでありながら、背景となる情況を的確に把握した比喩となっている。白居易の言う「得雋」「警策」も、おそらくこのような表現を指すのではなかろうか。先に見たように、劉禹錫は「金陵五題」詩の序の中で、白居易が「石頭城」の作を絶賛したことを記しているが、この詩も視点の面白さ、表現の繊細さの点で上述の作と共通するものがある。振り返って白居易の詩を見れば、流麗、明朗であり、また鋭い観察眼を備えているが、表現における繊細さ、機知的な冴えは、少なくとも前半生においては、あまり感じられない。また元稹との唱和においても、おおむね同様である。したがって、劉禹錫を高く評価し、これに学ぼうとしたのも、主としてその繊細な表現、柔軟でかつ機知に富んだ捉え方にあったと思われる。またそれが、閑適を中心にすえた白居易の後半生の境地とも合致するものだったのではないか。

## 両者の比較

お互いの後半生において親しく交流をした白居易と劉禹錫は、以上のような数多くの唱和詩を残したが、当然のことながら、あい通じ合う面と異なる面とを持っていた。ここで文学、思想を含めた総体的な両者の比較を試みて、一つのまとめとしておきたい。

まず二人に共通する側面を見ると、多岐にわたる興味の持ち方を第一に挙げることができる。経史、詩文といった基本的な教養は言うまでもないが、二人はさらにさまざまな素養を身につけていた。たとえば音楽である。それは鑑賞者として多くの楽曲を知っていたというだけではない。詞の歴史の初めを飾る「竹枝詞」「楊柳枝詞」などの作品を残しているように、曲の個性もよく知りぬいていた。劉禹錫の歌う「竹枝詞」の曲は絶唱であったというし、白居易は家におく妓女と下僕とで簡単な楽隊を編成して楽しんだという。[38]妓女と言えば、先にも触れたように、酒宴や妓楼での遊びにも共に長けていた。また、絵画や囲碁などにも関心を寄せている。白居易は画家と交流があり、自分の肖像画も何度か描かせてそこに自ら題しているし（巻六「自ら写真に題す」詩など）、劉禹錫には他人の打つ碁を見ての詩ながら、当人もかなりの打ち手であったと思わせる作品がある。さらに養生、医術といった点にも、一定の知識を持っていた。白居易は病弱であったためだろうが、養生の術に関心を持ち、長生の薬を錬成しようとしているし、劉禹錫は「傳信方」という医術書を著していたことがわかっている（注(16)を参照）。こうした多彩な素養を持つことは、当時、一般にもある程度指摘できることである。だが、その幅広さ、素養の深さにおいて、二人は代表的な存在と言える。そして、こうした傾向は、宋代以降にはより強まって、次第に「文人」と呼ばれる中国的教養人の像が結ばれていく。その点では、次に見る思想性と合わせて、二人は先駆的な存在であり、あえて言えば文人の祖型であったと見ることもできよう。

共通する点には、思想的な側面も挙げることができる。中唐期には、儒教・道教・仏教の三教が鼎立し、この三教が究極的には一つのものであるとする論も起こっていた。二人とも、儒教のみならず道教、仏教にも親しみ、その思想を自分の生き方の中に取り入れている。そればかりか、劉禹錫は儒教の教えを記した経書の枠を越えてその本質となる「道」を追求し、積極的な自己を確立することを求めたが、その立場からは道教も仏教もすべて一様に学ぶ対象となりうるという「三教合一」の考えを示している。(39) 白居易も公と私、朝官と閑適とのバランスを保つ生活の中で、仏教の教えを心の一つの拠り所として生かしている。道教、仏教の良さを取り入れ、「道」を体得した聖人に自らもなりうるとして新しい儒教を打ち建てたのが、宋代の儒学、いわゆる宋学であるが、二人の立場はその芽生えであったと言うことができる。またこうした立場の基礎に、合理主義的な考え方があったことも見逃すことができない。よく知られるように、劉禹錫には柳宗元の「天説」（『柳河東集』巻一六）とならんで思想史の上で注目されている「天論」（巻五）の著述がある。これは従来の天命を想定する運命論的な考え方を否定して、人間の行動とその意志の重要性を説くもので、近代的な合理主義の考え方に近いものとして思想的に注目されている。白居易の方にそうした著述はないが、むしろ日常的な面で合理的な考え方が随所に見られる。こうした合理主義的な考え方も、当時の経書の解釈に端的に表れているように、中唐期の精神の一つの特徴と言い得るものである。著述の有無は分かれても、ともにそうした考えを自らの思想の中心に据えていたと言えるのは、やはり特筆するに足ることであろう。このように思想的な面においても、二人は宋代文人の先駆けと言うことができる。

一方、両者の持味の違いとして挙げられる最も顕著な点は、既にその一端を記した、詩人としての個性の違いであろう。それは、たとえば得意な詩形を見れば、ともに古体も近体も巧みにこなしてはいるが、なお白居易は歌行・古詩・長律に持味があるのに対し、劉禹錫は絶句に特に優れるのを始めとして、総じて短詩形式を得意とするという差がある。また詩の印象を言えば、流麗でありながらも内に激しい情熱を秘めて、一本筋の通った骨太なところを持つ白居易の詩に対し、劉禹錫の詩は繊細な感受性、機知的な見方に魅力があって、気品を感じさせるものの、やや線の細い印象がある。互いに相手の詩風を評した言葉を見ても、劉禹錫が「翰林白二十二学士は詩一百篇を寄せらる、因りて以て答え貺る」詩（前出）の頸聯で「郢人の斤斲　痕跡無く、仙人の衣裳　刀尺を棄つ（郢人斤斲無痕跡、仙人衣裳棄刀尺）」と、流麗で技巧の跡を見せないことを讃えるのに対して、白居易は「劉尚書夢得を哭す二首、其二」（巻三六）の頸聯で「盃酒の英雄　君と操と、文章の微婉なるは　我丘を知る（盃酒英雄君與操、文章微婉我知丘）」と、微妙かつ婉曲な味わいを高く評価している。ともに、自分に無い相手の持味をよく理解していたと言えるが、またそれ故にこそ、互いに尊敬し合っていたのであろう。

人間的に見ても、白居易には自分の考え、生き方を基本的に守ろうとする強さと、好奇心を持って人生を楽しもうとする、ある種の貪欲さが感じられるが、劉禹錫には才子と呼ぶにふさわしい頭の良さ、器用さがあるものの、その反面で、器用貧乏とさえ言えるような弱さがあると思われる。それが結局は、二人の人生の行跡の差となって現われているということであろう。

後代への影響という面で考えると、既に見たように、文学、思想などの幅広い分野で、宋代のあり方を準備する先駆的な役割を果たしたと言うことができる。より近い、晩唐期の詩人との関わりで見ると、二人に一番近いのは、詞を文学的に成立させたと評される温庭筠であろう。彼の近体詩は劉白の唱和詩に似た味わいがあり、二人の詩詞が一つの模範とされていたことを思わせる。また杜牧には、とくに劉禹錫とのつながりを感じさせる面がある。それは樂府詩、懐古詩の項で見てきたように、ともに絶句の名手であり、かつ七絶の懐古詩に個性的な作品を残していること、および、いずれも妓女を主人公とした物語詩を書いていることである。機知的な面白さ、切れ味という、詩の持味にも共通する点が見られ、杜牧が劉禹錫に学んだ側面があったものと思われる。晩唐期のもう一人の大家である李商隠は、晩年の白居易がその詩を読んで絶賛したという逸話が伝わるもの[40]の、つながりは必ずしも明瞭ではない。しかし、七言の句法を劉禹錫に学んだという評もあり、温や杜ほどではないとしても、二人の影響を受けていることは確かである。このように主要な詩人との関係を見るだけでも、唱和詩を中心とする二人の文学的な成果が、すぐ次の世代にも受け継がれていたことが見て取れる。人々に広く親しまれるという浸透力では、白居易は劉禹錫に勝り、それが後代への影響力にも反映しているが、文学史的に見て、劉禹錫の果たした役割が甚だしく劣るということはない。むしろ今後より深い研究が進められるにともない、相対的に価値を増す詩人であると思われる。

唱和詩を中心とした、二人の後半生の文学的な活動は、現在から見ると、それぞれの前半生に発表された問題点を数多く含んだ詩文に比べて、受ける印象は弱く物足りない。しかし、一見すると訴えかけに乏しく感じられるそれらの作品が、当時にあっては時代の先端にあり、時の傾向を如実に伝えるものであることを忘れてはなるまい。

注

(28) 順宗の治世の記録として著された「順宗実録」(昌黎先生外集巻六―十)の中で、改革に批判的な立場を示している。

(29) 大和五年(八三一)冬に劉禹錫が蘇州刺史に赴任する途中で洛陽に立ち寄った折に、白居易が彼に贈った「初見劉二十八郎中有感」詩(巻五七)にも「初見」の語が用いられている。この詩の「初逢」も、これと同様に、久しぶりに出会った意味に使われているだろう。白居易を「樂天」と字で呼んでいることや、原唱である白居易の「醉贈劉二十八使君」詩(巻二五)からも、初対面とは思えない心安さが窺える。

(30) 『劉禹錫集箋證』所収。

(31) 原文は以下の通り。「彭城劉夢得、詩豪者也。其鋒森然、少敢當者。予不量力、往往犯之。夫合應者聲同、交爭者力敵、一往一復、欲罷不能。繇是毎製一篇、先相視草。視竟則興作、興作則文成。一二年來、日尋筆硯、同和贈答、不覺滋多。至大和三年春已前、紙墨所存者凡一百三十八首。其餘乘興扶醉、率然口號者、不在此數。因命小姪龜兒編錄、勒成兩卷。仍寫二本、一附龜兒、一授夢得小兒崙郎、各令收藏、附兩家集。」

（32）原文は以下の通り。「與閤下在長安時、合所著詩數百首、題爲劉白唱和集卷上下。去年冬、夢得由禮部郎中、集賢學士遷蘇州刺史。冰雪塞路、自秦徂吳。僕方守三川、得爲東道主。閤下爲僕稅駕十五日、朝觴夕詠、頗極平生之歡。各賦數篇、視草而別。歲月易得、行復周星。一往一來、忽又盈篋。誠知老醜冗長爲少年者所嗤。然吳苑洛城相去二三千里、捨此何以啓齒而解頤哉。（中略）然得雋之句、警策之篇、多因彼唱此和中得之。他人未嘗能發也、所以輒自愛重。今復編而次焉、以附前集。合前三卷、題此卷爲下、遷前下爲中。命曰劉白吳洛寄和卷、自大和五年冬送夢得之任之作始。」

（33）原文は以下の通り。「大和八年、予自姑蘇轉臨汝、樂天罷三川守、復以賓客分司東都。未幾、有詔領馮翊、辭不拜職。授太子少傅分務、以遂其高。時予代居左馮。明年、予罷郡、以賓客入洛、日以章句交歡。因而編之、命爲汝洛集。」

（34）ただし、そこには「裴度、劉禹錫唱和」との注記がある。劉禹錫は裴度とも関係が深く、また「汝洛集」の対象となった時期には裴度も東都留守として洛陽におり、彼を交えての唱和もしばしばおこなわれていた。あるいは、それで誤った注記が付けられたのかもしれない。

（35）花房英樹『白氏文集の批判的研究』（彙文堂書店、一九六〇）第二部の「唱和集復原」の項、同『白居易研究』（世界思想社、一九七一）第二章の「唱和集の成立」の項、および柴格朗『劉白唱和集（全）』（勉誠出版、二〇〇四）など。

（36）原文は以下の通り。「稹與同門生白居易友善。居易雅能爲詩、就中愛驅駕文字、窮極聲韻、或爲千言、或爲五百言律詩、以相投寄。小生自審不能以過之、往往戲排舊韻、別創新詞、名爲次韻相酬。蓋欲以難相挑耳。」

（37）ともに妓女との交渉、酒宴での遊びに関わる詩や句を少なからず残している。また白居易の「與劉禹錫書」（外集下）の中で「故來示有脫膊毒拳、腦門起倒之戲、如此之樂、誰復知之」と言うように、劉禹錫は酒宴での遊びを考案するのにも長けていたようだ。なお白居易には「江南喜逢蕭九徹因話長安舊遊戲贈五十韻」詩（外集上）があり、その中で長安の北里の妓楼に遊んだ体験を率直に歌っている。この詩は『白氏文集』には収載されず、韋縠の『才調集』巻一に収められたことで後世に伝わった。その点では、白居易にとって必ずしも本意の作ではなかったのかもしれない。しかし、妓館での遊びの様子が時間的な順序を追って詳しく描かれている点、当時の風俗資料ともなりうる妓女の服装や化粧の描写、および妓女の個室に入って一夜を共にした後のことまで詠われている点などは、他には見られない貴重な記録となっている。

(38) その「南園試小樂」詩（巻二六）には「小園班駮花初發、新樂錚鏦教欲成。紅萼紫房皆手植、蒼頭碧玉盡家生。高調管色吹銀字、漫拽歌詞唱渭城。不飲一盃聽一曲、將何安慰老心情」と、その様子を描く。

(39) この点に関しては、西脇常記「劉禹錫　―中唐の三教追求者―」（日原利国編『中国思想史』上・ぺりかん社・一九八七）などに論がある。

(40) 宋の『蔡寛夫詩話』（佚書であり、ここは清の朱鶴齢の『李義山詩集箋注』の引用による）に「白樂天、晩年極喜義山詩云、我死得爲爾子足矣。義山生子、遂以白老名之」とある。おそらく実話ではあるまい。

# 李商隠詩論――「牡丹」詩をめぐって

## はじめに

李商隠は、杜牧、温庭筠と並んで晩唐期を代表する詩人として知られるが、王安石が「唐人の老杜を学ぶを知りて其の藩籬を得たる者は惟だ義山のみ（唐人知學老杜而得其藩籬者、惟義山而已）」と言ったと伝えられるように、(1)現実認識の深さ、律詩の緊密な構成力などは杜甫に匹敵するものをもち、また中国詩史上に類例を見ぬ象徴的手法を駆使し、(2)個的体験を普遍的な愛の世界にまで高めた恋愛詩の作者であることによって、晩唐期を超えて注目される詩人である。その詩は、古体、近体ともに優れ、内容的にも「行きて西郊に次る作一百韻」（五古、『李義山詩集』巻一）(3)などの国家体制に対する疑問、不安を歌う作品から、「錦瑟」（七律、巻五）や数多くの「無題」詩などの恋愛詩まで幅広さを持っているが、その本領は盛唐期、殊に杜甫によって完成をみた最も技巧を要する詩形とされる七律であり、豊富かつ多彩な典故をちりばめて、一つの事物一つの世界を浮かびあがらせる象徴詩、特にその中心である恋愛詩である。

彼の象徴詩、恋愛詩については、従来さまざまに論じられ、魅力ある分析も行われてきている。(4)本論では異なる角度からの考察を試み、彼の若年の作であり、その詩の方法の最も早期の成果とみなしうる「牡丹」七律（巻五）を中心にとりあげ、「錦瑟」など比較的後期の作と推定される作品群との関連を考えつつ、分析を行う。まず作品の解釈を行い、さらに唐の牡丹題詠詩一般に見られる特色について述べる。

## 「牡丹」七律の検討

牡丹

錦幃初巻衛夫人　錦幃　初めて巻く　衛夫人
繡被猶堆越鄂君　繡被　猶お堆し　越の鄂君
垂手亂翻雕玉珮　手を垂れ　乱れ翻える　雕玉の珮
折腰爭舞鬱金裙(5)　腰を折り　争い舞う　鬱金裙
石家蠟燭何曾翦　石家の蠟燭　何ぞ曾て翦らん
荀令香爐可待薫　荀令の香爐　薫るを待つ可けんや
我是夢中傳彩筆　我は是れ　夢中に彩筆を伝う
欲書花葉寄朝雲　花葉に書して朝雲に寄せんと欲す

詠物詩は、一般に対象となる物の名を詩中に入れることは避けるものであり、常套となった表現の使用も極力避けるものではあるが、清の屈復が『玉溪生詩意』（巻四）において「題を掩えば是れ何の花を詠ずるかを知らず（掩題不知是詠何花）」と言うように、この詩は一見しては何を詠じたものかわかりにくい。しかし、多彩な典故がちりばめられ、読者の理解を容易には受けつけないかに見えるこの詩も、個々の典故がそれぞれの意味のふくらみを保持しつつ一本の糸で結ばれ、全体として艶やかな牡丹の花とそれに重ねられる美しい女性の姿とを浮かびあがらせており、清の何焯が「牡丹に非ざれば以て之に当つるに足らず（非牡丹不足以當之）」と断ずるように(6)、牡丹題詠詩にふさわしい内容を有している。いささか煩瑣に渉るが、細かく検討を加えたい。

首聯から対句仕立てである。出句の「衛夫人」は衛の霊公夫人の南子で、「典略に云う、夫子の南子に見ゆるに錦幃の中に在り（典略云、夫子見南子在錦幃之中）」という自註がある。『論語』の雍也篇、『史記』の孔子世家にも見える話にもとづく句であるが、「錦幃」にはもう少しふくらみがある。唐代後半には牡丹が広く愛好されたが、当時は牡丹を栽えた鉢、花壇には、日よけあるいは霜よけのために帷幕で掩いがしてあった。白居易「牡丹芳」（七古、『白氏文集』巻四）の「共に愁う　日照らして芳の駐め難きを、仍りて帷幕を張りて陰涼を垂る（共愁日照芳難駐、仍張帷幕垂陰涼）」、同じく「花を買う」（五古、同巻二）の「上は幄幕を張りて庇い、旁は巴籬を織りて護る（上張幄幕庇、旁織巴籬護）」、さらに一首全体を挙げれば司空圖「牡丹」（『全唐詩』巻六三二）の「地を得て牡丹盛んなり、暁に龍麝の香を添う。主人猶《なお》自惜しみて、錦幕もて春霜より護る（得地牡丹盛、曉添龍麝香。主人猶自惜、錦幕護春霜）」などの例がある。したがって「錦幃」には、牡丹をおおう帷幕の意味も含まれているであろう。そして孔子が南子に見えた時は錦幃は巻き上げられなかったのであるが、この句は「初巻」とその故事をひとひねりすることによって、錦幃の中の南子と牡丹とを重ね、錦幃が巻き上げられると南子に比えられるような美しい牡丹の花が姿を現わしたことを意味するのである。落句の「鄂君」は、楚の共王の子の子晳。舟遊びの際、越人の舟子が鄂君の美しさを讃えて求愛の歌をうたい、鄂君がこれに応えてその舟子を抱きしめ、繡被でおおったという話が『説苑』（巻十二）に見える。この句では「越鄂君」とあるが、「越」となっている理由は明らかでない。清の注釈家馮浩は、越人の舟子と混同した可能性を説く（『玉谿生詩箋注』巻一）が、あるいはそうかもしれない。いずれにせよ、この句は、かつて鄂君が舟子をおおった繡被が今なお堆くおかれているように、美しい牡丹の花が盛りあがるように咲いていることをいうのであろう。何焯はこの句を葉を詠じたものと解し（『何義門讀書記』巻上）、高橋和巳氏も「繡被」を葉の比喩と見ているが（中國詩人選集十五『李商隠』七十七頁）、白居易「牡丹芳」（前出）の「地を照らして初めて開く　錦繡段、風に当って結ばず　蘭麝の嚢（照地初開錦繡段、當風不結蘭麝嚢）」や韓偓「牡丹」（五律、『全唐詩』巻五六五）の「嫩蘂金粉を包み、重葩　繡嚢を結ぶ（嫩蘂包金粉、重葩結繡嚢）」などの例をあわせ考えれば、「繡被」は花の形容と見るほうが妥当であろう。首聯二句は美しい牡丹の登場の場面であるが、比喩として用いられた故事の主人公である南子、鄂君のいずれもが諸侯の妃あるいは子という高貴な身分にあり、かつ妖しい美しさをもつ人物であることは注意しなければならない。

頷聯は、牡丹の花が風に揺れるさまを、美しい女性の舞踊に喩える。「垂手」は、舞曲に大垂手、小垂手、独垂手などがあり、手を垂れて舞う姿から名づけられたと『樂府古題要解』（巻下）に見える。また「折腰」については『西京雜記』（巻一）に、漢高祖の愛姫戚夫人が「翹袖折腰の舞」に巧みであったとの記載がある。「乱翻」「争舞」は、牡丹の花が一輪でなく、いくつも重なって揺れているさまを意味するだろうが、美女の連舞のさまを借りて表現されているので、その豊かな肢体をも連想させ、艶やかなイメージとなっている。また、「雕玉珮」は舞女が腰につける佩玉、「鬱金裙」は鬱金で染めた黄色のスカートであるが、前者は花あるいは葉においた露を、後者は花蘂をそれぞれ連想させる。もっとも「玉」は牡丹の比喩では、「白玉」「紅玉」などの表現で花そのものをいうことが多く、ここも「雕玉」で花弁を指す可能性もなしとはしない。ただ「珮」であることからは、日光をうけて輝く露の形容と見るほうがよりふさわしいであろう。一方牡丹の花蘂は黄色が一般であり（「紅葉」「紫蘂」という例も見られるが）、これを黄金に喩える例は多く見られるが、女性の身のまわりのものに喩えた例は少ない。唐彦謙「牡丹」（七律、『全唐詩』巻六七二）に「鵶黄」と見たてた例あるが、服装に喩えたものは唐詩ではここだけである。ところで、やや深読みになるかもしれないが、この頷聯二句はたんに舞踊に比するだけでなく、風に揺られる牡丹の葉ずれの音を歌曲と聞くところまで、含蓄として持っていると思われる。温庭筠「牡丹二首　其二」（七律、『温飛卿詩集』巻九）の「綻ばんと欲するは　双靨の笑を含むに似、正に繁なれば　一声の歌有るかと疑う（欲綻似含雙靨笑、正繁疑有一聲歌）」や劉兼「再び光福寺の牡丹を看る」（七律、『全唐詩』巻七六六）の「筵に当り芬馥として歌唇動き、檻に倚り嬌羞として酔眼斜めなり（當筵芬馥歌唇動、倚檻嬌羞醉眼斜）」などはそうした例である。この二句はそれほどに明瞭な表現ではないが、舞踊と歌曲、管絃は一体のものとして考えられるから、舞踊という視覚的イメージのうらに聴覚的イメージをも含ませている、ふくらみのある表現と受けとって良いであろう。

頸聯は牡丹の鮮やかな色合いと強い芳香とを歌う。出句は、晋の石崇が高価な蠟燭を薪代りに使って炊事をしたという、『世説新語』汰侈篇に見える著名な故事をふまえる。牡丹の花の燃えるような紅を火に喩えるのは、姚合「王郎中の召して牡丹を看しむるに和す（和王郎中召看牡丹）」（五排、『全唐詩』巻五〇二）の「乍ち怪しむ　霞の砌に臨めるかと、還た疑う　燭の籠より出でたるかと（乍怪霞臨砌、還疑燭出籠）」、薛能「牡丹四首　其二」（五排、『全唐詩』五六〇）の「焔を見るに　寧ぞ火を労せんや、香を聞《か》ぐに　煙を帯びず（見焔寧勞火、聞香不帶煙）」、李山甫「牡丹」（七律、『全唐詩』巻六四三）の「数苞の仙艶　火中より出で、一片の異香　天上より来る（數苞仙艶火中出、一片異香天上來）」など他にも多くの用例が見られるが、この句は当時の牡丹市において、美しい株は数万銭の値で取り引きされたという話にふさわしい豪奢な喩えである。落句は後漢の荀彧の故事をふまえる。東晋の習鑿歯の「襄陽記」によれば、荀彧の坐ったあとには馥郁たる香りが三日間消えなかったという。牡丹の花の香り高いことは、先の薛能、李山甫の詩句にも歌われているほか、白居易「渾家の牡丹花を看て戯れに李二十に贈る（看渾家牡丹花戯贈李二十）」（七絶、『白氏文集』巻十三）の「香りは蘭を焼くに勝り　紅は霞に勝る、城中最も数う令公の家（香勝焼蘭紅勝霞、城中最數令公家）」や魚玄機「売れ残りし牡丹（賣殘牡丹）」（七律、『全唐詩』巻八〇四）の「応に価の高きが為めに人の問わざるべく、却て香りの甚しきに縁りて蝶も親しみ難し（應爲價高人不問、却緣香甚蝶難親）」などさまざまな形で歌われ、牡丹の属性としてしばしばとりあげられる要素である。しかし、それを貴公子荀彧の芳香をもって喩えたこの句は、たんに牡丹の香り高さを言うだけでなく、宮室や貴族に愛された高貴な花としての牡丹のイメージにもふさわしい表現となっている。

尾聯は一首の結束であると同時に、この詩の制作事情をも伝えている。「夢中傳彩筆」は、梁の江淹が夢の中で晋の郭璞に五色の筆を返したという『南史』江淹伝の故事をひと捻りし、李商隠が令狐楚より駢文の手ほどきを受けたことを意味するであろう。李商隠は幼年に父を失い、その後二十五才で科挙に合格するまでの間に、令狐楚、崔戎の二人の有力官僚の庇護を受けた。そして令狐楚からは文章の才能を愛されて、当代随一とも称されていたその駢文の技術を伝授されている。「謝書」（巻六）と題する七絶でも、「微意何ぞ曾ち一毫有らん、空しく筆硯を携えて龍韜を奉ず。半夜衣を伝うるを蒙りてより後、王祥が佩刀を得たるを羨まず（微意何曾有一毫、空攜筆硯奉龍韜。自蒙半夜傳衣後、不羨王祥得佩刀）」と、禅宗の六祖慧能が夜半に五祖宏忍から達磨禅師直伝の衣鉢を伝えられた故事をもって、駢文の技術を授かったことへの謝意を表わしている。これによって、李商隠は温庭筠、段成式とともに三十六体と称される駢文作家となったのであり、その駢文の技術が彼の詩の方法にも少なからぬ影響を与えたのである。また令狐楚の長安開化坊の私宅は、見事な牡丹の花が栽培されていたことで知られていた。『長安志』(巻七)には『酉陽雑俎』の佚文を引いて「楚の宅は開化坊に在り、牡丹最も盛んなり(楚宅在開化坊、牡丹最盛)」と記しているし、大和三年(八二九)東都留守に赴任する際の令狐楚自身の「東都に赴きて牡丹に別る」(七絶、『全唐詩』巻三三四)、およびこれに和した劉禹錫の「令狐相公の牡丹に別るるに和す」(七絶、『劉夢得文集』外集巻三)も、そのことを伝えている。したがってこの詩は、令狐楚の私宅での牡丹宴に際して作られたものであることが推定される。李商隠が令狐楚の知遇を受けて後に、牡丹の時節に令狐楚が長安に居るのは大和八、九の両年であり、八年(八三四)三月、兗海観察使の崔戎の幕下にいた李商隠が長安の令狐楚のもとへ寄せた詩とみる、張采田の系年(『玉谿生年譜会箋』巻一)が妥当であろう。(7) この年は、李商隠は科挙に応じて落第しているので、令狐楚宅の牡丹宴に顔を出していた可能性もなしとはしない。いずれにせよ八年の作とすれば、前年六月節度使から朝官に復し、久しぶりに長安での春を迎えている令狐楚を祝い、その宴席に興を添える意味からも、この詩は「彩筆」を授かった腕の見せどころであったわけである。更に言えば、「朝雲」は巫山の神女の故事をふまえて、牡丹宴の席に侍す美女を指すのだろうが、恐らくは李商隠も知っている令狐楚の愛妾ではないかと想像される。

さて聯に分ってこの詩の内容を見てきたが、清の紀昀が「八句八事にして一気に湧出す、襞積の迹を見ず(八句八事而一氣湧出、不見襞積之迹)」(沈厚塽輯評本『李義山詩集』巻上引)と言うように、各句に多彩な典故が用いられている詩でありながら、それぞれの典故が牡丹という一本の糸で結ばれて、その題詠詩にふさわしい表現内容を形成していることが窺えると思う。即ち、首聯は艶麗な牡丹の登場、頷聯は風に揺れるさま、頸聯は色合いと芳香とをそれぞれ歌い(しかも視覚的、聴覚的、臭覚的イメージが重層的に織り成されている)、尾聯の牡丹宴という場にふさわしい主人への挨拶で収束されているのである。これだけでも、李商隠の象徴詩的な方法が十分に発揮された作品であると言うことができようが、この詩にはもう一本の糸が綯いあわされるように存在し、内容をさらに豊かなものにしている。それは、牡丹に重ねられた美女のイメージである。用いられた典故に登場する人物をたどっていくと、首聯の南子、舟子（女性とも男性ともいわれる）を抱きしめた鄂君、頷聯の舞女、特に折腰の典故に見える戚夫人、頸聯の石崇（緑珠の存在をも意識させる）、荀彧というように、諸侯、皇帝の愛姫、あるいは貴公子たちであり、いずれも妖艶さ、あるいは高貴さをもつ人々である。そして、その妖艶、高貴なイメージが、尾聯の、高級官僚である令狐楚の宴席、そこに侍する「朝雲」で比喩される美女の姿に収斂されている。次節に述べるように、唐の牡丹題詠詩では牡丹を妖艶な美をもつ後宮の女性や妓女への連想をもって歌うことが一つの特徴として指摘できる。したがってこの詩は、そうした一般的な発想を念頭において、庭先に咲く艶麗な牡丹と宴席に侍す美女とを巧みに重ねて歌ったものであり、そこに力点が置かれていると思われる。二つのイメージが綯いあわされるようになって一本の糸となり、双方にふさわしい意味のふくらみを持つ典故が配合よく結ばれていることは、この詩が李商隠の詩の方法における最も早期の注目すべき成果とみなしうる点であり、同時に唐の牡丹題詠詩の中でも彼の特質を主張する点である。そのことをより明らかにするために、次に牡丹の歴史、および唐の牡丹題詠詩について検討する。

## 唐代の牡丹と題詠詩

牡丹が詩に登場するのは比較的新しく、題詠詩では盛唐の王維「紅牡丹」（五絶、『王右丞集箋注』巻十三）あるいは裴士淹「白牡丹」（七絶、『全唐詩』巻一二四）[8]が、現在するもので最も早い。詩語としても、岑参「左僕射相国冀公の東斎の幽居にて黎拾遺と同じく献ぜし所（左僕射相國冀公東齋幽居同黎拾遺所獻）」（五古、『岑嘉州詩』巻二）の「玉佩　女蘿買《かか》り、金印　牡丹耀く（玉佩買女蘿、金印耀牡丹）」が、管見の範囲では最も早い使用例に属する。[9]

牡丹の木自体、唐の則天武后朝に山西地方より上苑に移植されてから重んじられるようになり、次第に貴族、士大夫の間で賞玩されるようになったものらしい。[10]元来は中国西北部を中心に自生する灌木で、主に薬草として用いられ、花が芍薬に似るところから木芍薬とも呼ばれていた。しかし、宮中および貴族たちの間で賞玩されるにともない、薬用としてより鑑賞用として重んじられ、いわば鑑賞用栽培植物の先駆けとなった。そして八世紀末から九世紀初、貞元・元和の頃には、貴族の私邸や寺院に牡丹の名所が生じ、晩春の開花時には長安中の人々が賞玩に明け暮れ、牡丹の市では異種、珍種の株に数万銭の値がつくことも起こるようになる。[11]劉禹錫「牡丹を賞す」（七絶、『劉夢得文集』巻五）の結句に言うごとく、まさに「花開く時節京城を動かす（花開時節動京城）」という有様であったようだ。

さて詩には盛唐以降に登場した植物ではあるが、題詠詩は『全唐詩』中に約百二十首と、比較的多数を数える。ことに晩唐期には急激に増加している。これには、鑑賞用植物として愛好されたことから必然的に題詠への興味が高まったこと、また中晩唐期には、牡丹の名所を訪れて花を鑑賞し、詩を作ることが流行したことなどが理由としてあげられよう。その反面、詩語としての使用例は、桃や桂など古来詩文にとりあげられてきた植物に比べてはるかに少ない。ことに、桃における「仙桃」「桃源」、桂における「月桂」「折桂」などのように、典故を持ち独特なイメージのもとに使用されることは、唐詩においてはほとんどない。[12]植物そのもの称呼としての用例が大半である。

しかし、題詠詩において、牡丹がどのようなイメージを伴って歌われているかを見ると、そこには牡丹にふさわしいイメージとして襲用され、ある程度固定していると認められるものもいくつか見出しうる。その最も顕著な例が、先にも触れた女性、ことに高貴かつ妖艶な女性のイメージである。一般的に女性への連想をもつ花の中でも、大輪の牡丹の花はふくよかな唐美人を想わせるものであり、またその鮮やかな色合い、および宮中や貴族の間で重んじられたことが、妖艶かつ高貴な女性をイメージさせる基本的要因となったのであろう。逆に言えば、梅や桃などのように思わぬ所に咲いていることのない花であるから、野辺に草を摘む乙女などに比喩される例はない。

こうしたイメージが定着するに当たって重要な役割を果たした作品は、李白の「清平調詞」三首（『李太白文集』巻五）であった。

雲想衣裳花想容　　雲には衣裳を想い　花には容《かんばせ》を想う
春風拂檻露華濃　　春風　檻《おばしま》を払って　露華濃やかなり
若非群玉山頭見　　若し群玉山頭にて見うに非ざれば
會向瑤臺月下逢　　会《かなら》ずや瑶臺月下に向《お》いて逢わん

一枝濃艶露凝香　　一枝の濃艶　露　香を凝らす
雲雨巫山枉斷腸　　雲雨巫山　枉げて断腸
借問漢宮誰得似　　借問す　漢宮誰か似たるを得ん
可憐飛燕倚新粧　　可憐の飛燕　新粧に倚る

名花傾國兩相歡　　名花傾国　両つながら相歓ぶ
長得君王帶笑看　　長《つね》に君王の笑みを帯びて看るを得たり
解釋春風無限恨　　春風無限の恨みを解釈し
沈香亭北倚欄干　　沈香亭北　欄干に倚る

この詩については、制作のいきさつが晩唐の李濬の『松窓雑録(13)』、宋の樂史の『楊太眞外伝』（巻上）などに記載されており、玄宗が楊貴妃とともに沈香亭前の牡丹を賞玩した際に、李白に命じて作らせた詩であることがわかる。『松窓雑録』から当該部分を引く。

開元中、禁中は初めて木芍薬を重んず、即ち今の牡丹なり。四本を得るに、紅、紫、淺紅、通白なる者なり。上は因りて興慶池の東の沈香亭前に移植せしむ。会たま花の方《まさ》に繁く開けば、上は月夜に乗じて太眞妃を召して歩輦を以て従わしめ、特に選びし梨園の弟子中の尤なる者に詔して、楽十六色を得たり。〔中略〕上曰く、名花を賞し、妃子に対するに、焉んぞ旧楽の詞を用て為さんや、と。遂に亀年に命じて金花牋を持たしめ、翰林学士の李白に宣賜して清平調詞三章を進めしむるに、白は欣びて語旨を承く。〔下略〕

「名花を賞し、妃子に対す」という玄宗の言葉に応えるように、この「清平調詞」三首には、牡丹の花と揚貴妃とがあるときは重なり、あるときは映発しあって歌われており、ことに牡丹の露に濡れた艶やかさ、春風に揺れる風情の描写は、唐美人を代表する楊貴妃の形容と重ねられた印象深い表現となっている。玄宗の命によって作られた歌辞であり、揚貴妃の美しさを歌うことをあくまで主眼としたものではあるが、この後広く喧伝されたことから、牡丹に高貴かつ妖艶な女性への連想が結びついていく上で大きな影響を与えた。

中唐期では、例えば白居易「牡丹芳」（前出）の

映葉多情隠羞面　　葉に映じては情多くして羞面を隠し
臥叢無力含酔粧　　叢に臥しては力無く酔粧を含む
低嬌笑容疑掩口　　低嬌　笑容の口を掩うが疑《ごと》く
凝思怨人如斷腸　　凝思　怨人の腸を断つが如し

などが、牡丹に女性の嬌態を見ている例として注目されるが、晩唐期に牡丹が士大夫に広く親しまれ、詩人達の関心が向けられるようになると、牡丹に美女の艶姿を重ねて見ることが基調イメージとして定着してゆく。例えば羅隠「牡丹」（七絶、『全唐詩』巻六六五）の「日晩れて更に将た何の似たる所ぞ、太真力無く闌干に凭る（日晩更将何所似、太眞無力凭闌干）」は「清平調詞」を明瞭に意識しているし、唐彦謙「牡丹」（七絶、『全唐詩』巻六七二）の「那ぞ堪えん　更に煙に蒙蔽せらるに、南国西施　泣きて断魂す（那堪更被煙蒙蔽、南國西施泣斷魂）」、殷文圭「趙侍郎の紅白牡丹を看て因りて楊状頭に寄せて図に賛せしむ（趙侍郎看紅白牡丹因寄楊狀頭贊圖）」（七律、『全唐詩』巻七〇七）の「翦裁偏えに東風の意を得、淡薄　西子の粧を矜るに似たり（翦裁偏得東風意、淡薄似矜西子妝）」、李建勲「残われし牡丹」（七律、『全唐詩』巻七三九）の「失意の婕妤　妝漸く薄く、身を背ける妃子　病みて扶し難し（失意婕妤妝漸薄、背身妃子病難扶）」なども、西施、班婕妤、楊貴妃ら後宮の美女を連想に持っている。

また、珍種の株が高値をよび、長安中の人々が賞玩に明け暮れるという事態を引きおこしたことから、牡丹の美しさが人の心を惑わすことを歌う例も、王叡「牡丹」（七絶、『全唐詩』巻五〇五。なお巻六九四には王轂の作として

収める）の「牡丹妖艶にして人心を乱す、一国狂うが如く金を惜しまず（牡丹妖艷亂人心、一國如狂不惜金）」、唐彦謙「牡丹」（七律、前出）の「雲と為り雨と為るも　徒らに虚語、傾国傾城は人に在らず（爲雲爲雨徒虚語、傾國傾城不在人）」、徐夤「牡丹花二首　其二」（七律、『全唐詩』巻七〇八）の「能く綺陌千金の子を狂わし、也た朱門万戸侯を惑わす（能狂綺陌千金子、也惑朱門萬戶侯）」など何首か見られるが、この場合にも国を傾け、王侯の心を惑わす妖艶な美女の姿が牡丹に重ねられているとみて良いだろう。これらは牡丹に対する狂乱ぶりを言うために、妖艶さの表現はやや極端な形をとっているが、一般に中晩唐期の題詠詩に用いられる牡丹の形容を見ると、「妖」「艶」「嬌」などの語を用いた例が非常に多い。以上の点から晩唐期の牡丹題詠詩には、妖艶な女性への連想が基調的なイメージとして存在していたと言えるだろう。

説明の都合上、一部の引用に止まることが多かったので、ここで晩唐期の代表的な題詠詩を二首とりあげて検討する。いずれもすでに一部を引用したが、まず温庭筠「牡丹二首」の其二である。

水漾晴紅壓疊波　　水漾らぎ　晴紅　畳波を圧す
曉來金粉覆庭莎　　暁来　金粉　庭莎を覆う
裁成艷思偏應巧　　艶思を裁成すること　偏えに応に巧みなるべく
分得春光最數多　　春光を分ち得ること　最も多きを数う
欲綻似含雙靨笑　　綻ばんと欲するは　双靨の笑を含むに似
正繁疑有一聲歌　　正に繁なれば　一声の歌有るかと疑う
華堂客散簾垂地　　華堂　客散じ　簾　地に垂る

想凭闌干斂翠蛾　　想ひつつ闌干に凭りて翠蛾を斂む

「華堂客散」とあるところから、貴族の邸宅での牡丹宴に際して作られたものか。庭に咲く艶やかな牡丹の描写から入り、後半二聯で宴席に侍す美女の姿を重ねる。女性の一瞬の表情、あるいは化粧のさま、装飾品などを巧みに歌いこむ温庭筠の作らしく、美女になぞらえて花の表情をとらえた描写が印象的である。何焯は李商隠の「牡丹」七律について、「飛卿の作は乃ち花を詠ず、此の篇は亦た無題の流なり（飛卿作乃詠花、此篇亦無題之流也）」と評するが（『何義門讀書記』巻上）、二篇を比べると両者の作風の違いが如実に表れている。温庭筠のこの詩は、構成といい狙い所といい、いかにも詠物の詩らしい作品であり、その点で代表的な意味をもつ。

次に魚玄機の「売れ残りし牡丹」を挙げる。

臨風興歎落花頻　　風に臨み歎きを興す　落花の頻りなるに
芳意潜消又一春　　芳意潜かに消えて　又た一春
應爲價高人不問　　応に価の高きが為めに　人の問わざるべく
却縁香甚蝶難親　　却て香りの甚しきに縁りて　蝶も親しみ難し
紅英只稱生宮裏　　紅英　只だ称う　宮裏に生ずるに
翠葉那堪染路塵　　翠葉　那ぞ堪えん　路塵に染まるに
及至移根上林苑　　根を上林苑に移すに及び至らば
王孫方恨買無因　　王孫方に恨むべし　買うに因《よし》無きを

この詩では、妓女であった魚玄機らしく、牡丹の市で売れ残ってしまった花を惜しみながら、青楼に空しく咲く花である妓女の身の上に比べている。それだけに、本来なら宮苑で賞玩されるべき香り高い花であることをいう頷、頸聯の自負、宮中に入ってしまえば手が届かなくなるぞという尾聯の負け惜しみにも、詩才をもちながら運命に翻弄される無念さが感じられる。題詠詩としてはやや特殊な例に属するが、牡丹に対する認識のあり方がよく出た作品であると思われる。

牡丹の歴史と唐における牡丹題詠詩の一般的特徴を見れば、牡丹の賞翫が宮中から始まって、晩春には長安中の人々を動かすほど愛賞されたこと、題詠詩においては鮮やかな色合い、ぼってりとした大輪の花という形態と合わせて、高貴かつ妖艶な女性のイメージをもって歌われたことが明らかであろう。李商隠「牡丹」七律に見られる牡丹と美女との連想は、基本的には唐の牡丹題詠詩に一般的なイメージを襲用したものと言える。だが注目されることは、この基本的なイメージに肉づけされている表現形式の特異さである。もう一度温庭筠の「牡丹二首　其二」と比較してみよう。この詩は、庭に咲く牡丹を池に写る姿から歌いおこし[14]、頷聯ではひときわ艶やかに目を引く存在であることを強調、頸聯で花のさま、風に揺れる葉ずれの音を、妓女の姿、声に喩え、尾聯は妓女のイメージを重ねたまま、宴散じて後の様子を歌ってしめくくる。妓女のイメージは、あくまで牡丹の艶やかさをより印象的に歌うための手段であり、したがって描写も、実際にそこに見えている牡丹の存在から離れてしまうことはない。しかし「牡丹」七律はそうではない。牡丹があくまで主題ではあるが、女性のイメージが綯い合わされるように結びつけられ、尾聯の「朝雲」の存在によってむしろ牡丹と映発しあう関係にある。そして、一般的な題詠詩と大きく異なるのは、この詩に描かれている牡丹がある特定の花ではなく、多彩な典故を通してモザイク的に再構された、イメージの世界に花開く牡丹だということである。李商隠の脳裏には令狐楚宅の庭に咲く牡丹の姿が映っていたかもしれないが、その個別性、具体性を振り落とし、牡丹の持つさまざまなイメージを活用して、実在の牡丹の花以上に鮮明な像を描き出しているのである。

この点において李商隠の「牡丹」七律は、唐の牡丹題詠詩の中で独自の位置を占める作品となっている。そして同時に、制作時期が二十二歳ごろと推定され、現存する作品の中でかなり早期のものに属することから、彼の象徴詩について考察する上でも重要な意義をもつのである。制作事情からは、この詩を宴の主人への挨拶をこめた戯詩と見るべきかもしれないが、そうであっても対象を描くのに異なる別の事柄から表現しようとする、言葉の魔術にたいする彼の執着がむしろ明瞭にあらわれており、のちに彼の本領として定着していく特質が、典型的と言えるほどに現れ出ていることを見逃すことはできない。

## 「回中の牡丹雨の敗る所と為る二首」の検討

李商隠の集に現存する牡丹題詠詩は五首有り、他に「牡丹」（五律、巻三）「僧院の牡丹」（五律、巻三）「回中の牡丹雨の敗る所と為る二首（回中牡丹爲雨所敗二首）」（七律、巻五）がある。このうち李商隠における牡丹の意味、および「牡丹」七律との関連を考える上で検討しておかなければならないのは、「回中の牡丹雨の敗る所と為る二首」である。

其一

下苑他年未可追　　下苑　他年　未だ追うべからず

西州今日忽相期　西州　今日　忽ち相期す
水亭暮雨寒猶在　水亭暮雨　寒　猶お在り
羅薦春香暖不知　羅薦春香　暖かにして知らず
舞蝶殷勤收落蘂⑮　舞蝶　殷勤に落蘂を収め
佳人惆悵臥遥帷　佳人　惆悵として遥帷に臥す
章臺街裏芳菲伴　章台街裏　芳菲の伴
且問宮腰損幾枝　且つ問わん　宮腰幾枝を損えるかと

其二

浪笑榴花不及春　浪りに笑う　榴花の春に及ばざるを
先期零落更愁人　期に先んじて零落し　更に人を愁えしむ
玉盤迸涙傷心數　玉盤涙を迸らせ　心を傷ましむること数しばにして
錦瑟驚絃破夢頻　錦瑟絃を驚かして　夢を破ること頻りなり
萬里重陰非舊圃　万里　重陰　旧圃に非ず
一年生意屬流塵　一年　生意　流塵に属す
前溪舞罷君迴顧　前渓　舞い罷みて　君　迴顧せば
併覺今朝粉態新　併《まさ》に覚えん　今朝　粉態新たなりと

「回中」は、『史記』巻六「始皇本紀」に「二十七年、始皇は隴西、北地を巡り、雞頭山に出で、回中に過る。

（二十七年、始皇巡隴西、北地、出雞頭山、過回中）」と見える宮殿の名で、集解に「應劭曰く、回中は安定高平に在り」とあるのにより、ここは借りて涇州、現在の甘粛省涇川県を中心とした地を指すのであろう。すなわち、彼の岳父となった王茂元が涇原節度使として在任していた地であるが、この点は後述する。其一の「下苑」は宜春下苑で、曲江池のあったところ、進士及第者が宴を賜わった場所である。「西州」は都の西方の州で、すなわち涇州を指す。頷聯は「羅薦」つまり根元を守るための敷きものを敷かれ、春の香りにつつまれて暖かく育ち、水亭のかたわらで暮の雨に打たれる寒さを知らないはずだったという意か。頸聯落句は、牡丹が雨に萎れるさまに耐えられず、佳人が悲しげに離れた楼の一室で帷のかげに臥すという意味だが、雨に打たれて悲しげに萎れる牡丹そのものをも連想において良いだろう。尾聯の「章臺街」は長安城内の繁華街で、許堯佐「柳氏伝」で知られる章臺柳の話をふまえ、牡丹とともに暮春の情緒を形成する柳樹を言う。其二の首句は、唐初の孔紹安が唐の高祖李淵の監軍を勤めたのを縁に、李淵の即位後に馳せ参じて内史舎人を拝したが、かつての同僚であった夏侯端が一足先に出仕して秘書監を拝命していたので、石榴を詠じた詩に借りて「祇だ時の来ること晩きが為に、開花春に及ばず（祇爲時來晩、開花不及春）」と不平をもらした故事をふまえる。[16]頷聯の「玉盤迸涙」は、牡丹の花が雨に打たれ、そのしずくを涙のようにほとばしらせるさまであろう。牡丹の花を玉に喩えることはしばしば見られ、「玉盤」の用例も裴士淹「白牡丹」（前出）などに見える。「錦瑟驚絃」の方は、花が雨に打たれる音を、高く悲しい瑟の音色によって比喩したものか。尾聯の「前溪」は楽府の前渓曲を言うとともに、其一の「水亭」をうけて、川を前に牡丹が植えられていることも意味するだろう。なお「前溪舞」は、前渓曲の古辞の一首に「黄葛結びて蒙籠たり、生じて洛渓の辺に在り、花落ちて水を逐ひて去り、何当《いつ》か流れに順いて還らん、還るも亦た復た鮮かならず（黄葛結蒙籠、生在洛溪邊、花落逐水去、何當順流還、還亦不復鮮）」（『樂府詩集』巻四十五）とあるのを用いて、牡丹の花弁が雨に打たれて落ちるさまを「舞」と形容したと解する説がある。そうかもしれないが、牡丹の花全体が雨に打たれ、風に吹かれて舞う意と解してもよく、必ずしも花弁の落ちるさまに限定するには及ぶまい。

さて二首の内容であるが、旧注はおおむね二説に分かれる。一説は清の程夢星(『重訂李義山詩集箋注』巻下)らの説で、艶情の詩と解くものである。すなわち牡丹を女性の比喩とし、長安で馴染みとなっていた妓女と回中の地で再会し、その零落したさまを歎く詩と解釈する。もう一説は、清の馮浩(『玉谿生詩箋注』巻一)らの説で、李商隠自身の経歴に関連させて解釈するものである。李商隠は令狐綯の援助もあって、開成二年(八三七)に礼部侍郎高鍇のもとで進士に及第したが[17]、その年の十一月に令狐楚が興元節度使のまま任地に卒して綯が服喪すると、翌年には進士及第直後から誘いを受けていた涇原節度使の王茂元の幕へ赴き、その娘を娶った。だが彼のこの行動は、李徳裕と牛僧孺・李宗閔とをそれぞれの頂点として構成されていた、貴族派・進士派という当時の官界を二分する派閥の間を渡り歩くこととなったため(令狐父子は進士派、王茂元は貴族派に属した)、彼は「詭薄無行」との譏りを受け、両派から裏切者として処遇されることになってしまった[18]。開成三年春の博学宏辞科の試験も、周墀、李回という二人の試験官からは認められながらも、ある政治的圧力から落第となったのである[19]。この詩は詩題の「回中」によって春暮に涇州へ戻ったころの作と推定され、そこで馮浩らは雨に打たれて萎れる牡丹を自らの境遇の比喩とし、失意の思いを述べたものと解釈するのである。その場合其一の尾聯は、科挙の同年の者のうちの同じく失意にある者を思ったものとして、また其二の尾聯は、花弁が落ちきってしまった後から回顧すれば、雨中の牡丹もなお美しいものに思われるだろうの意から、現在の失意も将来にはなお華やかな時間として回顧しなければならない時期が来るかもしれないとの意を表わしたものとして、それぞれ解する。

二説いずれも解釈として成立しうる。先に述べたように、唐の牡丹題詠詩では、牡丹と女性とを連想において歌われることが一般的であるから、前者の解釈にも魅力がある。だが、この詩が「回中」での作であること、そして当時の彼の境遇とその心情とを考慮するなら、後者の解釈の方がより妥当性が高いと思われる。参考として、ほぼ同時期の作と推定される「安定城樓」（巻五）を挙げる。

迢遞高城百尺樓　　迢遞たる高城　百尺の楼
綠楊枝外盡汀洲　　緑楊枝外　尽く汀洲
賈生年少虛垂涕　　賈生　年少くして　虚しく涕を垂れ
王粲春來更遠遊　　王粲　春来りて　更に遠遊す
永憶江湖歸白髮　　永く江湖を憶ひて白髪に帰し
欲迴天地入扁舟　　天地を迴らして扁舟に入らんと欲す
不知腐鼠成滋味　　知らず　腐鼠の滋味と成るを
猜意鵷雛竟未休　　鵷雛を猜意すること　竟に未だ休まず

頸聯は王安石が日頃愛賞したといい[20]、よく知られている作品である。「安定」は漢の安定郡、やはり涇原の地にあたる。「安定城樓」は、おそらく涇原節度使の治所である涇州の町の城楼であろう。この詩題と頷聯によって、この詩は開成三年春に博学宏辞科を落第後に涇州へ戻った折の作と推定される。また尾聯の「腐鼠」「鵷雛」は『荘子』秋水篇の故事[21]にもとづいており、自分は頸聯のような脱俗の志を抱いているにもかかわらず、それを理解せぬ輩によって誹謗され、吏部試の及第が政治的に妨げられたことを物語るのであろう。楼に登って感慨を歌う詩であるがゆえに、彼の心情が比較的直截に描き出されており、詩のスケールも大きい。

「回中の牡丹雨の敗る所と為る」詩は、詠物の詩であるために、この詩とはおのずから趣きを異にしており、表現はより隠微な形をとっているが、底流している心情は共通していると見てよいだろう。ことに其二の首聯から頸聯に至る失意の表現は、彼の境遇と「安定城楼」の尾聯に見える中傷や排斥に対する抵抗の言葉とを重ねて読むときに、最も理解し易いように思われる。牡丹に妓女をかさねた艶情の作と読んだときには、いかにその妓女と親しい関係にあったと仮定してみても、詩意は底の浅いものとなり、この詩にこめられた失意の感情を十分に汲みとることは不可能だろう。

さてこの詩が当時の彼の境遇と心情とを託したものだとすれば、「牡丹」は何を意味するのであろうか。もとより、背景として雨に打たれる牡丹の花が有り、そこから触発されたに違いあるまい。上述のように、牡丹は山西省など北部の山地に自生していた灌木であるから、涇州の地でも見ることは可能であったろう。水亭の傍らに植えられた株があったとしても不思議はない。しかし矚目の景に触発されたとしても、李商隠にはそれが牡丹であったことが重要なのであり、牡丹にこめられた意味を読みとらなければこの詩を理解することは難しい。この点に関して、張采田『玉谿生年譜會箋』（巻二）では「令狐家の牡丹は最も盛んなり。義山は本と子直の門館に在れば、党人の排笮に感ずるなきを得んや。（令狐家牡丹最盛。義山本在子直門館、得勿感於黨人之排笮耶）」と言う。令狐楚の私宅は「牡丹最も盛んなり」との評があり、また前年に進士及第を果して長安の牡丹を楽しむことができた背景にも、令狐綯（字は子直）の力があずかっていた。それゆえ牡丹を見て、自分が王茂元の庇護のもとに身を寄せたことが、令狐綯およびその周囲の人々の怒りや非難を招き、今回の落第となったことが思い起こされ、雨に打たれて萎れる牡丹の姿がそのまま自分の境遇として写ったのだと、張氏は解するのである。筆者も張氏の説に基本的に同意する。ただ深読みに類するかもしれないが、この牡丹にもう少し重い意味を付加させて読んでみたい。すなわち、李商隠が雨に打たれ散る牡丹に感じたものは、令狐父子の庇護、援助を受け、ともかくも順調に歩んでこれた自分の人生が、王茂元の女婿となったことで挫折させられ、変容を迫られるという思いなのではなかろうか。つまりこの詩における牡丹は、李商隠にとって令狐父子の庇護の下での順調かつ得意な日々の象徴として意識されたのではないかと思うのである。そしてそれが「雨の敗る所と為る」と認識したことは、苦い思いを抱きつつも挫折を受け容れようとする意志の表明なのではなかろうか。

進士及第、庇護者令狐楚の死、王氏との結婚、吏部試落第という開成二、三年の間に幸福と不幸のくり返しという形で起こったできごとは、李商隠の人生における大きな転換点を形成したが、彼の詩もこの時期を境として大きな変化を見せるようだ。その変化については、様々な点からの検討をふまえたうえで論じられるべきだが、今かりにそれを略述するなら、まず一点は、彼の詩の一つの特徴である屈折した心理の表現が、以後顕著に見られるようになることであり、もう一点は甘露の変（大和九年）に感じて歌われた「感有り二首」（五排、巻四）、「重ねて感有り」（七律、巻五）および「行きて西郊に次る作一百韻」（前出）などにおいて、国家の情況を鋭く捉える目として発揮されていた冷静な現実認識が、自己の境遇、運命などを含めた全般的な事態に即しても表わされるようになり、あるいは悲嘆しつつ、あるいは過去を追懐しつつも、その情に溺れることなく事態の本質を見つめている姿勢が感じられるようになることである。恋愛の過程をふり返りつつ意味を問い、現在の失意を過去の幸福な時間のなかに投げ返して、すべてを捉えがたい夢幻のうちに総括する「錦瑟」（前出）の尾聯「此の情追憶を成すを待つ可けんや、只だ是れ当時已に惘然（此情可待成追憶、只是當時已惘然）」や、「夕陽」と「黄昏」との対比のなかに爛熟した文化の背後に迫りくる王朝崩壊の予感をこめた「楽遊原」（五絶、巻六）の転結句「夕陽無限に好し、只だ是れ黄昏に近し（夕陽無限好、只是近黄昏）」などのような詩句を生んだ彼の認識のあり方が、この時期から深化されたものとして現われるのである。「回中の牡丹雨の敗る所と為る」其二の尾聯も、「将来には現在の失意をもなお幸福な時間であり得たと回顧する時があるかもしれない」という認識において、すでに後半生に見られる方向性を明瞭に示しているものと見なすことができる。

李商隠の人生、詩いずれの面においても、開成二、三年はその転換点を形成する時期であった。そして「回中の牡丹雨の敗る所と為る二首」は、その転換を沈痛な思いで自覚する詩と考えられる。さらにその際、「牡丹」が筆者の想像のように彼の青春時の順調な日々を連想させるものであったなら、結果として先の「牡丹」七律こそ、令狐楚の庇護を有形無形に受けつつ得意な日々を過していた青春時を象徴する形になっていると言えるのではないか。数年前、令狐宅の牡丹宴に際して「我は是れ夢中に彩筆を伝う、花葉に書して朝雲に寄せんと欲す」と、令狐楚の恩顧を十分に意識しつつ献じた詩が、事態がまったく変化してしまったこの時、李商隠の胸をよぎったと考えてもあながち不当な想像ではないであろう。

ここで他の二首の題詠詩についても瞥見しておきたい。まず「牡丹」五律であるが、

壓逕復緣溝　逕を圧し　復た　溝に縁い
當窗又映樓　窓に当たり　又た　楼に映ず
終銷一國破　終には一国を銷し破らん
不啻萬金求　啻に万金もて求むるのみならず
鸞鳳戲三島　鸞鳳　三島に戯れ

神仙居十洲　　神仙　十洲に居る
應憐萱草淡　　応に憐むべし　萱草淡にして
却得號忘憂　　却って忘憂と号するを得たるを

これは傾国の美人に類えられる牡丹の艶かさ、神仙のような気高さを歌い、尾聯ではあっさりとした風情の萱草に「忘憂」の名のあることと比較して、詩意を転じてしめくくる。用いられる典故は一般的であり、表現もさして難解なところはない。尾聯も特に微意があるとも思われず、総じて深い内容を有する詩ではあるまい。馮浩が「直だ是れ詠物にして令狐家とは関わる無し（直是詠物、與令狐家無關）」（『玉谿生詩箋注』巻五）と言うのは妥当であろう。一方「僧院牡丹」の方は寓意があるようにも読め、詩意は必ずしも判然としない。

葉薄風才倚　　葉は薄く　風に才《わず》かに倚り
枝輕霧不勝　　枝は軽く　霧に勝えず
開先如避客　　開きて先ず客を避くるが如く
色淺爲依僧　　色浅く　為めに僧に依る
粉壁正蕩水　　粉壁　正に水を蕩《うご》かし
緗幃初巻燈　　緗幃　初めて燈を巻く
傾城惟待笑　　傾城　惟だ笑いを待つに
要裂幾多繒　　幾多の繒を裂くを要む

尾聯は夏の桀王の愛姫妺喜《ばっき》が繒を裂く音を聞いて笑い、ために桀王は繒を徴発し裂いて喜ばせたという故事（『帝王世紀』に拠る）をふまえる。長安の寺院には牡丹の名所が多く、僧院に牡丹があることはむしろ一般のことであったが、牡丹が妖艶な女性への連想を持つことを考えあわせると、馮浩の「蓋し僧の隠事を刺るならん（蓋刺僧之隠事也）」（『玉谿生詩箋注』巻六）との説が当たっているのかもしれない。おそらくは即興の作に近いだろう。このように五律の二首は、いずれも比較的軽い詩として作られている印象があり、また牡丹のイメージも唐の題詠詩一般に見られるものを出るものではない。同じ牡丹題詠詩でも、七律の三首とは力の入れかたが異なり、李商隠の人生、詩の展開という問題と深い関係をもつ作品ではないと考えられる。

## 象徴的手法に関して

次に「牡丹」七律が李商隠の象徴詩の中で持つ意義について検討したい。対象とするのは、現実の体験を物語的要素の導入と典故の活用によって豊かなイメージをたたえた幻想的世界へと昇華させている、恋愛の諸相を描く一群の詩で、具体的な作品を挙げれば、七律では「錦瑟」（前出）「銀河吹笙」（巻五）「碧城三首」（同）「重過聖女祠」（同）「中元作」（同）などと「無題」詩の大多数、七絶では「常娥」（巻六）「霜月」（同）「無題（聞道閶門蕚緑華）」（巻五）など、五律では「無題」（含情春晼晩）」（巻五）など、そしてやや性格を異にする点はあるが、七古の「燕臺四首」（巻二）「河内詩二首」（同）「河陽詩」（巻四）などがあげられる。詩形は多岐にわたっているが、量的にも質的にも主流となっているのは七言律詩形の作品である。[22]

それでは主流となる七言律詩の作品から、代表作の「錦瑟」を取り上げる。なお「碧城三首」「銀河吹笙」などは、荒井健氏を中心とする研究班の手によって細密な分析が行なわれているので(23)参照されたい。「錦瑟」もすでにさまざまな形で分析が行なわれてきているが、ここはそれらの成果をふまえつつ私見を述べることとしたい。

錦瑟無端五十絃　　錦瑟　端無くも　五十絃
一絃一柱思華年　　一絃　一柱　華年を思う
莊生曉夢迷蝴蝶　　莊生の暁夢　蝴蝶迷い
望帝春心託杜鵑　　望帝の春心　杜鵑に託す
滄海月明珠有涙　　滄海　月明らかにして　珠　涙有り
藍田日暖玉生烟　　藍田　日暖かにして　玉　烟を生ず
此情可待成追憶　　此の情　追憶を成すを待つ可けんや
只是當時已惘然　　只だ是れ　当時　已に惘然

詩題は冒頭の二字をとったものであろうが、李商隠にはこうした題のつけ方をしたものが多く、しかも「碧城」「玉山」（巻五）「一片（一片非煙）」（同）「昨日」（同）など、象徴詩に同様の例が多い。「銀河吹笙」「中元作」なども、詩中に字面が見える点でこれらの例に含まれる。そして詩題は単なる借題ではなく、キーワードの役割を果たしていると思われる。「錦瑟」でも、この楽器が追想をよびおこす契機となって導入部を形成するのみならず、頷聯以降はその奏でる旋律となって、詩の背後に響いている印象がある。この詩の内容については、錦瑟を令狐楚の青衣の名とする極端な説をも含みつつ様々な解釈がなされてきたが、虚心に読むなら失われた愛を追懐する詩であり、しかも「房中曲」（巻一）において妻の死を「帰り来れば已に見えず、錦瑟　人よりも長し（歸來已不

見　錦瑟長於人）」と歌うことと考えあわせれば、妻王氏に対する悼亡の詩と読んでおくのがもっとも自然であろう。

首聯出句の「五十絃」の瑟は、『史記』「孝武紀」に見える「泰帝、素女をして五十絃の瑟を鼓せしむ。悲し。帝禁ずるも止まず、故にその瑟を破りて二十五絃と為す（泰帝使素女鼓五十絃瑟、悲、帝禁不止、故破其瑟爲二十五絃）」との故事をふまえる。残された瑟が通常の二十五絃のそれではなく、きわめて悲しい音色をもったと伝えられる五十絃の瑟であるということで、以後に展開される詩の世界に悲しみの影をおとすと同時に、それが上古の帝伏羲氏の楽器であることで、「端無くも」という理由づけを放棄した詩脈とも関連して、詩の世界を幻想的なものにする効果をもたらしている。落句はとくに典故をもたないが、「一絃一柱」という反復は、さまざまなできごとを一つ一つ追懐する気持ちを表すとともに、錦瑟という具体物から導かれた詩の世界を、幻想的な象徴世界へと展開させる橋渡しの役割を果している。

頷聯出句は著名な『荘子』「齊物論」の蝴蝶の夢の寓話にもとづき、落句は蜀の望帝伝説(24)をふまえる。いずれも著名な話であり、典故としても以前から頻用されるものではあるが、しかし例えば「荘周蝴蝶を夢み、蝴蝶荘周と為る、一体更に変易し、万事良に悠悠たり（莊周夢蝴蝶、蝴蝶爲莊周、一體更變易、萬事良悠悠）」（李白「古風」其九、『李太白文集』巻二）、「君見ずや昔日の蜀の天子、化して杜鵑と作るも老烏に似たり（君不見昔日蜀天子、化作杜鵑似老烏）」（杜甫「杜鵑行」、『杜工部集』巻四）、あるいは「夢寐幾回か蛺蝶に迷い、文章は応に畔牢愁を広むべし（夢寐幾回迷蛺蝶、文章應廣畔牢愁）」（杜牧「浙東の韓乂評事に寄す」、『樊川文集』巻四）、「杜鵑　魂は蜀を厭い、蝴蝶　夢は荘なるを悲しむ（杜鵑魂厭蜀、蝴蝶夢悲莊）」（張祜「華清宮杜舎人に和す」、『全唐詩』巻五一一）などのように一般には故事をそのまま用い、それを超えた内容を表わす詩句となっていないのに対し、この二句はより深い内容を表現していることに注意しなければならない。すなわち「荘生」の句は、夢と現実との分ちがたさを語る寓話が、過去と現在、愛の中にある自分と愛を失った自分との関係を表現するものとして用いられ、「望帝」の句は、臣下の妻との姦通、あるいは死してのち杜鵑に化したという伝説が、尽きせぬ恋の思いへと美的に転化され、甘美ななかにも啼いて血を吐く杜鵑のような言いしれぬ苦痛を伴う恋の思いと、それが形を変えても連綿と残るものであることを表現するために使われているのである。その結果として、過去の追想によっておこる現在の孤独な状態に対する懐疑、それが現実であることの痛みを伴なった確認、そして血を吐くような苦しみを伴なうものであっても連綿と続いていく恋情の確認という、複雑な心の過程を象徴的に表現するものとなっている。

頸聯は古来著名な二句であるが、頷聯が明確にそれとわかる典故を用いた表現であったのに対し、いくつかの典故が融合されながら、全体として幻想的なイメージとして自立しているところに大きな特徴がある。従来指摘されている典故としては、出句については「蚌蛤の珠胎、月と与に虧けて全し（蚌蛤珠胎、與月虧全）」（左思「呉都賦」）、「月望なれば則ち蚌蛤実ち、群陰盈つ、月晦なれば則ち蚌蛤虚しく、群陰虧く（月望則蚌蛤實、羣陰盈、月晦則蚌蛤虚、羣陰虧）」（『呂氏春秋』精通篇）、「南海の外に鮫人有り、水居すること魚の如し。績織を廃せず、其の眼は能く珠を泣す（南海外有鮫人、水居如魚。不廢績織、其眼能泣珠）」（『博物志』巻二）など、落句については「藍田山は、藍田県の東南三十里に在り。（略）郭縁生の述征記に、山形は覆車の象の如し。其の山玉を出せば、亦た玉山と名づくと曰う（藍田山、在藍田縣東南三十里。〔略〕郭緣生述征記曰、山形如覆車之象、其山出玉、亦名玉山）」（『長安志』巻十六）、「楊公伯雍は雒陽県の人なり。（略）性は篤孝、父母亡せて、無終山に葬り、遂に焉に家す。山高きこと八十里、上に水無ければ、公は水を汲みて、義漿を坂頭に作り、行く者皆なこれを飲む。三年、一人有りて就きて飲み、一斗の石子を以てこれに与へ、高平なる好地の石有る処に至りてこれを種えしめて云う、玉は当に其の中に生ずべし、と。〈略〉乃ち其の石を種う。数歳、時時往きて視るに、玉子の石上に生ずるを見るも、人は知る莫し。〈略〉乃ち玉を種うる処に、四角に大石柱を作すこと、各おの一丈、中央に一頃の地あり、名づけて玉田と曰う（楊公伯雍、雒陽縣人也。〈略〉性篤孝、父母亡、葬無終山、遂家焉。山高八十里、上無水、公汲水、作義漿於坂頭、行者皆飲之。三年、有一人就飲、以一斗石子與之、使至高平好地有石處種之、云、玉當生其中。〈略〉乃種其石。數歲、時時往視、見玉子生石上、人莫知也。〈略〉乃於種玉處、四角作大石柱、各一丈、中央一頃地、名曰玉田）」（『捜神記』巻十一）などである。(25) 高橋和巳氏がその著『李商隠』の中で言われるように、「滄海」「藍田」には仙界のイメージも付加されていると見てよいだろう。さて「珠」「玉」を中心に結ばれたこれらの典故が融け合って表現するものは、幸福に輝く愛の生活は、「珠」「玉」のように美しく、かつ堅牢であることが願われるのだが、しかし「珠」「玉」でさえ涙をたたえ、烟のように燃えうせるのであれば、その幸せもやがて涙のなかに消えていくことは避けがたい、という認識なのであろう。現在の不幸の側から幸福な過去を追懐し、再び現在の情況を確認する過程で、一つの総括として把握されたその認識を、この二句は美しい仙界のイメージを借りながら、象徴的に形象化したものと言える。「滄」「藍」はそれぞれの名詞の一部として措かれてはいるが、その意味する青色が描き出された世界をおおい、悲しみに染まった色彩感を与えていることも印象的である。多くの典故を背後に持ちながら、描出されたイメージは豊かなふくらみを保ちつつ、それだけで鑑賞に堪えるものとして自立している。それがこの一聯の大きな特徴であり、ひいては李商隠の詩の特性と言える点である。

尾聯は中二聯の象徴的叙述をうけて、むしろ論理的に全体を総括する。とくに注釈を加えるべき語はないが、山之内正彦氏の指摘されるとおり（前掲論文五三頁）、「可待」「只是」「已」の三つの虚字が、過去と現在の交錯を認識的にとり出して、幸福な時間がすでにその時において夢幻の中にあったことを確認する過程を論理づけている。

この「錦瑟」詩は、自らの体験の具体性ではなく、その本質を見つめて意味を問い、内面の複雑な過程をさまざまな典故によって比喩的に表現された詩的世界として示す、李商隠の恋愛詩の形式の典型となる作品であるが、頷頸二聯を中心に認められる象徴的技法、すなわち頷聯のそれとわかる典故を用いつつも、原典にない要素をも加えながら深みのある内容を表現する点、そして頸聯の多彩な典故をある一点（「珠」と「玉」）において結びつけつつ融合させ、別個の象徴世界に築きあげる点は、彼の象徴的な手法の特質をよく示していると言えよう。(26)

以上の「錦瑟」の検討をふまえて、次に象徴的技法に注目しつつ、李商隠の文学の質とその成長過程という点について、アウトラインを引いてみたい。「錦瑟」の頷頸二聯に見られた特徴は、典故運用の面から「原典にない要素を加える。あるいは原典を基礎としつつ、それを別の物語に変えて用いる」「二つ以上の典故を、ある言葉を介して結びつけて使用する」という二点に整理することができると思うが、この二点について、さらに別の例をあげて検討を加えよう。

碧城三首　其二
對影聞聲已可憐　影に対して声を聞く　已に憐むべし
玉池荷葉正田田　玉池の荷葉　正に田田たり
不逢蕭史休回首　蕭史に逢わざれば　首を回らすを休めよ
莫見洪崖又拍肩　洪崖を見て　又た肩を拍つ莫かれ
紫鳳放嬌銜楚珮　紫鳳　嬌を放《ほしいまま》にして楚佩を銜み

赤鱗狂舞撥湘絃　　赤鱗　狂舞して湘絃を撥す
鄂君悵望舟中夜　　鄂君悵望す　舟中の夜
繡被焚香獨自眠　　繡被香を焚きて　独自《ひとり》眠る

頸聯がしばしば引用されるが、ここで問題にしたいのは尾聯の二句である。「鄂君」の故事は先の「牡丹」七律にも見えたものであるが、楚の貴公子鄂晳の舟遊びの際に、越人の舟子がその美貌をたたえて求愛する歌を歌ったのを、抱擁して繡被で覆ったという話である。李商隠の愛用する故事の一つであるが、ここでは嘗ては言い寄られた鄂君が一人寝をしなければならぬ、と故事を逆転して用いている。「碧城」三首も李商隠の象徴的手法が十分に発揮された難解な作品であり、従来様々な解釈がなされているが、この一首は仙界とおぼしい世界の中で、思い慕う女性が他の男たちに心を動かし、ために孤独を味わわねばならぬという、愛の挫折の相を描いたものと思われ、尾聯は恐らく以前の愛の経験を思いつつ、今の孤独をかみしめるという情況を、鄂君の故事を逆転させて表現するのであろう。意想外の転用であるが、しかしそれによって愛を失った孤独な情況の背後に、過去の甘美な愛のひとときが自ずと浮かび上がるのであり、陶酔と覚醒とが交錯する複雑な過程をもった李商隠の恋愛詩独特な世界を、ここでも築きあげる一助となっている。

典故のこのような使用法について、前例がどの程度見られるものかを明らかにはできないが、故事に依りながらも詩の表現には異なった内容をもり込むという発想は、恐らく李商隠にしてはじめて十分な成果をみたことと思われる。なぜなら経験的、具体的側面を重視する中国文学の伝統にとらわれず、物語的世界に対しても格別の嗜好を示し、「碧城」其三の尾聯に「武皇の内伝　分明に在り、道う莫かれ人間　総て知らずと（武皇内傳分明在、莫道人間總不知）」と言うように、むしろ物語の中に現実の世界では求められない真実の存することを主張する李商隠にして、初めて自由で豊かなふくらみのある連想がなしえたと思われるからである。同じく幻想的な詩の世界をもつ李賀の場合にも、故事からの自由な連想が見られないではないが、李商隠の場合のようなふくらみに乏しく、また彼ほどに意識化されていない。李商隠の持つ自由な想像力が、典故を原典とは異なった内容としてでも運用させ、豊かな詩の世界を作りあげたと考えられるが、同時にそれは第二の点、すなわち典故同士を結びつけることとも深くかかわっている。「相思」（巻六）を挙げて、その点を検討しよう。

相思樹上合歡枝　　相思樹上　合歓の枝
紫鳳青鸞竝羽儀　　紫鳳青鸞　羽儀を並ぶ
腸斷秦臺吹管客　　腸断す　秦台　吹管の客
日西春盡到來遲　　日は西に　春は尽きるも　到来遅し

詩題は「相思樹上」に作るテキストもある。李商隠の絶句は一体に難解で、この詩も内容を的確につかむことは難しいが、艶情の作と見るなら、相思樹の合歓の枝には、かつて簫史、弄玉が乗った紫鳳青鸞も並んで待っているのに、今は肝腎の簫史がいつまでもお出にならないと、恋人を待つ女性の気持を歌ったものであろうか[27]。ところでここで問題としたいのは、起句がふまえる韓憑の相思樹の故事[28]と、転句の簫史、弄玉の故事とを、承句の「紫鳳青鸞」を介して結びつけている点である。故事に忠実に言うなら、相思樹上にとまったのはつがいの鴛鴦であって鳳ではない。この詩は、相思樹についてはその字面を借りたもののようで、故事の内容を盛りこんだ使用ではないという印象があるが、それにしても相思樹から簫史、弄玉の故事へとつながるのはやはり異例であり、李商隠の豊かな想像力が生んだ表現と言えるだろう。この詩は一首のなかで二つの故事が結びつけられたものであり、「錦瑟」のように一句のなかに多数の故事が結び合わされている例に比べれば、なお単純な例である。しかしそれゆえに、「錦瑟」の表現方法が生まれてくる秘密を解く一つの鍵となるものだろう。なおこの点についても、李商隠以前にどの程度の例が残っているかを明らかにしえないが、典故の結合を意識的に行ない、その効果について自覚していたことは、やはり彼の特徴と言って良い。以上典故運用にみられる二つの点を大まかに検討したが、それによって象徴詩の世界を作り上げる際にこれらが大きな役割を果たしていたことが明らかになったと思う。

## 小　結

李商隠の詩の世界、象徴的手法の生まれた要因については、従来さまざまな点が指摘されている。

Ⅰ中晩唐期の文学的情況。ことにそこに色濃く見られる文学至上主義的風潮。

Ⅱ李商隠のもつ、過去と現在、国家と恋愛、物語と現実、経書と僻典などを、同一の地平において対置させる平等視的な価値観。

Ⅲ彼をとりまく政治情況と人間関係。ことに党争にまきこまれ、その犠牲となることで、必然的に身につけなければならなかった自己韜晦。(29)

Ⅳ妓館の発達により、そこを中心に生まれた新しい文学との関連。(30)

Ⅴ駢文の技術の修得。

Ⅵ科挙登第以前に、玉陽山（河南省済源県）で仙を学んだことに[31]も見られる、道教的世界への憧憬。

Ⅶ李賀の文学への共感。

これらは、いずれも李商隠の文学の秘密にかかわる点と言える。しかしこれらの点のなかにも、生得のものと後天的なものとがあり、また後天的なものにも時間的先後が考えられる。どの点がより肝要であったかは明らかにし難いことであっても、李商隠特有の詩の世界がいつごろから顕著にあらわれるのかを知っておくことは大切なことだろう。その点で従来注目されているのは、次の「天平公座中にて令狐令公に呈す、時に蔡京坐に在り、京は曾て僧徒と為る、故に第五句有り（天平公座中呈令狐令公、時蔡京在坐、京曾爲僧徒、故有第五句）」（巻五。張采田『玉谿生年譜會箋』巻一の繫年では大和四年の作）である。

罷執霓旌上醮壇　　霓旌を執りて醮壇に上るを罷む
慢粧嬌樹水晶盤　　慢粧の嬌樹　水晶盤
更深欲訴蛾眉斂　　更深く　訴へんと欲して　蛾眉を斂め
衣薄臨醒玉艶寒　　衣薄く　醒むるに臨みて　玉艶寒し
白足禪僧思敗道　　白足の禅僧も道を敗らんことを思ひ
青袍御史擬休官　　青袍の御史も官を休めんことを擬す
雖然同是將軍客　　同じく是れ将軍の客と雖然《いえど》も
不敢公然子細看　　敢へて公然と子細には看ず

天平軍節度便であった令狐楚の公宴において、令狐にささげられた一種の戯詩であろう。令狐の愛姫であろう女道士あがりとおぼしい妓女を歌っているが、前半の道教的要素の濃い表現、とくに第二句、および第四句の「玉艶寒し」などは李商隠の得意とするもので、内容的には格別見るべきものはないものの、ちりばめられた表現には彼が早くから身につけていた感性を伺わせるものがある。また山之内正彦氏が「玻璃感覚」と名づける（前掲論文八十頁）、冷涼・硬質・清浄・透明な世界を好む彼の感覚のあり方も、かなりの程度まであらわれている。

だが時期的にはやや遅れるものの、作品としての完成度、そして象徴詩という観点から見た場合に最も重要な初期の作品は、「牡丹」七律ではなかろうか（張采田の繫年では大和八年の作）。詠物詩ではあるが、牡丹に女性を重ねつつ、様々な典故によって多面的に牡丹像を合成するその手法がまず注目される。しかも字面には、牡丹はもとより植物を表わす言葉もほとんどあらわれないという完璧さによって、この手法が彼にはすでに手慣れたものであったことを窺わせていることも重要である。さらに、典故使用の特徴に関して言えば、第一句「錦幃　初めて巻く　衛夫人」は『典略』に見える南子の故事と牡丹とを錦幃を介して結びつけたものだが、その際に故事にはない「初めて巻く」を加えていることは注意されなければならない。先にあげた「碧城」第二首や「相思」の例に比べればなお穏やかな例ではあるが、李商隠の自由な想像力のあり方が、その若年においてすでに固有のものとしてあったことを示すものと言ってよいだろう。

「牡丹」七律は、制作事情からすれば戯詩と見ることもできる。しかし遊戯的な詩であればこそ、公的な詩に比べてより一層その詩人の本質があらわれやすいと言える。また駢文技術の指導を受けた令狐楚への謝辞をも含むものとすれば、典故で飾るという駢文の特徴を、全面的に詩に移して見せたものと言うこともできる。しかし仮にそうであっても、典故で飾るのみの駢文あるいは六朝後期の詩と決定的に異なる点は、重層的に集積された典故によって、別箇の物を言い表わそうとする意志の存することであり、かつ故事のもつ枠にとらわれない、自由な発想が盛りこまれていることである。従って、遊戯的側面はもつにせよ、この「牡丹」七律は李商隠が本来的にもっていたと思われる文学的志向、すなわち言葉の多義性に対する興味、物語的世界・幻想的世界に対する嗜好、既製のわくにとらわれぬ自由な想像力、平等視的価値観[32]などを端的に窺わせる作品であり、またその手法において、以後多作される象徴詩の先駆け的存在であると言える。

単純なまとめ方になるが、李商隠の文学の生成の要因として考えられる諸点のうち、平等視的な価値観、物語世界に対する嗜好は、生得のものとしてあったのではないだろうか。言葉の多義性、重層性に対する興味も、駢文の技術の修得によってさらに深められた面はあるにせよ、本来的に有したと思われるし、仙界のイメージを色濃くもった幻想的世界への憧憬も、玉陽山で仙を学んだという経験や、李賀の文学への共感と関連するにせよ、やはり彼本来の性向に属するものであろう。こうした基本的要素の上に、科挙登第以後、官僚社会において挫折し、複雑な人間関係のはざまに落ちて苦悩する経験が、彼に自己韜晦の道を与えて、その詩を意図的にベールでおおうという新たな要素を加え、また当然のこととして詩人としての成長、技術的な熟達が、その詩の内容をさらに豊かにしたことによって、「錦瑟」その他の複雑な詩的世界をもつ象徴詩が生み出されるという道筋をたどったものと考えられる。「牡丹」七律は象徴詩の中で、科挙登第以前に作られたと推定される数少ない作品の一つであり、彼の文学的資質がよく表れた作品であると言える。それ故に、彼の生得の感性を窺わせる貴重な例であり、象徴詩の先駆けとして、その完成への道筋を示す作品でもあると思われる。

注

（1）「蔡寛夫詩話」（『苕渓漁隠叢話前集』巻二十二引）による。注（20）参照。

（2）本論では、フランス十九世紀のサンボリズムの詩人達の詩に類似して、多彩な典故をちりばめながら背後からそれを一本の糸でつなぎ、全体として一つの物あるいは世界を浮かびあがらせている詩、あるいはその手法を象徴詩、象徴的手法と呼ぶ。

（3）李商隠の詩を引用する際には四部叢刊所収の『李義山詩集』（六巻。江安傅氏藏明嘉靖本）を底本として、その巻数を示す。本文については、朱鶴齡箋注『李義山詩集』（三巻）、馮浩注『玉谿生詩箋注』（六巻）と校勘し、適宜改めた。

（4）従来の研究の中で注目されるものとしては、山之内正彦「李商隠表現考・断章―艶詩を中心として―」（東洋文化研究所紀要第四十八冊）、高橋和巳『詩人の運命』（河出書房新杜　一九七二）、川合康三「李商隠の戀愛詩」（中國文學報第二十四冊）などがあげられる。

（5）「折」は底本は「招」に作る。馮浩箋注本が「折腰」に作り、その注に引く胡震亨の「集作招腰、英華作細腰、竝誤」との説に従って改めた。

（6）沈厚塽輯評本『李義山詩集』巻上引。ただし、『何義山讀書記』には、この部分は見えない。

（7）「寄朝雲」という言い方からも、李商隠が宴席におらず、宴の有様を想って、袞州から寄せた詩とみる方が良いだろう。

（8）この詩は、盧綸「裴給事宅白牡丹」（『全唐詩』巻二八〇）、裴潾「白牡丹」（同巻五〇七）の二首と字句がほとんど同じであり、作者については疑問がある。

（9）段成式『酉陽雜俎』（前集巻十九）に「牡丹、前史中無説處、惟謝康樂集中言竹間水際多牡丹」とあり、韋絢『劉賓客嘉話録』に「世謂牡丹花近有、蓋以前朝文士集中無牡丹歌詩、公嘗言揚子華有畫牡丹處極分明、子華北齊人、則知牡丹花亦久矣」とあるが、いずれも現在では確認できない。また前者は文章である可能性があり、後者も画家の楊子華のことであるから、「畫牡丹處極分明」をそのまま詩句と見てよいか疑問が残る。なお石田幹之助『長安の春』（平凡社、東洋文庫九一）では詩句と見ている。

（10）舒元輿「牡丹賦序」「古人言花著、牡丹未嘗與焉、蓋遁於深山、自幽而芳、不爲貴者所知、花則何遇焉、天后之鄉西河也、有衆香精舍、下有牡丹、其花特異、天后歎上苑之有闕、因命移植焉、由此京國牡丹日月寖盛（下略）」（『全唐文』巻七百二十七）。

なお唐の牡丹については、石田幹之助『長安の春』に詳しい叙述がある。

（11）柳渾「牡丹」（七絶、『全唐詩』巻一九六）の「近來無奈牡丹何、數十千錢買一顆」や白居易「買花」（前出）の「一叢深色花、十戸中人賦」によってそれが窺える。

（12）これには、牡丹の詩への登場が遅かったこと、二字の熟語であるため単語の桃、桂などに比べて造語力が弱いことなどの理由があげられる。山之内正彦「桂―唐詩におけるその〈意味〉」一の二（東洋文化研究所紀要第八十八冊）参照。

（13）『郡齋讀書志』（巻十三）には、唐、韋叡撰の「松窗録」として収める。また、呉企明「李白《清平調》詞三首辨偽」（文學遺産一九八〇―三）でも、韋叡「松窗録」として引用するが、管見の範囲では諸本いずれも李濬の撰となっている。

引用は顧氏文房小説所収本に依るが、原文は以下の通りである。「開元中、禁中初重木芍藥、卽今牡丹也。得四本、紅紫淺紅通白者。上因移植於興慶池東沈香亭前。會花方繁開、上乘月夜召太眞妃以歩輦從、詔特選梨園弟子中尤者、得樂十六色。〔中略〕上曰、賞名花、對妃子、焉用舊樂詞爲。遂命龜年持金花牋、宣賜翰林學士李白進淸平調詞三章、白欣承語旨。〔下略〕」

なおこの物語の内容については、楊貴妃が貴妃に冊立されたのが天宝四載であって、「開元中」という記述がこれに合わないこと、また、それが「天寶中」の誤記であるとしても、李白の長安滞在の期間が通常天宝元年より三載までの間とされていることと合わないことなどの疑義が、以前より指摘されている。呉企明氏の論文では、これらの点からこの物語および「清平調詞三首」そのものまでを捏造されたものと断定するが、これはいささか乱暴であろう。後述するように、羅隠などの詩に清平調詞を意識した詩句が残っている。清平調詞とこの物語とは広く語り伝えられていて、それが晩唐に至って記録されたと考えるのが妥当であろう。

（14）牡丹を直接に描かず、その周辺のものから牡丹の存在を暗示させる手法をとっているが、これは温庭筠の得意の手法である。詞の例を中心に、中原健二「温庭筠詞の修辞—提喩を中心に—」（東方學第六十五輯）に論がある。

(15)「舞蝶」「佳人」は、底本はそれぞれ「無蝶」「有人」と作り、清の紀昀は「蝶無收落花之理、舞字應是無字之誤。無蝶有人、感慨得神、大勝舞蝶、佳人字。以因訛無爲舞、校者嫌其不對、故改爲佳人就之也」（沈厚塽輯評本『李義山詩集』巻下引）と言ってこれを支持するが、朱鶴齡本に従って改めた。

(16)『旧唐書』巻百九十上「孔紹安伝」による。なお『全唐詩』（巻三八）の「侍宴詠石榴」詩では「只爲來時晩、花開不及春」に作る。

(17)「開成二年高鍇知貢擧。令狐綯雅善鍇、奬譽甚力、故擢進士第」（『新唐書』巻二百三「李商隠伝」）
「時獨令狐補闕最相厚。歳歳爲寫出舊文、納貢院、既得引試。會故人夏口主擧人、時素重令狐賢明。一日見之於朝、揖曰、八郎之友誰最善。綯直進曰、李商隱者。三道而退、亦不爲薦託之辭。故夏口與及第」（「與陶進士書」『李義山文集』巻四）

(18)これは両唐書以後、馮浩、張采田らを通しての見解である。ただし、牛李の党争と李商隠との関係については、近年再検討の動きがさかんになりつつある。たとえば傅璇琮「李商隠研究中的一些問題」（文学評論一九八二・三）では、王茂元が李徳裕の党人であったとする証拠はなく、令狐綯と李商隠のその後の交渉からみても、李商隠の挫折は王氏との婚姻によるのではないと説く。傅氏の説には傾聴すべき点が多いが、しかし王茂元が李党でなかったとも言いきれず、実際の人間関係とは別に周囲がどう見ていたかという問題もあり、また李商隠の吏部試の落第をどう説明するかという点でも検討の余地がある。筆者も、牛李の党争の実際とその中での人間関係の検討をふまえて、李商隠の立場を考え直してみる必要を感じているが、とりあえずここでは従来の基本的見解に従って記しておく。

(19)「前年乃爲吏部上之中書、歸自驚笑、又復懊恨。周李二學士以大法加我。夫所謂博學宏辭者、豈容易哉。（中略）私自恐懼、憂若囚械。後幸有中書長者曰、此人不堪、抹去之、乃大快樂」（「與陶進士書」）

(20)「王荊公晩年亦喜稱義山詩、以爲唐人知學老杜而得其藩籬者、惟義山一人而已。每誦其雪嶺未歸天外使、松州猶駐殿前軍、永憶江湖歸白髮、欲迴天地入扁舟、與池光不受月、暮氣欲沈山、江海三年客、乾坤百戰場之類、雖老杜無以過也」（「蔡寛夫詩話」）

(21)「惠子相梁、莊子往見之。或謂惠子曰、莊子來欲代子相。於是惠子恐、搜於國中、三日三夜。莊子往見之曰、南方有鳥、其名爲鵷雛、子知之乎。夫鵷雛發於南海、而飛於北海、非梧桐不止、非練實不食、非醴泉不飲。於是鴟得腐鼠、鵷雛過之、仰而視之曰、嚇。今子欲以子之梁國而嚇我邪」

(22) これは、松浦友久氏が「中国古典詩における詩型と表現機能——詩的認識の基調として」(中国詩文論叢、第三集)において詩型による表現機能の分析をし、律詩が「対偶的言語によって整合的に完結された、一つの詩的宇宙に他ならない」のであり、「七律は、対偶化→整合化→完結化の極限を、詩型自体として象徴している」と見なせると結論づけた点と、恐らく関連することであろう。現実に根ざしつつも、それを超えた幻想的詩的宇宙の形成をめざす李商隠にとって、詩形に七律を選ぶことは、詩人の感性として当然の選択であったと考えられるからである。

(23)「李義山七律集釋稿」一〜三(東方學報第五十三、四、六冊)。なお「李義山七絶集釋稿」一、二(東方學報第五十、一)も同じ研究班の手でなされている。

(24) 望帝伝説は「後に王有りて杜宇と曰う。(略)七国王を称するに、杜宇は帝を称し、号して望帝と曰う。(略)会たま水災有り、其の相の開明、玉壘山を決《ひら》きて以て水害を除く、帝遂に委ぬるに政事を以てす。堯舜禪授の義に法り、遂に位を開明に禅り、帝は西山に升って隠る。時適たま二月、子鵑鳥鳴く、故に蜀人子鵑鳥の鳴くを悲しむなり(後有王曰杜宇。(略)七國稱王、杜宇稱帝、號曰望帝。(略)會有水災、其相開明決玉壘山以除水害、帝遂委以政事。法堯舜禪授之義、遂禪位于開明、帝升西山隱焉。時適二月、子鵑鳥鳴、故蜀人悲子鵑鳥鳴也)」(『華陽國志』巻三、蜀志)、「鱉霊治水に去りし後、望帝その妻と通ず。慚愧す、自ら以為らく徳薄くして鱉霊に如かずと。乃ち国を委ねて之に授けて去る、堯の禪譲の如し。(鱉靈治水去後、望帝與其妻通。慚愧、自以爲德薄不如鱉靈。乃委國授之而去、如堯之禪讓)」(『蜀王本紀』、『全漢文』巻五三引)「昔、人有り、姓は杜、名は宇。蜀に王たり、号して望帝と曰う。宇死し、俗説に云う、宇化して子規と為ると。子規は鳥名なり。蜀人子規の鳴くを聞き、皆望帝と曰う。(昔有人姓杜、名宇。王蜀、號曰望帝。宇死、俗說云、宇化爲子規。子規鳥名也。蜀人聞子規鳴、皆曰望帝也)」(『蜀記』、左思「蜀都賦」「鳥生杜宇之魄」李善注引)などの記事に伝えられる。

(25) 他にも「吠勒國、(略)長安を去ること九千里、日の南に在り。(略)象に乗りて海底に入り宝を取る。鮫人の舎に宿し、涙珠を得、則ち鮫の泣く所の珠なり、亦泣珠と曰う。〔吠勒國〔略〕去長安九千里、在日南。〔略〕乘象入海底取寶。宿鮫人之舍、得涙珠、則鮫所泣之珠也、亦曰泣珠〕」（『別國洞冥記』巻二、『漢魏叢書』本による）、「呉王夫差の小女を玉と曰う、年十八。童子韓重、年十九。玉はこれを悦び、私かに信を交して問い、これが妻と為ることを許す。重は齊魯の間に学び、其の父母に属して婚を求めしむ。王怒りて与えず、玉は気を結びて死す。〔略〕玉は粧梳し、忽ち見わる。王は驚愕悲喜す。〔略〕夫人これを聞き、出でてこれを抱く、正に烟の如く然ゆ。〔呉王夫差小女曰玉、年十八。童子韓重、年十九。玉悦之、私交信問、許爲之妻。重學於齊魯之閒、屬其父母使求婚。王怒不與、玉結氣死。〔略〕玉粧梳、忽見。王驚愕悲喜。〔略〕夫人聞之、出而抱之、正如烟然〕」（『録異傳』）。引用は古小説鉤沈本による。『捜神記』巻十六にも同じ話を載せるが、そこでは名を「紫玉」とする。また「玉粧梳、忽見」の部分を「王粧梳、忽見玉」に作る。なお白居易の「霓裳羽衣歌」（『白氏文集』巻一三）では「小玉」と歌っている）などの話が挙げられている。また落句については「司空表聖云う、戴容州叔倫は、詩家の景は藍田日暖かくして良玉煙を生ずるが如し、望むべくも眉睫の前に置くべからざるなりと謂う。李義山の玉生煙の句は、蓋し此に本づく、と。〔司空表聖云、載容州叔倫謂、詩家之景如藍田日暧良玉生煙、可望而不可置於眉睫之前也。李義山玉生煙之句、蓋本於此〕」（『困學紀聞』巻十八）の一條も関連するものとして言及されている。

（26） ここでは「曉」。夢を夢想から現実への覚醒の方向からとらえる、李商隠の特有の感覚と関わるものか。高橋和巳氏は、荘子の蝴蝶の夢の寓話を引いて、李商隠の現実が、夢・幻想からの還相としてとらえるべきであることを説く（『詩人の運命』第二章）。なお、李商隠の詩には「曉」字の用例が比較的多く、中に「碧城」第一章の「若し是れ曉珠　明又た定まれば」の「曉珠」など、彼独自の感覚で用いられた例を含む。その点から、「曉」が彼の好む時間であり、その文学とも深くかかわる可能性を感じる。

（27） 前半二句は、具体的には、夜具に刺繍された模様、あるいは屏風などに描かれた絵を言うのであろう。詩の内容としては、それほど深みをもつ作品ではないと思われる。

（28） 「宋康王舍人韓憑、娶妻何氏、美、康王奪之。憑怨、王囚之、論爲城旦。妻密遣憑書、〔略〕俄而憑乃自殺。其妻乃陰腐其衣。王與之登臺、妻遂自投臺下、左右攬之、衣不中手而死。遺書於帶曰、王利其生、妾利其死。願以屍骨、賜憑合葬。王怒、弗聽。使里人埋之、冢相望也。王曰、爾夫婦相愛不已、若能使冢合、則吾弗阻也。宿昔之間、便有大梓木生於二冢之端、旬日而大盈抱、屈體相就、根交於下、枝錯於上。又有鴛鴦、雌雄各一、恆棲樹上、晨夕不去、交頸悲鳴、音聲感人。宋人哀之、遂號其木曰相思樹」（『捜神記』巻十一）

（29）李商隠には、政治的な事柄と直接かかわらないと思われる場合でも、意識的に韜晦されている作品が少なくない。例えば、「河陽詩」「河内詩」などの諸篇は、意図的に神秘化され、李商隠の周辺にいた人々にも容易には理解し難い表現になっていると思われる。また彼の詩には、いわゆる楽屋落ちに類すると見られる作品も少なくない。

（30）「李娃傳」「柳氏傳」などの妓女を主人公とする伝奇小説、および妓女と贈答される詩など。

（31）「憶う昔　馴騎を謝し、仙を玉陽の東に学びしを（憶昔謝馴騎、學仙玉陽東）」（「李肱所遺畫松詩書兩紙得四十一韻」巻一）

（32）この平等視的価値観は、従来指摘されるように、同じく若年の作（張采田の繫年では開成元年）である「崔華州に上る書」（『樊南文集詳註』巻八）に見える「夫所謂道、豈古所謂周公孔子者獨能邪、蓋愚與周孔俱身之耳。以是有行道不繫今古、直揮筆爲文。不愛攘取經史、諱忌時世、百經萬書、異品殊流、又豈能意分出其下哉」との主張に最もよく表れている。これは、直接には文学の対象を正統的文献に限ることの非を説いたものだが、彼の自由な想像力のあり方とも密接にかかわるものであろう。文学の前ではいかなる書物も平等であるという考えは、文学的真実の前では既製の物語のわくにとらわれる必要はないという考えに、容易に発展すると思われるからである。

# 蘇舜欽と宋風の確立

宋風の文学が確立されたのは仁宗朝の歐陽修、梅堯臣、蘇舜欽らによってであるという認識は、現在では概ね共通のものとなっている。[1] だが文学のみならず、知貢挙として蘇軾兄弟ら優れた人材を登用し、政府においても参知政事に至るまでの活躍を見せた歐陽修の存在が大きいため、従来は彼を中心に据えた議論が多くなされてきた。『宋史』の歐陽修伝（巻三一九）の論には、文章の盛衰について「唐に至って韓愈氏これを振るい起こす。唐の文は五季を渉りて弊れ、宋に至りて歐陽修又たこれを振るい起こす。百川の頽波を挽き、千古の邪説を息め、斯文の正気をして、以て大道を羽翼し、人心を扶持せしむべきは、此の両人の力なり」と、彼の貢献を韓愈と並べて称讃している。そして梅堯臣、蘇舜欽が並称されるのも、つまりは歐陽修がその詩文においてしばしば二人を推賞したことに由る。[2]

しかし蘇舜欽個人について見れば、歐陽修が「蘇氏文集序」（『居士集』巻四三）に「子美の齒は予より少きも、而して予の古文を学ぶは反って其の後に在り」と述べているように、彼は兄の舜元とともに、早くから古文の作成に取り組んでいた。言うまでもなく、その文学形成は歐陽修と親しく交流する以前に成されているのであり、その志向や交友のあり方も当然ながら異なる面を持つ。不幸な事件で官籍を剝奪され、五十に満たずして不遇のうちに死んだため、その影響力は小さいままに終わっているが、古文、詩、聯句などにおいて見せた力量は確かなものがある。また宋風の文学が形成される過程で、独特な世界を持つ蘇舜欽の作品が一定の役割を果たしたことも疑いない。したがって、歐陽修を軸に据えた従来の見方を離れ、蘇舜欽個人に戻ってその文学の特質と意義を検討することも、あながち無駄ではないであろう。

以上の観点から、本論では敢えて蘇舜欽に光を当て、仁宗朝の文学情況の中で彼の活動が果たした役割について考えてみたい。

## 一　仁宗朝の文学動向と蘇舜欽

### 古文の流れと蘇舜欽

唐の韓愈、柳宗元らが秦漢の文章に範を取って行った文体の改革は、復古の思潮とともに一定の広がりを見せたが、唐末、五代、宋初の百年余りの間に衰退し、官僚社会の主流からは遠ざかっていた。しかし、唐末には皮日休、陸龜蒙らが韓、柳の試みを受け継ぎ、宋初には柳開、穆脩、石介らが独自色を加えて展開させようとしていた。蘇舜欽は兄と共に、柳開らの後を承けて古文の制作に志したのである。

その文章の例として、先輩であり友人でもあった穆脩の死を悼む「穆先生を哀しむ文」（巻十五）[3]を取り上げよう。穆脩は字は伯長、『宋史』の伝に「五代に文敝してより、国初に柳開始めて古文を為す。其の後、楊億、劉筠は声偶の辞を尚び、天下の学ぶ者は靡然としてこれに従う。脩は是の時において独り古文を以て称せられ、蘇舜欽の兄弟は多くこれに従いて遊ぶ。脩は窮死すると雖も、然れども一時の士大夫の文を能くする者を称するは必ず穆参軍と曰う」(4)と記される。制作時期については、文中に「去年挙に京師に赴く」と記されるので、蘇舜欽が科挙に及第した翌年、穆脩が死んだ明道元年（一〇三二）の夏から二年後の景祐二年（一〇三四）であったと判断される。

序文として「穆伯長は明道元年の夏を以て、淮西の道中に客死す。友人の蘇叔才と子美は詩を作りてこれを悼み、人を遣りて馳せてこれを弔わしむ。痛ましいかな道は光《かがや》かず。予は又た其の一二の行いを次して以て世に鑑みんとし、文を為りてこれを哀しむ」と記し、続いて穆の人となりが述べられる。「幼くして書を嗜み、章句を事とせず、必ず道の本原を求む」と、幼少より儒学に勤しみ、古文を習ったこと、そして時流と異なる道を歩むだけに「性は剛峭にして、俗に背くを喜び、下りて庸人と小合するを肯んぜず、交わりを願う者は多けれども、固くこれを拒む。…又た独り古文を為し、其の語は深峭宏大なるも、禮部の格詩賦を為すを羞ず」と、性格は狷介で、周囲と合わなかったことが記される。その事跡としては、泰州の司理参軍となったが、通判に憎まれて誣告され、貶謫されて苦労したこと、知亳州の張文節の紹介で佛廟の記を書いたが、依頼者の名を記さず、金を贈られても拒否して去ったこと、天聖の末に学官に推挙されるも、宰相に拝謁することを恥じて赴かなかったこと、京師に客居して貧窮の中で勉学を続けたこと、母の葬儀にあたって自らの考えを貫いたこと、柳宗元の文集を刊行したがほとんど売れなかったことなど、いずれもその人となりを窺わせる話が挙げられている。そして最後に「噫吁《ああ》、天の文を厭うこと久し。先生は竟に黜廃窮苦を以て其の身を終うるも、其の道を顧みれば宜しく今の世に容れざるべし。然れども賦数の踦隻《きせき》なるに由り、常に兵賊悪少の輩の辱困する所に罹うも、其の節行は死に至るまで変わらず。孤有るも、懦にして且つ幼ければ、遺文は散墜して収められず、伯長の道は竟に已まんか」と悼み、その文章が失われるのを恐れ、収集に努めているものの道半ばであると嘆いている。

穆脩の人柄や事跡を述べるのに、世俗的な評価とは無縁の、むしろ奇矯ともとれるエピソードを重ねている。それは世俗的な価値観とは相容れない生き方をしたが故に不遇なままに死んだことを哀悼し、同時にそうして自らの生き方を守り通した穆脩を高く評価するのである。文章は全体に古文らしいリズムを持ち、用語には華美さが無く、むしろ生硬な印象さえ与える。しかしそこに穆脩同様、あえて時流に反して古文を学んだ蘇舜欽の姿勢も表れている。

これを歐陽修の古文と比較してみると、どうであろうか。祭文ではないが、先にも一部を引いた「蘇氏文集序」(『居士集』巻四三)から、早すぎる死を悼みつつその文学を讃える部分を抜粋して比べてみよう(5)。まず、文集が編まれたことについて以下のように述べる。


予の友蘇子美の亡後四年、始めて其の平生の文章の遺稿を太子太傅の杜公の家に得、これを集録して以て十巻と為す。子美は杜氏の婿なり、遂に其の集を以てこれに帰し、公に告げて曰く、斯の文は金玉なり。棄擲って糞土に埋没するとも、銷蝕する能わず。其れ一時に遺《わす》らるるとも、必ず収めてこれを後世に宝とする者有らん。其れ埋没して未だ出でざると雖も、其の精気光怪は已に能く常に自ら発見すれば、物も亦た揜《おお》う能わざるなり。故に方に其の擯斥摧挫せられて、流離窮厄するの時も、文章は已に自から天下に行われて、其の怨家仇人と嘗て能く力を出してこれを死に擠せる者と雖も、其の文章に至りては、則ち少しも毀ちてこれを揜蔽する能わざるなり。凡そ人の情は近きを忽せにして遠きを貴べば、子美の今の世に屈すること猶お此くの若きも、其の後世に申ぶること宜しく如何ぞや。公は其れ恨み無かるべし、と。

また古文の制作については、次のように讃えている。

子美の歯は予より少きも、予の古文を学ぶは反って其の後に在り。天聖の間、予は進士に有司に挙げられ、時の学ぶ者の務むるに言語声偶を以て擿裂《てきれつ》し、号して時文と為し、以て相誇尚するを見る。而して子美は独り其の兄の才翁及び穆参軍伯長と、作りて古歌詩雑文を為せば、時人は頗る共にこれを非笑するも、子美は顧みざるなり。其の後天子は時文の弊を患い、詔書を下して勉学する者に諷して以て古に近づけしむれば、是れに由りて其の風は漸く息み、学ぶ者は稍や古に趨く。独り子美の世を挙げて為さざる時に為し、其の始終自ら守り、世俗の趨舎に牽かれざるは、特立の士と謂うべきなり。

不遇のうちに死んだ点では穆脩も蘇舜欽も同じであり、悼む気持ちにも差は無いが、生硬な用語も敢えて避けることなく、穆脩の狷介な性格に言及し、また苦境を具体的に述べる蘇舜欽の筆致と、穏当な表現を用いて愛惜の念に重点を置く欧陽脩のそれとでは、かなり開きがあるようだ。どちらが優れているのかは軽々に語れないし、『宋史』の欧陽脩の伝に穆脩、蘇舜欽兄弟が「力足らず」であったと記す(6)ことが正しいのかも容易には判断できない。しかし、読みやすさ、受け容れやすさでは欧陽脩が勝ると言え、それら他の模範となりうる点が後世に対する影響力の差となって現れたのだろう。

## 古詩の尊重

唐末から宋初にかけては、白居易の晩年の閒適詩に学び、また姚合、賈島らの近体に範を取った詩が流行し、また宋初期には錢惟演、楊億らを中心とするいわゆる西崑派が一世を風靡した。中長編の五言古詩を用いて、生硬な表現も敢えて避けずに自らの世界を作り出す韓愈、孟郊らの詩は全くと言って良いほど顧みられなかった。韓愈らの詩風に目を向け、新しい展開をもたらしたのは、やはり歐陽脩、蘇舜欽、梅堯臣らであった。

蘇舜欽は詩においても韓愈の風に学び、五言古詩の長篇を多数制作して、自らの考え、主張を展開した。詩語や発想においては、梅堯臣がより先鋭な面を見せて評価が高いが、社会的な問題に材を取った作品では、蘇舜欽の考えが明快に伝わって、読む者に強い印象を与える。宋風の詩のひとつの個性を明瞭に体現していると言って良かろう。

社会的な問題を取り上げた作品は後で触れることとし、ここには「鄰幾と別る、余は高山の詩を賦し以て意を見わす（別鄰幾余賦高山詩以見意）」詩（巻二）[7]を挙げて、その基本的な傾向を見たい。

高山扶層巓　　高山　層巓を扶し
下與地盤結　　下　地と盤結す
氣貫不變移　　気貫いて変移せず
澤枯乃朽裂　　沢《たく》枯るれば乃ち朽裂す
有如善人交　　善人の交りの如き有り
生死兩固節　　生死　両つながら節を固くす
語默無異方　　語黙　異方無く
黯沮在爲別　　黯沮　別れを為すに在り

世風隨日儉　世風　日に随いて倹《うす》く
俗態逐勢熱　俗態　勢を逐いて熱し
負予好古心　予が古を好む心に負けば
噓歎星斗滅　噓歎す　星斗滅すと
近得鄰幾生　近ごろ鄰幾生を得たり
胸懷貯霜雪　胸懐　霜雪を貯う
飢渴入册書　飢渇　册書に入り
趣向著羈紲　趣向　羈紲を著《お》く
又與斯人離　又た斯の人と離れ
先日心破折　日に先んじて心は破折す
古也當貽言　古なれば当に言を貽るべきも
在子可捫舌　子に在りては舌を捫《つか》むべし
奈何區區誠　奈何ぞ　区区たる誠もて
敢以御者說　敢えて御者の説を以てせん
器成必刓琢　器成れば必ず刓琢《がんたく》す
德盛資澡刷　徳盛んなれば澡刷に資せん
空文謾徽墨　空文　徽墨を謾りにす
古訓乃佩玦　古訓　乃ち佩玦せん

帝門急豪英　帝門　豪英を急にす
濟物無自孑　物を済うに自ら孑たる無かれ

この詩は天聖七年（一〇二九）蘇舜欽が太廟齋郎から滎陽県尉に移る際に、友人の江休復（鄰幾は字）に贈ったものである。題の「高山詩」とは、『詩経』小雅「車舝」篇に「高山は仰ぎ、景行は行う」、鄭箋に「高徳有る者は則ち慕いてこれを仰ぎ、明行有る者は則りてこれを行う」とあるのを用い、江休復の人徳を讃えて、慕う気持ちを表すのである。詩はまず高山の興から善人の交わりの堅さを詠い、世俗の風潮では古来の良き交友が損なわれたことを嘆く。「生死兩固節」は生死いずれも節義を固く守ること、「語默無異方」は語るのも黙るのも同じ道義に基づいていることを言う。「黯沮」は江淹「別れの賦」（『文選』巻一六）の「黯然として魂を銷すは、唯だ別れのみ」を踏まえるだろう。「儉」は薄い、道義に乏しい、また「熱」は騒がしく熱中する意。「噓歎」は他の用例が見出し難いが、嘆いて溜息をつくことで、「星斗滅」は、北斗すなわち皆が振り仰ぐ規範となるものが失われたということだろう。これに続けて、近ごろ江休復と出逢うことができて渇が癒されたのに、また別れることになったと嘆く。「胸懷」の句は孔融「禰衡を薦むる表」（『文選』巻三七）の「志は霜雪を懐く」を踏まえ、また「飢渴」二句は飢え渇くように書物に没入し、志向は身を縛る官位から離れていることを言う。「著」は放置する意である。別れにあたって言葉を贈るべきだが君には不要だと謙遜した後、立派な器に雕琢を施すように、徳高い人も一層研くことが必要だと述べ、朝廷には人材が必要だから、出て世を救済するようにと励まして結んでいる。「貽言」は餞に言葉を贈ることで、『史記』孔子世家に、老子が孔子を見送る際の「吾聞く富貴なる者は人に送るに財を以てし、仁人なる者は人に送るに言を以てす」との語を記す。また「捫舌」は『詩』大雅「抑」に

「朕の舌を捫つ莫かれ、言逝くべからず」とあり、毛傳に「捫は持つ也」と注するのに基づき、口をつぐむことを言う。蘇舜欽は「苦調」詩（巻三）でも「舌を捫みて敢えて語らず、咄咄　徒らに憐れむ」と用いている。「御者説」とは『史記』管晏傳に見える晏子の御者の故事で、立派な人物は思慮深く、自ら謙ることを重んじるという趣旨である。「刓琢」も前例が見当たらないが「刓」は彫刻する意なので、彫琢と同じ意味であろう。「澡刷」は洗い濯ぐ意。「菱磎の石に和する歌」（巻五）にも「新亭に立てて幽谷に面せしめ、共に為に泥沙の痕を澡刷す」と用いる。「空文」二句は当時流行していた華美なだけの文章はみだりに人を縛り付けるので、先王の遺訓をこそ身につけるべきだということだろう。「空文」は当時の華美さのみを求めて内容の伴わない文章を指す。また「徽墨」は『易』坎の卦に見え、釋文に拠れば「徽」「墨」いずれも人を縛る索《つな》の意。「古訓」は『詩』大雅「烝民」に「古訓は是れ式、威儀は是れ力」と見え、鄭箋は「先王の遺典なり」と注する。「佩玦」は玦玉を身に佩びること。「玦」は韻の関係で用いたので、佩玉と同じ意味合いだろう。また「濟物」は人を救うこと、嵇康の「山巨源に与えて交わりを絶つ書」（『文選』巻四三）に「是れ乃ち君子の物を濟うを思うの意なり」とある。「自孑」は熟した形では前例が見当たらない。自分独りの意。比興を用いた詠い出しや屈折させた叙述、そして古風な用語、表現から、韓愈、孟郊の古詩の味わいを連想させる。(8) やや詳しく示したように、経書に基づく語を多く用い、また前例の見当たらない語も少なくないのは意図して韓愈らの詩風に学ぶ点であろう。

　宋風の詩の確立という点で、比較されるのは梅堯臣である。欧陽修は詩においても大きな影響力を持ったが、個性的な表現では梅堯臣が勝っている。蘇舜欽と梅堯臣との違いについては、二人をともに高く評価した欧陽修が『六一詩話』の中で、「聖兪と子美とは名を一時に斉しくするも、二家の詩体は特に異なれり。子美は筆力豪雋にして、超邁横絶を以て奇と為す。聖兪は覃思精微にして、深遠間淡を以て意と為す。各おの其の長を極めれば、善く論ずる者と雖も優劣する能わざるなり」と言っている。(9) またそこでも言及する「水谷夜行きて子美聖兪に寄す」詩（居士集巻二）(10)の中では「緬かに懐う京師の友、文酒　高会邈かなり。其の間　蘇と梅と、二子　畏愛すべし。篇章　縦横に富み、声価　相磨蓋す。子美　気は尤も雄たり、万竅　一噫に号ぶ。時有りて顛狂を肆にし、酔墨　洒ぐこと滂霈たり。譬うれば千里の馬の如く、已に発して殺ぐべからず。前に盈つるは尽く珠璣たり、一一　揀汰し難し。梅翁は清切を事とし、石歯　寒瀬に漱ぐ。詩を作りて三十年、我を視ること猶お後輩のごとし。文詞　愈いよ精新たり、心意は老大なりと雖も。妖韶の女の如き有り、老いて自から余態有り。近ごろの詩は尤も古硬たり、咀嚼するも苦だ嘬《く》らい難し。又た橄欖を食らうが如く、真味は久しくして愈いよ在り。蘇は豪にして気を以て轢き、挙世　徒らに驚駭す。梅は窮して独り我のみ知る、古貨　今は売り難し」と詠う。詩話と同じく優劣はつけていないが、蘇舜欽を「筆力豪雋」あるいは「気は尤も雄」と評し、読む人を驚かせる豪快さ、激しさにその特徴を見出している。対する梅堯臣は「深遠閒淡」とあるが、「古硬」で「咀嚼」し難く、「橄欖を食らうが如く、真味は久しくして愈いよ在り」という評に、その特徴がもっともよく表されているだろう。ともに韓愈らの詩風に学びながらも、古めかしく堅牢な印象を与える言葉を重ねて対象を的確に表現する梅堯臣に対し、蘇舜欽は大胆かつ豪快に歌い上げるところに持ち味が有ると受けとめられている。(11)

　蘇舜欽はこのように、文においても詩においても、韓愈に学んで時流と異なる道を歩もうとした。後世の評価は欧陽修、梅堯臣が勝るかに見えるが、当時において、特に欧陽修の蘇舜欽に対する評価は高く、彼が求めた文学のあり方は広く人々の関心を集めたと見られる。

## 二　蘇舜欽の詩文の特徴

### 時政、時事への発言

次には蘇舜欽の個性と見なせる点を幾つか取り上げてみたい。一番大きな特徴と言えるのが、時政、時事への積極的な発言である。蘇舜欽は社会的な問題を取り上げて政府に何度も建言をした。しかも「投匭疏」「火疏」「詣匭疏」（いずれも巻十一）のように、登聞鼓院において再三の上奏をしており、そこでは皇帝をも憚ることなく、直言を重ねている。宰相および信頼する范仲淹、岳父の杜衍らへの献策も、「乞納諫書」「論五事」「論西事狀」（いずれも巻十一）と多数あり、やはり忌憚の無い建言をなしている。ここではその中から「火疏」を取り上げよう。[12]これは天聖七年（一〇二九）六月に玉清昭應宮が落雷によって焼失し、仁宗がこれを再建しようとしたことを諫めた文章である。蘇舜欽は二十二歳、歐陽修と出逢った頃であった。全体は三段落に分かれ、前段でこの年は天候不順が続き、火災も天の戒めであることを言ったのち、中段で次のように述べる。

陛下は当に服を降し膳を減らし、正寝を避け、躬を責め己を罪して、哀痛の詔を下し、非業の作を罷め、失職の民を拯い、輔弼に在りて国体を裨う無き者はこれを去り、左右に居りて窃かに威権を弄する者はこれを去り、精心もて政刑の失を念い、虚懐もて芻蕘の言を収め、庶幾くは災を変じて以て天意に答うべし。浹辰の間に、此の告諭有るを聞かず。窃かに陛下の将に工役を計り、再び興脩を謀らんとするを知り、都下の人、聞く者は駭き惑い、往往にして首を聚めて横議するも、咸宜しきに非ずと謂い、皆曰く、章聖帝は勤倹なること十余年、天下富庶たりて、帑府流衍し、貯蔵する所無くして、乃ち斯の宮を作るに、其の功を畢うるに及んで、海内はこれが為に虚竭たり、と。陛下は位に即きて未だ十年に及ばず、数歳連ねて水潦に遭い、征賦は入るを減らすと雖も、百姓は頗る甚だ困乏たり。若し大いに土木の功を興さば、則ち費用は紀極を知らず、財貨は内に耗し、征役は下を労せん。内耗して下労すれば、何を以てか済《な》さん。況んや天これを災して、己のこれを為るは、是れ天と競わんと欲して、己を省するの意無し。天に逆うは不祥なれば、己を安んずるは任《た》え難く、厚貺を祈らんと欲するも、其れ得べけんや。豈に天の譴告するに陛下は悟る弗きか、豈に知りて故らにこれを為すか、豈に再び造りて天の祐けを祈らんか、臣は反覆して量るを得ざるなり。今陛下の為に計る者は、吉士を采り、佞人を去るに若くは莫く、姑く脩徳に務め、以て至治に勤め、百姓をして給に足らしめ、而して其の征税を寛うすれば、則ち以て天地に謝して民情を安んずべし。

後段では「変を見て能く道を脩め以て凶を除く」ことが賢君の行いであると言い、漢の元帝が茂陵の白鶴館が焼けたことを戒めとして身を慎んだ例を挙げている。さらに賢者と佞人を分かち、道を篤く信じていないと、虚偽や讒夫が幅をきかせ、災厄が降りかかることを春秋に例を取って示し、仁宗が過ちを改め、古の道を行うよう求めて締めくくっている。登聞鼓院より献じた上疏であり、忌憚無い意見表明が許されてはいるが、土木工事を興す非を唱えて忌避するところがなく、執政のみならず、仁宗をも批判の対象にしている。同時期にもこれだけ率直に述べた建言は、まず見当たらない[13]。

　また内容だけでなく、文体としても新しさが認められる。駢体を用いていないが、例えば冒頭の「烈士は鈇鉞を避けずして諫を進め、明君は過失を諱まずして忠を納む」、「策を懐く者は必ず上前に吐き、冤を蓄うる者は腹誹に至る無し」、「上下の情は鬱がらず、政令の出づれば悦び随う」などの対句や「これを言うの難きは、これを容るるの難きに如かず、これを容るるの難きは、これを行うの難きに如かず」という「難」を使った畳み掛けによって、自ずからリズムを生み出している。韓愈の「淮西の事宜を論ずる状」（『韓昌黎集』巻四〇）は、上奏文であっても駢体を用いず、四言句、六言句を多用し、対句も織り交ぜつつ、駢体とは異なる達意の文章を目指していた。蘇舜欽の上疏もこれに学びながら、駢体とは異なったリズムを用いながら論旨の明確な文章を作り上げたと言えるだろう。

しかし、直截な諫言は非難をされないのが建前であっても、古来諫言を憎まれて退けられた事例は多々見られる。それを敢行するところに蘇舜欽の人となりが窺えるが、それはまた容易に人々の反撥を招き、後の進奏院事件(14)で彼が標的とされる一因となった。李燾『續資治通鑑長編』巻一五三の慶曆四年十一月の條に進奏院事件が取り上げられているが、その中で「而して舜欽は仲淹の薦むる所にして、其の妻は衍の女なり。少年より文章を能くし、議論は稍や権貴を侵す」と記し、彼がやり玉にあげられた背景として、范仲淹、杜衍との繋がりだけでなく、その忌憚無い議論が憎まれたことが挙げられている。

社会的な問題に対する発言は古詩においてもなされている。おおむね長篇であり、内容は西夏との戦闘、旱魃などの自然災害、政争の無益さなどを詠うものである。感慨を述べる作品もあるが、西夏との戦闘を取り上げるものでは、刺激的な表現をも用いて、政府の無策、将軍の無能ぶりを糾弾する。次の「慶州敗る」（巻一）は、景祐元年（一〇三四）の夏に西夏軍に攻め込まれて慶州の砦が陥落したことを詠う。

無戰王者師　戦う無きは王者の師
有備軍之志　備え有るは軍の志
天下承平數十年　天下承平なること数十年
此語雖存人所棄　此の語存すると雖も　人の棄つる所
今歳西戎背世盟　今歳　西戎　世盟に背き
直隨秋風寇邊城　直ちに秋風に随いて辺城を寇す
屠殺熟戸燒障堡　熟戸を屠殺して障堡を焼き
十萬馳騁山嶽傾　十万馳騁して　山嶽傾く
國家防塞今有誰　国家の防塞　今　誰か有る
官爲承制乳臭兒　官は承制と為る　乳臭児
酣觴大嚼乃事業　酣觴大嚼　乃ち事業とし
何嘗識會兵之機　何ぞ嘗ち　会兵の機を識らんや
符移火急蒐卒乘　符移して　火急に卒乗を蒐め
意謂就戮如縛尸　意に謂《おも》う　戮に就くこと尸を縛るが如しと
未成一軍已出戰　未だ一軍を成さずに已に出でて戦い
驅逐急使緣嶮巇　駆逐して急ぎ嶮巇に縁らしむ
馬肥甲重士飽喘　馬肥え甲重ければ　士は喘するに飽き
雖有弓劍何所施　弓剣有ると雖も　何の施す所ぞ

連顚自欲墮深谷　連顚して自ら深谷に堕ちんと欲し
虜騎笑指聲嘻嘻　虜騎は笑いて指さし声は嘻嘻たり
一麾發伏雁行出　一たび麾いて伏を発し　雁行して出で
山下掩截成重圍　山下に掩截して重囲を成す
我軍免冑乞死所　我が軍は冑を免じて死所を乞い
承制面縛交涕洟　承制は面縛して涕洟交わる
逡巡下令藝者全　逡巡に令を下す　藝ある者は全しと
爭獻小技歌且吹　争いて小技を献じ　歌い且つ吹く
其餘劓馘放之去　其の余は劓馘して　これを放ちて去らしめば
東走矢液皆淋灕　東に走るに　矢液　皆淋灕たり
首無耳準若怪獸　首に耳準無く　怪獣の若きも
不自媿恥猶生歸　自ら媿恥せず　猶お生きて帰る
守者沮氣陷者苦　守る者の気を沮し　陥る者の苦しむは
盡由主將之所爲　尽く主将の為す所に由る
地機不見欲僥勝　地機を見ずして僥勝を欲し
羞辱中國堪傷悲　中国を羞辱せしむるは傷悲するに堪えたり

詩は王者の軍隊のあるべき姿が失われ、西夏軍に攻め込まれたことから詠い起こすが、その主旨は将軍に人を得ず、兵略を知らぬままに大敗を喫して、国威を損なったことを批判する点にある。この時の宋軍司令官は環慶路都監、内殿承制の齊宗矩で、西夏の伏兵に遇って捉えられ、その後放免されて帰るという失態を演じた。「逡巡」以下六句では、命からがら醜態を晒して逃げ帰る姿を描き、その惨めな敗北を強く非難している。敗れた敵兵を猿など人間以下のものに喩えて戯画化することは、韓孟の「征蜀聯句」にも見られるが、ここは宋軍の姿であり、それを敢えて貶めるところに強い批判精神が表れている。

また慶暦元年（一〇四一）の「呉越の大旱」（巻二）[15]では、「呉越は龍蛇の年に、大旱ありて千里赤し。尋常　秔穄の地、爛漫として荊棘を長ず」と、穀倉地帯の呉越の地が旱害に襲われたことを詠うが、それは西夏軍の侵略に対抗してこの地の農民を徴兵したことに原因があると難ずる。「是の時　西羌の賊、凶燄は日び熾劇たり。軍須は東南より出で、暴斂　暫らくも息まず。復た聞く兵民を藉し、駆りて以て戦力を教うと。呉儂は水を命と為し、舟楫　乃ち其の職たり。金革戈盾矛は、生眼　未だ嘗て識らず。鞭笞　血は地を塗り、惶惑す　宇宙の窄きに。三丁に二丁は死し、存する者も亦た食に乏し。冤對《えんつい》　結ぼれて宣びず、衝迫して気候は逆らう。二年　春と夏と、雨ふらず　但だ赫日のみ」と詠い、軍政の誤りが天に及んで旱害をもたらしたのだと厳しく批判する。

こうした批判精神のあり方は、政治改革を志す人々に見られることではあるが、蘇の場合はとくに激しい。范仲淹らの詩文にもこうした側面は見られない。

## 兄との聯句

蘇舜欽の文学を考える時、見逃すことができないのは兄と行った聯句の作品であろう。その集に全部で八篇の作品が残されているが、いずれも比較的若い時期のもので、自らの文学を形成する上での貴重な試みであったと見なされるからである。かつ同時代の他の人々の作品と比べて出来映えが優れ、有する意義も大きいと考えられる。

周知のように、聯句は東晋の陶淵明らの作品から現存するが、南朝の何遜ら、唐の大暦期の皎然らの活動を経て、元和期の韓愈、孟郊の聯句に至って、大きく発展した。韓孟の二人は短い期間に集中的に制作を試み、形式、テーマ、用語、そして用いる韻に至るまで、従来に見られない新しい作品を生み出した。その最も大きな成果が「城南聯句」（『昌黎先生集』巻八）である。三〇六句というその篇幅の長さもさることながら、相手が出した一句に対句を付け、さらに一句を出して、それを交互に続ける、後世跨句體と呼ばれる形式を用いる点に画期的な意義を持っている。(16) 韓孟の試みを受け継ごうとしたのが唐末の皮日休、陸龜蒙であるが、彼らの作品は祖述に止まり、かつ出来映えに於いて優れるものは生み出されなかった。宋代に入って、韓孟聯句を積極的に受け継ぎ、新しい展開を見せるようになるが、その代表格が蘇兄弟なのである。

宋風を開いたと評される三人には、いずれも韓孟聯句を承けた作品が見られる。それぞれの聯句作品について簡単に触れておくと、まず歐陽修には四首の作品が残り、中では范仲淹、滕宗諒と行った「劍聯句」（五言三十二韻。二句もしくは四句交替）と「鶴聯句」（五言三十韻。基本的に二句交替）が知られている。但し表現の上で見るべきものはあるが、形式は従来の形を襲っていた。これに対し康定元年（一〇四〇）に陸經と行った「冬夕小斎にての聯句　梅聖俞に寄す」は跨句体を用い、その場にいない梅堯臣を思って、早い帰還を呼びかける内容であり、聯句に寄贈というテーマを持ち込んだ点は、従来には見られない新しさと言える。

梅堯臣には七首ある。その中で慶暦四年（一〇四四）に謝景初と行った「冬夕に会飲しての聯句」（五言二十五韻）は、冒頭は三句で以後跨句体の形で二句ずつ句を継ぎ、後半では六句、八句と句数を伸ばして、最後を九句で収めている。跨句体を応用し、また韓孟聯句の一つの特徴である徐々に句数を増やすという要素も取り込んで、新しい形式を試みている。

蘇舜欽には八首残るが、一首を除いて兄の蘇舜元（字は才翁）と二人だけで行っている。しかも天聖七年（一〇二九）の「地動く聯句」は三人の聯句の中では一番早く、しかも跨句体を用いた力作である。また明道元年（一〇三二）の「二子を悲しむ聯句」では冒頭五句、以降四句交替で、末三句の構成、景祐三年（一〇三六）の「丙子の仲冬紫閣寺での聯句」[17]では途中まで跨句体を用い、その後四句、六句ずつと句数を伸ばし、最後はまた一句で収めるなど、跨句体を基本としてこれを応用する試みを重ねている。蘇舜欽の聯句は八首すべてが異なる形式であり、また「二子を悲しむ聯句」は不遇であった穆脩と凌孟陽二人の死を悼んだ作であり、「丙子の仲冬紫閣寺での聯句」には父親に対する哀悼の思いを込めているなど、テーマや表現面にも新しさが見られる。欧陽修はその『六一詩話』の中で「紫閣寺聯句は韓孟に媿《は》ずる無し」と褒めているが、そのように蘇舜欽兄弟の聯句は、韓孟聯句の新しさ、面白さを最も良く継承していると言うことができるのである。

聯句は正統な文学としては扱われず、多くは宴会などで催される遊藝文学と見なされたが、韓孟聯句は遊びに止まらず、聯句を通じて競い合って新しい言葉、表現を獲得していった。蘇舜欽兄弟も、韓孟に学びつつ新しい聯句の姿を模索する中で、時代にふさわしい文学のあり方を見付けていったのだと思われる。

## 魏闕と江海における異なる傾向…古詩と近体

一般に、主張を持って書かれる詩は多く古詩の形式に依り、日常的な交友、身辺雑事、あるいは風景に触れて感慨を表す場合などには近体を用いるという使い分けがみられるが、蘇舜欽の詩では公私の別が明瞭であり、魏闕に在る時と江海に旅寓する時では、はっきりと使い分けられている。

先に見たように、若年から社会問題を積極的に取り上げた詩を書いており、それは主に五言古詩の長篇を用いていた。詩語も表現も独自性を強調し、世間の耳目を集める作品に仕立て上げている。これは政府への建言、政治への参加を意図したものと考えられる。一方、私的な折には近体の詩を少なからず作っている。例えば校注本の繋年に拠って七言絶句を見てみると、汴京に居た時および地方官在任中の作は残っていないが、父の喪に服して長安に滞在した時、母の葬儀で淮南に赴いた時、そして進奏院の事件で官界を追われ、蘇州へ引きこもることになった後には少なからず作られているのである。とくに蘇州では近体詩が中心となり、身辺の情景、感慨を詠うものが多くなる。そして人口に膾炙するのは、大半がこの時期の作である。

この古詩と近体の截然とした用いられ方、そしてそれに伴う魏闕と江海における明瞭な作品世界の異なりという点も、蘇舜欽の詩の大きな特徴である。諷喩と閒適を使い分けた白居易とも異なっており、彼のような例は少なくとも以前には見られないように思う。

近体の例としてよく知られる二首を挙げよう。まず「淮中にて晩に犢頭に泊す（淮中晩泊犢頭）」（巻七）であるが、これは慶暦五年（一〇四五）の春、都を離れて蘇州に向かう途中、楚州淮陰県の犢頭鎮での作である。

春陰垂野草青青　　春陰野に垂れて　草青青たり
時有幽花一樹明　　時に幽花の一樹に明らかなる有り
晩泊孤舟古祠下　　晩に孤舟を泊す　古祠の下
満川風雨看潮生　　満川の風雨　潮の生ずるを看る

『王直方詩話』には「山谷は子美の絶句を愛す」としてこの詩を挙げており、後に挙げるように劉克荘は「極めて韋蘇州に似たり」と評する。その古詩とは趣が異なり、幽閒と呼ぶにふさわしいような境地が見られる。韋應物の「滁州の西澗」（『韋江州集』巻八）を連想させる風格があり、黄庭堅が評価したのも頷けよう。また「滄浪亭」（巻八）は同じ年の秋、蘇州城南に土地を得て、園地を造った時の作である。

一逕抱幽山　一逕　幽山を抱くも
居然城市閒　居然として城市の間たり
高軒面曲水　高軒　曲水に面し
脩竹慰愁顏　脩竹　愁顔を慰む
迹與豺狼遠　迹は豺狼と遠く
心隨魚鳥閑　心は魚鳥に随いて閑なり
吾甘老此境　吾は甘んじて此の境に老いん
無暇事機關　暇無し　機関を事とするに

陶淵明のように人境に住みながら、幽かな自然と向き合う境地を詠う。亭の名を『孟子』離婁篇上に見える孺子の歌「滄浪の水清まば、以て我が纓を濯うべし、滄浪の水濁らば、以て我が足を濯うべし」から取り、濁世に身を処す思いを述べているが、後半の四句は事件によって受けた心の傷が癒しきれないまま残っていることを感じさせる。

蘇の詩は含蓄に乏しいという評を受けることが多いが、社会性の強い古詩の作品は己の主張や目を奪う表現に力が入りがちであり、豪放という評もこれと背中合わせのものだろう。そこにこそ、蘇舜欽の文学の個性が認められる。一方でその近体詩は淡々としているが、深い味わいがある。詩人としての感性から言えば、むしろこちらに本領が有るだろう。劉克荘の『後村詩話』(巻二)には「蘇子美の歌行は聖俞より雄放にして、軒昂不羈たるは其の人と為りの如し。蟠屈して呉体を為すに及んで、則ち極めて平夷妥帖なり。絶句(「夏意」詩)に云う、別院深深として夏簟清く、石榴開くこと遍くして簾を透して明らかなり。樹陰地に満ちて日は卓午、夢覚めて流鶯時に一声あり、と。又た云う、春陰野に垂れて草青青たり、時に幽花の一樹に明らかなる有り。晩に孤舟を泊す古祠の下、満川の風雨潮の生ずるを看る、と。極めて韋蘇州に似たり。垂虹亭に中秋の月を観るに云う、佛氏は解く為す銀色界、仙家は多く住む玉華宮、と。極めて工みなり。而して世は惟だ其の上の一聯の金餅・彩虹の句を詠ずるのみなるは、何ぞや。山蟬響きを帯びて疏戸を穿ち、野蔓青を蟠らせて破窗に入る(「滄浪に靜吟す」詩)も、亦た佳句なり(18)」と、その近体の優れることを讃える。

また文でも、「滄浪亭記」(巻十三)では身の悲運を嘆いているが、従来の生硬さは消えて、柳宗元の山水記の世界に似ている。政争の生け贄にされ、官籍を剥奪のうえ都を追われるという厳罰を受けた経験が、彼の持つ政治的な志向を消し、文学において本来の資質を開花させたということだろう。それが老成を待つことを許されなかったことは、誠に残念である。

## 小結

清の葉燮はその『原詩』(外篇下・一四)に「宋詩の一代の面目を開く者は、梅堯臣、蘇舜欽の二人に始まる。

漢魏より晩唐に至るまで、詩は遞ごも変わると雖も、皆な遞ごも留めてこれが意を尽くさず。即ち晩唐も猶お余地を存し、読み罷りて巻を掩えば、猶お人をして思いを属せしむることこれ久しうす。梅蘇の崑体を変じ尽くせしより、独り創りて新らしきを生み、必ず辞は言を尽くし、言は意を尽くして、発揮鋪写し、曲折層累して以てこれに赴き、竭尽して乃ち止む。才人の技倆は、六合の内に騰踔し、其の如《ゆ》く所を縦《ほしいまま》にすれば、可ならざる者無し。然れども含蓄渟泓の意は、亦た少しく衰えたり。歐陽修は二子の詩を極めて服膺す、然れども歐の詩は頗る是に異なれり。二子を以て歐陽を視れば、其れ狂と狷との分有らんか[19]」と述べ、宋風の詩が確立される過程での蘇舜欽と梅堯臣の役割を評価しつつも、歐陽脩に比べると極端に赴く嫌いがあったことを指摘する。

詩で後世梅堯臣が多く取り上げられるのは、より個性的であり、一貫性が有ったことによるだろう。蘇舜欽は事件の前後で詩風が大きく異なること、および夭折したことで大成に至らなかったことから、評価において一歩譲ることとなった。文学に政治的主張を盛り込むという点では、三人の中で蘇舜欽が最も顕著であり、それゆえ政治的な挫折が、文学者としてのあり方にも大きな変化を与えることとなったのだろう。政治と文学という観点からは、もっとも尖鋭な存在であった。

政治的な発言を色濃く含む蘇舜欽の詩文は、それが挫折を招き、主張の正しさが受け容れられぬままに終わったが故に、後代の人々に強い印象を与えた。南宋初期の鄭剛中は、その「蘇子美の文集を読む」詩（『北山文集』巻二）に次のように詠う。

嗟乎吾不及識子美　　嗟乎　吾は子美を識るに及ばざるも
誦讀遺文淚如洗　　遺文を誦読すれば涙は洗うが如し

公文意氣何所似
猛虎負山蛟得水
或如秋風入松竹
或如春溫煦桃李
文章乃爾人可知
何事亨衢半途止
定應豪氣壓凡夫
不學持圓媚唇齒
孤芳獨寄叢林中
安得飄風不狂起
一盃失擧強名之
包裹鋒芒扼而死
天乎天乎庸可問
子美者使作滄浪之釣民爾

公の文の意気は何の似る所ぞ
猛虎　山を負い　蛟　水を得たり
或いは秋風の松竹に入るが如く
或いは春温の桃李を煦《あたた》むるが如し
文章は乃ち爾れば　人は知るべし
何事ぞ　亨衢は半途に止まるとは
定めて応に豪気の凡夫を圧して
円を持して唇歯に媚ぶるを学ばざるべし
孤芳　独り叢林の中に寄す
安んぞ飄風を得て狂起せざる
一盃の失挙　強いてこれに名づけ
鋒芒を包裹して扼して死せしむ
天か　天か　庸ぞ問うべけん
子美なる者は滄浪の釣民と作さしむるのみか

宋代の詩文を支える一つの柱は、士大夫の政治参加であり、率直な言論であった。どのような形式・表現を用いるかという技術的な側面のみならず、その精神においても、蘇舜欽は宋風の基礎をつくる役割を果したと言って良いだろう。

注

(1) 清、葉燮『原詩』(内篇上・二)に「宋初、詩襲唐人之道、如徐鉉、王禹偁輩、純是唐音。蘇舜欽、梅堯臣出、始一大變。歐陽修亟稱二人不置。自後諸大家迭興、所造各有至極。今人一概稱爲宋詩者也」と述べるのは、その代表的な論であり、また近代には胡雲翼『宋詩研究』上篇、第五章「宋詩的革新運動」および黃美鈴『歐・梅・蘇與宋詩的形成』などが有って、議論をさらに深化させている。

(2) 歐陽修「水谷夜行寄子美聖兪」、「讀蟠桃詩寄子美」(ともに『居士集』巻二)など。但し三人が一緒に活動したことは無く、歐陽修が二人の仕事を評価したことで、並称されるに至ったものと見られる。

蘇舜欽と梅堯臣が出逢った時期は遅く、慶暦四年(一〇四四)の秋であった。ともに歐と親しく、互いにその紹介を受けて交流が始まったようである。蘇舜欽は江休復、王益柔、章岷らと詩の応酬を行っていたが、それを聞いた梅堯臣が「聞子美次道師厚登天清寺塔」詩(『宛陵先生集』巻十一)を書いて、彼らの交流を慕う気持ちを示し、その後直接詩を贈り合った。蘇舜欽の屋敷で詠じた「詠蘇子美庭中千葉菊樹子」詩(同前)に「和聖兪庭菊」詩(『蘇舜欽集』巻三)を作り、「偶書寄蘇子美」詩(同前)に対して「答梅聖兪見贈」詩(同前)で答えるという具合である。しかし、双方の唱和が残るのはこの二組だけで、その年の十一月に進奏院での事件(注(14)参照)が起こった後には、梅堯臣に「送蘇子美」(同前)などの詩が有るが、蘇舜欽の方に答える詩は残っていない。蘇州退居後も同様である。したがってこうした事情から見ると、直接交渉のあった時期は短く、慶暦四年秋から翌五年春に蘇が都を追われるまでの半年足らずになる。梅堯臣には寄贈の詩が六首見られるが、蘇舜欽には二首のみと不均衡であり、また梅堯臣に蘇舜欽を弔う作品が残っていないなど、両者の関係は必ずしも良好でなかった可能性がある。

魏泰『臨漢隠居詩話』には「蘇舜欽以詩得名、學書亦飄逸、然其詩以奔放豪健爲主。梅堯臣亦善詩、雖乏高致、而平淡有工、世謂之蘇梅、其實與蘇相反也。舜欽嘗自歎曰、平生作詩被人比梅堯臣、寫字被人比周越、良可笑也。周越爲尙書郎、在天聖、景祐閒以書得名、輕俗不近古、無足取也」と梅堯臣を軽んじた言葉を記すが、これは噂話の類だろう。しかし蘇舜欽にとって梅堯臣は必ずしも親しい人とは言えなかったようだ。出逢いが遅いだけでなく、詩も遠慮がちに見える。

（3）蘇舜欽の作品は基本的に傅平驤、胡問陶校注『蘇舜欽集編年校注』（巴蜀書社、一九九〇）に拠り、沈文倬校點『蘇舜欽集』（上海古籍出版社、一九八一）を参照した。但し巻数は『蘇舜欽集』に拠る。「哀穆先生文 幷序」は集の巻十五に収める。その全文は以下の通り。「嗚呼、穆伯長以明道元年夏、客死于淮西道中。友人蘇叔才、子美作詩悼之、遣人馳弔之。痛夫道不光、予又次其一二行、以鑑于世、爲文哀之。先生字伯長、名脩。幼嗜書、不事章句、必求道之本原、皆記士徒無意處、熟評論之。性剛峭、喜于背俗、不肯下與庸人小合、願交者多、固拒之。議事堅明、上下今古、皆可錄。然好詆卿弼、斥言時病、謹細後生畏聞之。又獨爲古文、其語深峭宏大、羞爲禮部格詩賦。咸平中、擧進士、得出身。調泰州司理參軍、牧守稱其才、貳郡者惡之。又嘗以言忤貳郡者、守病告、貳郡者私黠吏使誣告先生賂、具獄聚左證、後召先生、使衆參考之、由是貶池州。中道竄詣闕下、叩登聞鼓稱冤、會貳郡者死、復受譴于朝。後累恩得爲蔡州參軍。先生自廢來、讀書益勤、爲文章益根柢于道、然恥以文干有位、以故困甚。張文節守亳、亳之士豪者作佛廟、文節使以騎召先生作記。記成、竟不竄士名。士以白金五斤遺之曰、枉先生之文、願以此爲壽。又使周旋者曰、士所以遺者、乞載名于石、圖不朽耳。既而亟召士讓之、投金庭下、遂俶裝去郡、士謝之、終不受。常語人曰、寧區區餬口爲旅人、終不爲匪人辱吾文也。天聖末、丞相有欲置爲學官者、恥詣謁之、竟不得。嘗客京師南河邸中、往往醉、暮歸、逷地、如不省持者。夜半邸人猶聞其誦吟喟歎聲、因隙窺之、則張燈危坐、苦矉執卷以至曙、用是貸其資。母喪、徒跣自負櫬成葬、日誦孝經、喪記、未嘗觀佛書、飯浮屠氏也。識者憐哀之、或厚遺、則必爲盜取去、不然且病、或妻子卒。後得柳子厚文、刻貨之、値售者甚少、踰年積得百緡。一子輒死、將還淮西、道遇病、氣結塞胸中不下、遂卒。噫吁、天之厭文久矣。先生竟以黜廢窮苦終其身、顧其道宜不容于今世。然由賦數踦隻、常罹兵賊惡少輩所辱困、其節行至死不變。有孤、懦且幼、遺文散墜不收、伯長之道竟已矣乎。初、先生死、梁堅自解以書走上黨遺予、欲訪其文、俾予集序之。去年赴擧京師、歴問人、終不復得一篇、惟有任中正尚書家廟碑、靜勝亭記、徐生墓志、蔡州塔記、皆平昔所爲、又不足成卷。今舅氏守蔡、近以書使存其家、且求其所著文字、未至。聞作文哀之、道不勝于命、命不會于時。吁嗟、先生竟胡爲。」

（4）『宋史』巻四四二、文苑四に収める。引用箇所の原文は以下の通り。「自五代文敝、國初、柳開始爲古文。其後、楊億、劉筠尙聲偶之辭、天下學者靡然從之。脩於是時獨以古文稱、蘇舜欽兄弟多從之游。脩雖窮死、然一時士大夫稱能文者必曰穆參軍。」

（5）歐陽修「蘇氏文集序」（『居士集』巻四三）の引用箇所の本文は以下の通り。「予友蘇子美之亡後四年、始得其平生文章遺稿於太子太傅杜公之家、而集錄之以爲十卷。子美、杜氏婿也、遂以其集歸之、而告于公曰、斯文、金玉也。棄擲埋沒糞土、不能銷蝕。其見遺於一時、必有收而寶之於後世者。雖其埋沒而未出、其精氣光怪已能常自發見、而物亦不能揜也。故方其擯斥摧挫、流離窮厄之時、文章已自行於天下、雖其怨家仇人及嘗能出力而擠之死者、至其文章、則不能少毀而揜蔽之也。凡人之情忽近而貴遠、子美屈于今世猶若此、其申於後世宜如何也。公其可無恨。（中略）子美之齒少於予、而予學古文反在其後。天聖之間、予擧進士于有司、見時學者務以言語聲偶擿裂、號爲時文、以相誇尙。而子美獨與其兄才翁及穆參軍伯長、作爲古歌詩雜文、時人頗共非笑之、而子美不顧也。其後天子患時文之弊、下詔書諷勉學者以近古、由是其風漸息、而學者稍趨於古焉。獨子美爲於擧世不爲之時、其始終自守、不牽世俗趨舍、可謂特立之士也。」

（6）『宋史』巻三一九「歐陽脩」傳の引用箇所の本文は以下の通り。「宋興且百年、而文章體裁、猶仍五季餘習。鎪刻駢偶、淟涊弗振、士因陋守舊、論卑氣弱。蘇舜元、舜欽、柳開、穆脩輩、咸有意作而張之、而力不足。脩游隨、得唐韓愈遺稿於廢書簏中、讀而心慕焉。苦志探賾、至忘寢食、必欲并轡絕馳而追與之竝。」

（7）本詩は、四部叢刊本『蘇学士文集』などでは「檢書」詩に続けて一篇とするが、校注本、校點本いずれも『宋文鑑』などに拠って別に一首とするのに従う。また詩題も校注本が『宋文鑑』などに拠るのに従った。

（8）蘇舜欽には「長安春日東野に効う」詩も有る。韓愈のみならず孟郊にも学んだ面があったのだろう。

（9）『六一詩話』の原文は以下の通り。「聖兪子美齊名於一時、而二家詩體特異。子美筆力豪雋、以超邁橫絕爲奇。聖兪覃思精微、以深遠閒淡爲意。各極其長、雖善論者不能優劣也。余嘗於水谷夜行詩、略道其一二云、子美氣尤雄、萬竅號一噫。有時肆顚狂、醉墨灑滂霈。譬如千里馬、已發不可殺。盈前盡珠璣、一一難揀汰。梅翁事淸切、石齒漱寒瀨。作詩三十年、視我猶後輩。文詞愈精新、心意雖老大。有如妖韶女、老自有餘態。近詩尤古硬、咀嚼苦難嘬。又如食橄欖、眞味久愈在。蘇豪以氣轢、擧世徒驚駭。梅窮獨我知、古貨今難賣。語雖非工、謂粗得其彷彿、然不能優劣之也。」

(10)「水谷夜行寄子美聖兪」詩の原文は以下の通り。「寒雞號荒林、山壁月倒掛。披衣起視夜、攬轡念行邁。我來夏云初、素節今已屆。高河瀉長空、勢落九州外。微風動涼襟、曉氣清餘睡。緬懷京師友、文酒邈高會。其閒蘇與梅、二子可畏愛。篇章富縱横、聲價相磨蓋。子美氣尤雄、萬竅號一噫。有時肆顚狂、醉墨洒滂霈。譬如千里馬、已發不可殺。盈前盡珠璣、一一難柬汰。梅翁事清切、石齒漱寒瀨。作詩三十年、視我猶後輩。文詞愈精新、心意雖老大。譬如妖韶女、老自有餘態。近詩尤古硬、咀嚼苦難嘬。初如食橄欖、眞味久愈在。蘇豪以氣轢、擧世徒驚駭。梅窮獨我知、古貨今難賣。二子雙鳳凰、百鳥之嘉瑞。雲煙一翺翔、羽翮一摧鎩。安得相從遊、終日鳴噦噦。問胡苦思之、對酒把新蟹。」

(11)筧文生「梅堯臣略説」(『唐宋文学論考』創文社)では、従来の詩人が詠わなかったもの、常識的には詩の題材となりにくかったものをわざと意識して詩の中にもちこもうとする傾向、それは言い替えればどんなものでも詩にしてみせるという野心とも言えるものだが、それを梅の特徴と見ている。

(12)「火疏」の全文は以下の通りである。「火疏　時年二十一、登聞獻此疏。

臣聞烈士不避鈇鉞而進諫、明君不諱過失而納忠、是以懷策者必吐上前、蓄冤者無至腹誹、則上下之情不鬱、政令之出悦隨。然言之之難、不如容之之難。容之之難、不如行之之難。有能言之、則必容之、則必行之、如此則欲治之主、三代之迹也、願陛下留意焉。

臣伏覩今歲自春徂夏、霖雨陰晦、未嘗少止、農田受菑者幾於十九、民情嗸騷、如昏墊焉、臣以謂近位之失人、政令之多缺、賞罰弗公之所致也。天之降災、欲悟陛下、陛下反謂刑獄濫冤之致、故肆赦天下以救之、殊不念如此則殺人者不死、傷人者不抵罪、其爲濫冤、則又加甚。古者決獄斷滯訟、以平水旱、不用赦也、故赦下之迹、陰霾及今。前志曰、積冤生陰、積陰生陽、陽生則火災見焉。乘夏之氣、發洩於玉清宮、震雨雜下、烈燄四起、樓觀萬疊、數刻而盡、誠非慢於禦備、乃上天之深戒也。

陛下當降服減膳、避正寢、責躬罪己、下哀痛之詔、罷非業之作、拯失職之民、在輔弼無裨國體者去之、居左右竊弄威權者去之、精心念政刑之失、虛懷收芻蕘之言、庶幾變災以答天意。浹辰之間、不聞有此告諭。竊知陛下將計工役、再謀興脩、都下之人、聞者駭惑、往往聚首横議、咸謂非宜、皆曰章聖帝勤儉十餘年、天下富庶、帑府流衍、無所貯藏、乃作斯宮、及其畢功、而海内爲之虚竭、陛下卽位未及十年、數歳連遭水潦、雖征賦減入、而百姓頗甚困乏。若大興土木之功、則費用不知紀極、財貨耗於內、征役勞於下、內耗下勞、何以濟矣。況天災之、己爲之、是欲競天、無省己之意。逆天不祥、安己難任、欲祈厚貺、其可得乎。豈天譴告而陛下弗悟邪、豈知而故爲之邪、豈再造祈天之祐邪、臣不得反覆而量也。今爲陛下計者、莫若采吉士、去佞人、姑務脩德、以勤至治、使百姓足給、而寛其征稅、則可以謝天地而安民情矣。

　夫賢君見變、能脩道以除凶、亂世無象、天不譴告、今幸得天見之變、是陛下脩道之日、豈宜忽哉。昔漢元帝三年、茂陵白鶴館災、下詔曰、迺者火災降於孝武園館、朕戰慄恐懼、不燭變異、咎在朕躬、羣司又未肯極言朕過、以至於斯、將何寤焉。夫茂陵不及上都也、白鶴館不大此宮也、彼尚降詔四方、以求己過、是知古帝王急治如此、夫火不炎上之罰、正爲是焉。臣謹按前漢五行志云、賢佞分別、官人有序、帥繇舊章、敬重功勳、如此則火得其性矣。若乃信道不篤、或燿虚僞、讒夫昌、邪勝正、則火失其性矣。自上而降、及濫炎妄起、災宗廟、燒宮室、雖興師衆、弗能救也。故魯成公三年新宮災、劉向謂成公信三桓子孫之讒、逐父臣之應、襄公九年春宋災、劉向謂宋公聽讒、逐其大夫華弱奔魯之應也。今宮災、豈得亦有是乎。願陛下恭默而內省之。省而旣知之、願陛下悔過而追革之。罷再造之勞役、行古先之典法、非惟大光基構、亦天下之幸甚也。

　臣愚妄之言、不足益國體之萬一、陛下苟容而行之、三代兩漢之風、指顧而可致也。」

（13）歐も蘇に対する「湖州長史蘇君墓誌銘」（居士集巻三〇）の中で「官於京師、位雖卑、數上疏論朝廷大事、敢道人之所難言」と言っている。

（14）進奏院事件とは、慶暦四年（一〇四四）十一月に進奏院で神を祭り、その後宴会を開いた際に、故紙を売った金を酒席の代金の一部に使ったことが公金横領の罪に問われ、蘇舜欽、王洙、江復休、王益柔らが捕らえられて地方へ追われたことをいう。宴の運営は例年の慣例に従ったものであったが、范仲淹、杜衍、富弼らの追い落としを目論んだ御史中丞の王拱辰らによって、彼らと関係が深かった蘇舜欽が狙い撃ちにされたのであった。ために蘇舜欽は独り官籍を剝奪され、蘇州に隠棲せざるを得なくなったのである。蘇舜欽は「與歐陽公書」（費袞『梁谿漫志』巻八所収）によって、歐陽修にはこの間の事情を詳しく伝えている。魏泰の『東軒筆録』（巻四）にも、この件を「京師百司庫務、毎年春秋賽神、各以本司餘物貿易、以具酒饌。至時吏史列坐、合樂終日。慶暦中、蘇舜欽提擧進奏院、至秋賽、承例賣拆封紙以充。舜欽欲因其擧樂、而召館閣同舍、遂自以十千助席、預會之客、亦醵金有差。酒酣、命去優伶、却吏史、而更召兩軍女伎。先是、洪州人太子中舍李定願預醵厠會、而舜欽不納。定銜之、遂騰謗於都下。既而御史劉元瑜、有所希合、彈奏其事。事下右軍窮治、舜欽監主自盜論、削籍爲民。坐客皆斥逐」と記す。なお同じ魏泰の『臨漢隠居詩話』に拠れば、李定の宴に加わりたいという希望を蘇舜欽に仲介したのは梅堯臣だったようだ。また洪邁『容齋三筆』巻十六「中舍」の項には、「蘇子美在進奏院、會館職、有中舍者、欲預席。子美曰、樂中既無箏、琵、篳、笛、坐上安有國、舍、虞、比。國謂國子博士、舍謂中舍、虞謂虞部、比謂比部員外、郎中、皆任子官也」と、この時の蘇舜欽の謝絶の言葉を記す。つまり任子は加えないという趣旨であり、李定はそこに反撥したのであろう。梅堯臣も任子であり、彼が李定を紹介したのだとすれば、そうした出身の繋がりによるものだったのであろうか。あるいはこうした経緯が、事件後に蘇舜欽の側に梅堯臣への詩が一首も残らない（注（2）参照）一因となっているのかもしれない。

ところで蘇舜欽も梅堯臣も、この事件後に同じ「雜興」という題の詩を残している。蘇舜欽の作は「虎豹性食人、智者畜爲戲。形影本相親、愚夫見而畏。疑同不疑異、遠哉愚與智」、梅堯臣の作は「主人有十客、共食一鼎珍。一客不得食、覆鼎傷衆賓。雖云九客沮、未足一客嗔。古有弑君者、羊羹爲不均。莫以天下士、而比首陽人」である。「雜興」という題であるから、意図するところを正確に読み取ることは難しい。とくに梅堯臣の詩の後半の含意がよく分からない。

（15）「呉越大旱」の原文は以下の通りである。「呉越龍蛇年、大旱千里赤。尋常秔稌地、爛漫長荆棘。蛟龍久遁藏、魚鼈盡枯腊。炎暑發厲氣、死者道路積。城市接田野、慟哭去如織。是時西羌賊、凶燄日熾劇。軍須出東南、暴斂不暫息。復聞藉兵民、驅以教戰力。呉儂水爲命、舟楫乃其職。金革戈盾矛、生眼未嘗識。鞭笞血塗地、惶惑宇宙窄。三丁二丁死、存者亦乞食。冤對結不宣、衝迫氣候逆。二年春及夏、不雨但赫日。安得涼冷雲、四散飛霹靂。滂沱消祲癘、甘潤起稻稷。江波開舊漲、淮嶺發新碧。使我揚孤帆、浩蕩入秋色。胡爲泥滓中、視此久戚戚。長風卷雲陰、倚柁涙橫臆。」

（16）聯句の歴史および韓孟聯句の意義については拙論「聯句の検討」（『孟郊研究』第二章、汲古書院）ならびに「聯句という様式とその展開」（『韓愈詩訳注』第三冊、研文出版）を参照されたい。

（17）「丙子仲冬紫閣寺聯句」の原文は以下の通り。なお（　）内は担当者であり、才は兄の蘇舜元（才翁）、子は蘇舜欽（子美）の略称である。前年に陝西轉運使であった父の蘇耆が亡くなり、兄弟共に長安で喪に服していた。紫閣寺は長安西郊の鄠県にある紫閣山中にある寺。父が在任中に訪れており、この聯句では卓抜な景色を賞でるだけでなく、父を偲ぶ意図も含まれている。

「白石太古水（才）、蒼厓六月冰。昏明咫尺變（子）、身世逗留增。橋與飛霞亂（才）、人閒獨鳥升。風泉冷相搏（子）、樓閣暮逾澄。反覆靑冥上（才）、躋攀赤日稜。唄音充別壑（子）、塔影弔寒藤。仙掌挂太一（才）、佛壇依古層。巖喧聞鬪虎（子）、臺靜下飢鷹。晴檻通年雨（才）、濃蘿四面罾。日光平午見（子）、霧氣半天蒸。潭碧寒疑裂（才）、鐘淸遠自凝。陽陂冬聚筍（子）、陰壁夏垂繒。有客饒佳思（才）、高吟出遠凭。雄心翻表裏（子）、遠目著軒騰。岑寂來淸夜（才）、沈冥接定僧。宿猿深更杳（子）、落木靜相仍。松竹高無奈（才）、煙嵐翠不勝。甘酸收脫實（子）、坳隩布淸塍。北野才沈著、南天更勃興。忞睢超一氣（才）、黿黓起孤鵬。竝澗寒堪摘、看雲重欲崩。行中向背失（子）、呼處下高應。庭樹巣金爵、樵兒弄玉繩。斷香浮缺月（才）、古像守昏燈。乳管明相照、莎髯綠自矜。深疑嘯神物（子）、戱欲敵殽陵。俯仰孤心撓、回翔百感登。畫圖風動壁、詩句涕霑膺。歲月看流矢（才）、心腸劇斷絙。追攀初有象、悲憤遂相乘。故實知無遁、遺靈若此憑。依然忍回首（子）、愁絶下峻嶒（才）。」

また『六一詩話』には「子美兄舜元、字才翁詩亦遒勁多佳句、而世獨罕傳。其與子美紫閣寺聯句、無媿韓孟也。恨不得盡見之耳」とある。

（18）劉克莊『後村詩話』の原文は以下の通りである。「蘇子美歌行雄放於聖俞、軒昂不羈如其爲人、及蟠屈爲吳體、則極平夷妥帖。絶句云、別院深深夏簟淸、石榴開遍透簾明。樹陰滿地日卓午、夢覺流鶯時一聲。又云、春陰垂野草靑靑、時有幽花一樹明。晚泊孤舟古祠下、滿川風雨看潮生。極似韋蘇州。垂虹亭觀中秋月云、佛氏解爲銀色界、仙家多住玉華宮。極工。而世惟詠其上一聯金餠彩虹之句、何也。山蟬帶響穿疏戶、野蔓蟠靑入破窗。亦佳句。」

（19）葉燮『原詩』（外篇下・一四）の原文は以下の通りである。「開宋詩一代之面目者、始於梅堯臣、蘇舜欽二人。自漢魏至晚唐、詩雖遞變、皆遞留不盡之意。卽晚唐猶存餘地、讀罷掩卷、猶令人屬思久之。自梅蘇變盡崑體、獨創生新、必辭盡於言、言盡於意、發揮鋪寫、曲折層累以赴之、竭盡乃止。才人技倆、騰踔六合之內、縱其所如、無不可者。然含蓄渟泓之意、亦少衰矣。歐陽修極服膺二子之詩、然歐詩頗異於是。以二子視歐陽、其有狂與狷之分乎。」

# 蘇軾「和陶詩」をめぐって——古人への唱和

本論では蘇軾の代表的な著述である一連の「和陶詩」を中心に、古人への唱和詩について検討を加える。蘇轍の「子瞻の和陶淵明詩集の引」（『欒城後集』巻二一）[1]に拠れば、蘇軾は彼に宛てた手紙の中で「古の詩人に擬古の作有るも、未だ古人に追和する者は有らざるなり。古人に追和するは、則ち東坡に始まる。吾は詩人に於いて甚しく好む所無きも、独り淵明の詩を好む。淵明は詩を作ること多からず、然れども其の詩は質にして実は綺たり、癯にして実は腴たり。曹、劉より、鮑、謝、李、杜の諸人は皆及ぶ莫きなり。吾は前後に其の詩に和すこと凡そ百数十篇、其の意を得たるに至りては、自ら謂えらく甚だしくは淵明に愧じずと。今は将に集めてこれを幷録し、以て後の君子に遺さんとす。子は我が為にこれを志せ」と述べ、古人の詩に追和することは自らの独創であり、陶淵明に深服したからこそ「和陶」の諸作が生まれたと言っている。但し古人への追和の作は、晁説之がこの蘇轍の序文に対して書いた「和陶引の辯」（『嵩山文集』巻一四）[2]の中で、「又た擬古の作有るも、未だ古人に追和する者有らざるは如何。曰く、亦た未だ喩らざる所なり、梁の呉均の〈梁鴻の會稽に在りて友人の高伯達に贈るに和す〉、〈郭林宗の徐子孺に贈るに和す〉、〈揚雄の人に就きて酒を乞うも得ず詩を作りてこれを嘲けるに和す〉、唐の李賀の〈何と謝の銅雀妓に追和す〉、〈柳惲の汀洲白蘋の章に追和す〉、蓋し亦た多し。然りと雖も、和して次韻せざるは奈何。曰く、時なり。方めて鳥跡を観し時に、鍾、張の法度を以て責むべけんや」と説くように、すでに前代に例がある。思うに蘇軾の「古人に追和するは、則ち東坡に始まる」との言は豪語であって、以前に様々な試みがなされていたことは彼自身も知っていたと思われる。そうであれば「和陶詩」の持つ意義をどのような点に求めるべきであろうか。唱和詩の流れを振り返りつつ、この点を考察してみたい。

## 唱和詩の流れ

贈答詩との違いを明らかにすることは容易ではないが、「唱して和す」という歌曲の用語に由来すると考えるなら、唱和詩とは原唱に対して和詩が作られ、その間に主題や内容の面でより密接な関係が認められるものを言うことになる。現存の作品では、慧遠の詩に劉程之らが唱和した一群の作品が最も古い(3)。また原唱は残らないが、陶淵明に「劉柴桑に和す」「劉柴桑に酬ゆ」(巻二)、顔延之に「謝監靈運に和す」(『文選』巻二六)などの作があり、総じて東晋後期には唱和の応酬が広まっていたと見られる。そして六朝後期にはサロン文学の一つの柱となって、盛んに作られるに至る。先の慧遠らの唱和では同じ五言詩でも長さがまちまちであったが、例えば梁簡文帝の「漢高廟に賽神す」(『古詩紀』巻六八)とそれに和した庾肩吾、劉孝儀、劉遵らの「簡文帝の漢高帝の廟に賽するに和す」(同)は原唱も和詩も五言十句であり、主題や内容面だけでなく形式的にも原唱と揃えるようになっている。また、座を共にして作られる同和が唱和詩の本来の姿だったと見られるが、場所を隔てて和する遙和や、時間を異にして和する継和、追和も行われていた。つまり唱和とは示された作品に共感して、その世界を共有しようとする行為であり、対象となる作品のテーマや内容に対応していて、しかも同形式のものであれば、場所や時期を異にしても構わなかったのである。

唐代後半には形式を原唱に合わせる動きが強まり、それが韻字にまで及ぶ和韻となって現れてくる。大暦期の李端、盧綸らが先駆けとなり、元和期の元稹、白居易らの唱和において結実する。李端の「野寺に病居して盧綸の訪ねらるるを喜ぶ（野寺病居喜盧綸見訪）」（『全唐詩』巻二八六）は侵韻字を用いた七律であるが、盧綸の「李端公の野寺に病居して寄せらるるに酬ゆ（酬李端公野寺病居見寄）」（同巻二八〇）はこれに次韻している。また白居易の「書に代う詩一百韻微之に寄す」（『白氏文集』巻一三）に対する元稹の「翰林白學士の書に代う一百韻に酬ゆ」（『元稹集』巻一〇）のように、長篇の次韻詩も作られている。[4] そして元白の唱和詩が世間の注目を集めたことから、和韻の風習が広まり、中でも次韻がその主流となっていった。次韻唱和が社会に広く受け入れられたことは、皮日休、陸龜蒙の唱和詩の他、大中年間の太宰府で、留学僧の圓珍と唐の交易商人らとの間でなされた「唐人送別詩」や、乾符年間の長安の色街で交わされた客と妓女との唱和（『北里志』所収）などからも窺える。[5] 次韻は和韻の中で最も制約が厳しいが、それ故に遊戯的な面白さが有り、また出来の如何に関わらず、次韻していれば唱和詩として通用する側面が有ったために広く流行したのであろう。宋代に入ると次韻の唱和が一般的となっただけでなく、同じ韻字で何度も酬答がくり返されたり、知人の間で次々と継和の作が生まれるようになる。主題と韻字という枠組みを借りながら、全く新しい内容を盛り込んだ詩も多く作られている。六朝期にサロン文学の一つの柱となったように、唱和詩には集団性、流動性が有ることから、こうした広がりを持ったのだろう。但し、唱和の輪に加わる人々にはやはり一定の範囲があり、原唱の作者もしくはそのグループと親しい関係を持っていることが一般的であった。

ところで唱和は、原唱を見せられたことが契機となる受動的な行為である。遙和や追和も時間や場所を異にしてはいるが、知人から示されたことを承けてなされるのであり、個人的な繋がりの上で作られるものであった。しかし、追和はやがてそうした外縁的な関係を超え、面識の無い前代の詩人、自分が慕う古人の作品をも対象として行われるようになる。それは人間的な繋がりを、文学作品と自分との関係に置き換えて再構築する行為と言えるだろう。つまり書物の世界において、自らが古人と知友になるのである。したがって、原唱となる作品は自分の意志、好尚によって能動的に選び取られるのであり、そこには対象となる詩人、作品に対する、作者の評価が反映されることになる。そして古人の作品に追和することは、その作に学びつつ自分の創造性を導いたり、自らの詩才を示す行為にも繋がっていくが、それは従来の擬古詩に見られた態度であった。

擬古詩は、伝来が確かでかつ完全な作品としては、「古詩十九首」に擬した陸機の諸作（『文選』巻三〇所収）が現存する最古のものであろう。六朝期では、他に謝靈運の「魏太子の鄴中集に擬する詩八首」（同）や鮑照の「行路難に擬す十八首」（『鮑參軍集』巻二）など楽府、古詩に準えた作品が著名だが、個人のスタイルもしくは特定の作品に擬した例も、鮑照の「阮公の夜中寐ぬる能わざる詩に擬す」「劉公幹の体に学ぶ五首」「陶彭澤の体に学ぶ詩」（共に同巻四）、庾信の「詠懐詩に擬す二十七首」（『庾開府集』巻三）、袁淑の「曹子建の白馬篇に効う」（『文選』巻三一）、江淹の「阮公の詩に効う十五首」「魏の文帝に学ぶ詩」（共に『江文通集』巻三）など数多く見られる。また江淹「雑体詩」（『文選』三一）のように、個々に対象とした作者と作品名を挙げて、その評価を窺わせている例もある。こうして盛んとなった擬古詩は、唐代以降も詩作の一つの様式として定着し、広く作られていく。擬古詩が作られた背景には、大きく言って三つの点が考えられる。一つは対象とする作品、およびその作者への尊崇の気持ちを、擬作という行為によって表すということ、二つには、これと関わることだが、尊崇するが故にその作品の着眼点や表現に学び、自らの新たな創造へと結びつけようとしたこと、三つには、先人の作に学ぶという枠組みの中で、自らの能力を誇示するということである。そしてこれらの点は、古人の作に唱和するという新しい様式においても受け継がれていった。

さて古人への唱和に関する具体的な作品の検討に戻ると、晁説之に指摘されている梁の呉均の作は残念ながら現存しない。唐の李賀の二篇（『昌谷集』巻一「追和柳惲」、巻三「追和何謝銅雀妓」）はいずれも樂府に和した作品で、古人の作に「追和」した最も早い例となる。詩題は宋本でも同じであり、詩集が纏められた当時からこの題であったと想像されるが、「擬」や「效」ではなく「追和」とした理由は明らかではない。なお、これらは次韻の作ではない。次韻の追和を探すと、蘇州虎丘寺の清遠道士の詩に和した皮日休、陸龜蒙の作が現存する中で最も早いが、これは虎丘に伝わる奇談に即した特異な例である。[6] 実在の詩人の作に次韻唱和した例には、唐末の徐夤の「御史温飛卿の華清宮二十二韻に依る」（『全唐詩』巻七一一）が挙げられる。これは温庭筠の「華清宮に過る二十二韻」（『温飛卿集』巻六）に次韻した作で、驪山の華清宮を通りかかって玄宗の盛時を偲び、失われた栄華を悼むという内容も、原唱を継承している。宋代に入ると唱和詩全般の傾向と同様、古人への唱和詩も次韻が一般的になる。たとえば蘇頌の「林次中の示して浙西三賢の夢を述ぶる詩に追和するに及ぶに、其の間に衛公の事を叙すること幾んど尽きたり、輒ち其の遺逸を拾いて、再び前韻に次す（林次中示及追和浙西三賢述夢詩、其間敍衛公事幾盡、輒拾其遺逸、再次前韻）」（『蘇魏公文集』巻九）は、唐の李徳裕の「夢を述ぶる詩四十韻」（『李文饒文集』別集巻三）に追和した作であるが、[7] 林旦から詩を示されて自らも和したという経緯には、当時の唱和の広がり方を窺うことができる。そしてこれら皮・陸、徐夤、蘇頌等の作品が、概ね古人と縁のある場所、情況において、その古人の特定の作に次韻したものであることから見れば、それが追和の一般的なスタイルとなっていたと言えよう。名所で作られる懐古題壁の詩には、前人の作を見て触発された例が多いが、同様の作詩動機が働いたと言えるのかもしれない。こうした作品には他に王安石の「崑山の慧聚寺にて孟郊の韻に次す」（『王荊文公詩李壁註』巻一九）「崑山の慧聚寺にて張祜の韻に次す」（同巻二四）[8]などが挙げられ、蘇軾にも「惠山に遊ぶ」（巻一八）、「李太白に和す」（巻二三）[9]などの例がある。

この流れに新たな方向性を導いたのは、李白の詩に次韻した郭祥正の作品である。『宋史』の傳に拠れば、彼は李白が没した地である當塗の出身で、若年時に梅堯臣から「李白の後身」との評を得ていたという。[10]「李白の秋浦歌に追和する十七首」（『青山集』巻七）や「李白の金陵鳳凰臺に登るに追和する二首」（同巻二四）など、彼が李白に追和した作品は数多いが、これらは李白のイメージを借りつつ自らの詩作をその高みに近づけようとしたものである。出生地という地縁は残るものの、特定の詩人の全体像に学ぼうとしたことは新しい試みであり、立ち寄った場所と縁の有る古人の作に追和する前例からは、一歩踏み出すものとなった。特に「新林に舟次して先ず府尹の安中尚書に寄するに李白の楊江寧に寄するの韻を用う（舟次新林先寄府尹安中尚書用李白寄楊江寧韻）」二首、「陳元輿待制に留別するに李白の友人に贈るの韻を用う（留別陳元輿待制用李白贈友人韻）」（いずれも同巻七）など、贈答、離別の情況下で、李白の詩を枠組みとして借りつつ、内容を自らの情況に適合させた作品は、従来にない試みとして注目される。しかも作られた時期は、蘇軾の和陶詩より少し早い。ここでは「白鷺洲に舟次して再び安中尚書に寄するに李白の楊江寧に寄するの韻を用う（舟次白鷺洲再寄安中尚書用李白寄楊江寧韻）」二首（同前）の其一を例示しよう。これは元祐六年に江寧府の西南の白鷺洲から、府尹の黄履（字は安中。以前禮部尚書の任にあった）に送り届けたもので、李白の「白鷺洲に宿して楊江寧に寄す」（『李太白文集』巻一三）の韻を用いている。

白鷺飛還集　　白鷺　飛びて還た集まり

新沙沒故洲　新沙　故洲を没す
山形龍晦角　山形　龍は角を晦し
江氣蜃爲樓　江気　蜃は楼を為す
欲問前朝事　問わんと欲す　前朝の事
空懷去國憂　空しく懐く　去国の憂い
鍾聲萬家曉　鍾声　万家暁け
霜葉半城秋　霜葉　半城秋なり
化値唐虞盛　化は値う　唐虞の盛
人逢王謝流　人は逢う　王謝の流
徐生思解榻　徐生　榻を解かるるを思う
兵醞可銷愁　兵醞　愁いを銷すべし

李白の作は江寧縣令であった楊利物と別れた後に寄せたもので、離愁を詠うことに重点があるが、この詩は江寧府に着く前に旧知の黄履に贈った挨拶の作であり、内容は関わらない。李白の作を下敷きとすることで、自らの詩才を誇示しようとしたものであろう。「秋浦歌」などに追和した作品とも趣が異なり、自らを李白に比擬しようとする意図をより明瞭に示すものとなっている。しかし意図はどうあれ、郭祥正のこれらの作品は場所に因んで古人の詩に追和する従来のあり方とは大きく異なっており、唱和詩の流れに新しい展開を導いたのである。蘇軾の「和陶詩」から見ても、前駆的な存在と言える。

## 蘇軾と陶淵明

蘇軾の陶淵明観は時期によって動きがあるようだ。陶に対する言及が見られるのは黄州に流罪となった後だが、その頃から彼の生き方に対する関心が強まったように見受けられる。題跋などを除けば、現存の作品で最も早いと見られるのは詞で、陶の「斜川に遊ぶ」（巻二）に思いをよせた元豊五年の「江城子（夢中了了醉中醒）」および「帰去来兮辞」（巻五）に倣った同年の「哨徧（爲米折腰）」である。いずれも陶の代表作であるが、特にこの二首が選ばれたのは、帰郷、引退への思いが強まったからであろうか。一方詩では、流罪を解かれて江寧府に向かう途中、九江にある陶驥の佚老堂で作った「陶驥子駿佚老堂二首」（巻二三）其一に「淵明は吾が師とする所、夫子は乃ち其の後なり。…我歌う帰来の引、千載信に尚友たり。黄巻の中に相逢うは、一杯の酒に何似ぞ（淵明吾所師、夫子乃其後。…我歌歸來引、千載信尚友。相逢黃卷中、何似一杯酒）」と詠うのが早い例である。陶驥という人物に絡めてのことではあるが、陶に対する思慕を窺わせている。なお文学史的に見て、陶の評価が高まる上で白居易が果たした役割は大きかったが、蘇軾が陶を尊崇するに至る経緯においても、白の存在は一定の意味を持ったと思われる。彼は白を敬慕しており、そのことを示す作品も少なからず見られる(11)。

さて陶淵明との関係でまず注目すべき作品は、元祐五年十月の作である「淵明に問う」（巻三二）であろう。

子知神非形　　子は神の形を非とするを知る

何復異人天　　何ぞ復た人と天とを異にせん

豈惟三才中　豈に惟に三才の中なるのみならんや
所在靡不然　所在　然らざるは靡し
我引而高之　我引きて之を高くせば
則爲日星懸　則ち日星と為りて懸らん
我散而卑之　我散じて之を卑くせば
寧非山與川　寧ぞ山と川とに非ざらん
三皇雖云没　三皇没すと云うと雖も
至今在我前　今に至るも我が前に在り
八百要有終　八百も要《かなら》ず終り有り
彭祖非永年　彭祖も永年に非ず
皇皇謀一醉　皇皇として一酔を謀り
發此露槿姸　此に露槿の姸を発せんとす
有酒不辭醉　酒有れば酔うを辞せず
無酒斯飲泉　酒無くば斯に泉を飲まん
立善求我譽　善を立てて我が誉を求むれば
飢人食饞涎　飢人　饞涎を食わん
委運憂傷生　運に委ねて生を傷つくるを憂うも
憂去生亦還　憂い去れば　生も亦た還らん

縦浪大化中　大化の中に縦浪すれば
正爲化所纏　正に化の纏う所と為らん
應盡便須盡　応に尽くべくんば便ち須らく尽きしむべし
寧復事此言　寧ぞ復た此の言を事とせんや

この詩は陶の「形影神三首」（巻二）、とくにそのうちの「神釋」の内容に問いを発する形で詠われた作品である。そこに用いられた「三才中」「三皇」「彭祖」「立善」「委運」などの語や「縦浪大化中」「應盡便須盡」などの句を挙げつつ、陶詩に反論するかのようにして自らの考えを示している。しかし自注に「或るひと曰く、東坡の此の詩は、淵明と相反す、と。此れ知言に非ざるなり。蓋し亦た相引きて以て道に造る者は、未だ始めより相非《そし》らざるなり（或曰、東坡此詩、與淵明相反。此非知言也。蓋亦相引以造於道者、未始相非也）」と言う如く、陶の思想に近づき、理解しようとするが故に敢えて発せられた問いであったと見ることができる。こうした関心の高まりを経て、その詩に唱和するという試みに至ったのであろう。

「和陶詩」は揚州で作られた「陶の飲酒に和す二十首」（巻三五、元祐七年作）と、惠州での「陶の園田の居に帰るに和す六首」（巻三九、紹聖二年作）以降の諸作とに分かれる。そして蘇軾の置かれた情況が揚州と惠州以降とでは大きく異なったために、陶への思慕のあり方も異なり、和陶詩の制作意図も自ずから別のものとなっている。

「陶の飲酒に和す二十首」は知揚州に在任中、閑を得た折に作られたものだった。序文には「吾酒を飲むこと至って少なく、常に盞を把るを以て楽しみと為す。往往にして頽然と坐して睡り、人は其の酔いたるを見るも、而して吾が中は了然たり。蓋し能く其の酔うと為すか醒むると為すか名づくる莫きなり。揚州に在る時、酒を飲みて午を過ぐれば輒ち罷む。客去れば、衣を解きて盤礴すること終日なり。歓は足らざれども適は余り有り。因りて淵明の飲酒二十首に和す。庶わくは以て其の名づくべからざる者を彷彿たらしめんか。舎弟の子由と晁无咎学士に示す[12]」と言う。そして其一には連作の導入として、陶の飲酒詩に唱和する意図を次のように詠う。

我不如陶生　　我　陶生に如かず
世事纏綿之　　世事　これに纏綿す
云何得一適　　云何んぞ一適を得ること
亦有如生時　　亦た生の如き時有らん
寸田無荊棘　　寸田に荊棘無し
佳處正在茲　　佳処は正に茲に在り
縱心與事往　　心を縦ちて事と与に往かしめ
所遇無復疑　　遇う所　復た疑うこと無し
偶得酒中趣　　偶たま酒中の趣を得たり
空杯亦常持　　空杯　亦た常に持せん

世俗を離れ得た陶への思慕と、官に身を置きながらもその境地に学ぼうとする姿勢とが示されている。二十首全体を見ると、「淵明は独り清真、談笑して此の生を得たり（淵明獨清眞、談笑得此生）」（其三）のように陶の飲酒詩の表現を踏まえた感慨が有る一方、「詔書　積欠を寛うし、父老　顔色好し。再拝して吾が君を賀す、此の貪らざるの宝を獲たるを。頽然として阮籍を笑い、酔几　謝表を書す（詔書寛積缺、父老顔色好。再拝賀吾君、獲此不貪寶。頽然笑阮籍、醉几書謝表）」（其十一）と知揚州の立場を反映する内容も有り、さらに序に言及するように、蘇轍（其十四）、晁補之（其十九）に示す詩もある。但し情景や題材は様々であっても、酒を飲みつつ、心に浮かんだ事柄を詩に描くという点は同じであり、飲酒詩のもつ内省的な面に和するという唱和の意図は果たされている。官に身を置きながらも、閑時の感慨を詠う点で白居易の擬作詩に近く、これに倣って次韻唱和の形式で陶への思慕を表したものと見て良いだろう。

「陶の飲酒に和す」連作のみに止まっていれば、「和陶詩」の意義もなお小さかったであろう。惠州に左遷されて以降の作が、数の上からも、また内容からも、その本領と言うべきである。これらは流謫という情況下で、陶淵明の帰田退居に深く心を寄せるものであった。「陶の園田の居に帰るに和す六首」の序文には、「三月四日、白水山の仏迹巌に遊び、湯泉に沐浴し、懸瀑の下にて晞髪す。浩歌して帰り、肩輿にて却行す。客と言うを以て、覚えず水北の荔支浦の上《ほとり》に至る。晩日蔥曨として、竹陰蕭然とし、時に荔子は纍纍として芡實の如し。父老有りて年は八十五、指さして以て余に告げて曰く、是れ食うべきに及べば、公は能く酒を携えて来り遊ばんや、と。意は欣然としてこれを許す。帰りて臥し、既に覚めて、児子過が淵明の園田の居に帰る詩六首を誦するを聞き、乃ち悉く其の韻に次す。始め余は廣陵に在りて淵明の飲酒二十首に和し、今復た此を為せば、要ず当に尽く其の詩に和して、乃ち已まんのみ」(13)とある。白水山へ出かけて土地の老人と交流した体験を背景としており、唱和の契機も息子の過が陶の詩を誦したことであった。一見すると陶の原作と関わりが薄いようだが、決してそうではあるまい。惠州に住むことになった感慨を詠う其一を挙げる。

環州多白水　　州を環りて白水多く

際海皆蒼山　海に際して皆蒼山たり
以彼無盡景　彼の無尽の景を以て
寓我有限年　我が有限の年を寓せん
東家著孔丘　東家に孔丘著われ
西家著顏淵　西家に顔淵著わる
市爲不二價　市は為に價を二つにせず
農爲不争田　農は為に田を争わず
周公與管蔡　周公と管蔡と
恨不茅三間　茅の三間ならざるを恨む
我飽一飯足　我は一飯に飽き足り
薇蕨補食前　薇蕨　食前に補う
門生饋薪米　門生は薪米を饋り
救我厨無烟　我が厨の烟無きを救う
斗酒與隻雞　斗酒と隻雞と
酣歌餞華顛　酣歌して華顛に餞す
禽魚豈知道　禽魚　豈に道を知らんや
我適物自閑　我適すれば物も自から閑なり
悠悠未必爾　悠悠たるは未だ必ずしも爾らざるも

聊樂我所然　聊か我が然る所を楽しまん

取り巻く環境は全く異なっているが、蘇軾は陶の帰隠に学んで精神世界を高めようとしている。陶は自らの田園に帰ったが、彼にはそれが適わなかった。それ故流謫の地である惠州の自然の中で自適し、異郷の景物とそこに住む人との交流に帰隠の思いを託そうとしているのである。これに続く作品でも、「陶の移居に和す二首」（巻四〇）や「已に買う白鶴峰、規して作す終老の計（已買白鶴峰、規作終老計）」と詠う「遷居」（同）、「陶の時運に和す四首」（同）のように、惠州に自らの終老の地を見出そうとする例は少なくない。また惠州からさらに海南島に追われた後の「陶の旧居に還るに和す」（巻四一）では、夢で白鶴峰の山居に帰ったことを詠っており、当時の蘇軾にとって惠州の自然がいかに大きな意味を持っていたかを窺わせている。故郷に帰ることができなかった蘇軾は、惠州の自然を借りて擬似的に帰隠の情況を作り、そこに自適の境地を求めたのだと言えよう。

蘇轍の「子瞻の和陶淵明詩集の引」に引かれる蘇軾の手紙の後半には、「然れども吾の淵明に於けるや、豈に独り其の詩を好むのみならんや。其の人と為りの如きは、実に感有り。淵明は臨終に儼等に疏告して、吾少くして窮苦し、毎に家の貧しきを以て、東西に遊走す、性は剛く才は拙ければ、物と多く忤り、自ら量りて己は必ず俗の患いを貽すと為し、黽勉して世を辞し、汝等をして幼くして飢寒せしむ、と。淵明の此の語は蓋し実録なり。吾は今真に此の病ありて蚤に自ら知らず、半生出仕して、以て世の患いを犯す、此れ深く淵明に服し、晩節を以て其の万一に師範せんと欲する所以なり」と言う。嶺南への流謫という苛酷な経験の中で、陶の生き方に学んで、その境地により近づこうと努めていたことが窺える。

## 和陶詩の特徴

上述したように、唱和の作であっても、蘇軾は表現の上で陶淵明の詩に直接依拠しようとはせず、自らの情況に合った自らの言葉を用いた。その表現ではなく、陶の生活態度、拠るところの精神により大きく学んだのである。詩の外形ではなく、精神面に唱和して陶の帰隠に倣おうとしており、そこに従来の古人への唱和詩に見られない大きな特徴がある。詩話には陶の作に似ていないことを論ずる意見が多いことを承けて、王文誥は「陶の園田の居に帰るに和す六首」の末尾に「公の陶に和すは、但だ陶を以て自ら託すのみ。其の詩に至っては、極めて区別有り。作意これに倣いて陶と一色なる者有り。本より合うを求めず、適たま陶と相似たる者有り。韻を借りて詩を為し、陶を置きて問わざる者有り。毫も意を経ず、口に信せて一韻を改むる者有り。（中略）此の陶に和すと雖も而して陶と絶えて相干せざる者有るは、蓋し未だ嘗て陶に学ぶに規規たらざるなり。又た陶に和するに非ずして意は陶に得る有る者有り。（中略）詰謂らく、公の和陶詩は実に一件の事に当たりて倣し、亦た一件の事に当たらずして倣す。須らく此の意を識りて、方めて詩を読むを許すべし。詩話及び前人の所論を見る毎に、輒ち此の句は陶に似、彼の句は陶に非ざるを以て、牢として破るべからざるの説と為す。陶をして自ら其の詩に和せしむるも、亦た逐句皆な原唱に似ること能わず。何ぞ所見の鄙なるや」との識語を記す(14)。そのように「和陶詩」は、表面上は多岐に亘っており、双方の詩を単純に比較することは有効ではない。そもそも唱和は、主題や韻などの枠組みを借りて原唱に寄り添いつつ新しい内容を盛り込む様式であり、同じ内容、感慨を求めるものではない。蘇軾が学ぼうとしたものは陶の詩境、および無為自然を旨として与えられた環境に自足する生き方であり、政治的な世界から意図的に離れていたことを自らに引き比べて賞賛したのである。

そのことを窺わせるかのように、惠州で作られた和陶詩には陶淵明の人柄や生き方、詩境に直接言及し、思慕の情を示す作品が少なからず見られる。例えば「陶の貧士に和す七首」其二では、「我　九原より作たさんと欲せば、独り淵明と帰らん。俗子は自ら悼まず、顧だ斯の人の飢を憂う。堂堂として　誰か此れ有らん、千駟　良に悲しむべし（我欲作九原、獨與淵明歸。俗子不自悼、顧憂斯人飢。堂堂誰有此、千駟良可悲）」と言い、また「陶の己酉歳九月九日に和す」では「我が万家の春を持って、一たび五柳の陶に酬いん（持我萬家春、一酬五柳陶）」、「陶の二疏を詠ずるに和す」では「淵明　作詩の意、妙想　俗慮に非ず（淵明作詩意、妙想非俗慮）」、さらに「陶の三良を詠ずるに和す」では「仕宦　豈に栄ならざらん、時有りてか憂悲を纏う。所以に靖節翁は、此の黔婁の衣を服す（仕宦豈不榮、有時纏憂悲。所以靖節翁、服此黔婁衣）」と言う。

紹聖四年に瓊州別駕として儋州に再貶された後の和陶詩には、唱和の範囲を広げ、作詩の契機に陶詩の内容との関連を求めない例も現れている。即ち、全体の主題は異なっていても、一部に描こうとする内容に近い句があれば、その韻を借りて唱和詩とする例が見られるのである。「陶の周掾祖謝に示すに和す（和陶示周掾祖謝）」（巻四二）を掲げよう。

聞有古學舍　　古学舎有りと聞き
竊懷淵明欣　　窃かに淵明の欣びを懐く
攝衣造兩塾　　衣を攝りて両塾に造り
窺戶無一人　　戸より窺うに一人も無し

邦風方杞夷　邦風は方に杞夷たるも
廟貌猶殷因　廟貌は猶お殷因たり
先生饌已缺　先生　饌は已に缺け
弟子散莫臻　弟子　散じて臻る莫し
忍飢坐談道　飢を忍びて坐して道を談ずれば
嗟我亦晩聞　嗟　我　亦た晩れて聞く
永言百世祀　永く百世の祀を言うも
未補平生勤　未だ平生の勤めを補わず
今此復何國　今は此れ　復た何の国ぞ
豈與陳蔡鄰　豈に陳蔡と隣らんや
永愧虞仲翔　永く愧づ　虞仲翔の
絃歌滄海濱　滄海の浜に絃歌するに

「城東の学舎に游びて作る」との自注が有るが、儋州の学舎の荒廃した様を目の当たりにし、教学における自らの無力を嘆く内容である。陶の原唱は「周續之祖企謝景夷の三郎に示す（示周續之祖企謝景夷三郎）」（巻二）で、尋陽三隠の一人である周續之と、彼と共に州に出て禮を講じた祖企、謝景夷の三人に帰隠を求めた作であった。主題も内容も異なるが、陶詩の中に「周生　孔業を述べ、祖謝　響然として臻る（周生述孔業、祖謝響然臻）」の句があるのを承けて、州学を訪れたこの詩に援用したのであろう。また「陶の仮より江陵に赴く夜行に和す」

（巻四一。一に「陶の辛丑七月に赴仮より江陵に還り夜行して途中に作る口号に和す」とも作る）は紹聖四年の秋の作と見られるが、「郊行して月に歩みて作る」との自注が有るように、夜半に昇った月を眺めつつ散策する内容である。原唱の「辛丑歳の七月、赴仮より江陵に還り、夜に塗口に行く（辛丑歳七月赴假還江陵夜行塗口）」（巻三）は、桓玄の幕僚であった陶が休暇を終えて江陵へ戻る際に作られたものであるが、その中に「枻を叩く　新秋の月、流れに臨んで友生と別る（叩枻新秋月、臨流別友生）」とあるのを承けて、月に歩む詩の韻としたものであろう。王文誥の言では「韻を借りて詩を為し、陶を置きて問わざるもの」ということになるが、それはむしろ陶の詩境を深く理解していればこそなし得たことだと思われる。

このように精神面で陶淵明に学び、その上で原唱とする陶詩の選択に自分の情況、考えを反映させ、原詩の背景とは全く異なる情況下で唱和したところに、「和陶詩」の新しさ、そして意義が有る。彼は陶に対する思慕と共感を根底として、その上で作品に応じて自由に自らの境涯に立った感慨を詠じた。それ故に黄庭堅が「子瞻の和陶詩に跋す」（『山谷集』巻一七、崇寧元年の作）に「子瞻　嶺南に謫せられ、時宰はこれを殺さんと欲す。飽くまで喫す　惠州の飯、細かに和す　淵明の詩。彭澤　千載の人、東坡　百世の士。出処は同じからずと雖も、風味は乃ち相似たり（子瞻謫嶺南、時宰欲殺之。飽喫惠州飯、細和淵明詩。彭澤千載人、東坡百世士。出處雖不同、風味乃相似）」と言う如く、時代や立場を異にしながらも、詩境において陶に近づき得たのであろう。

古人への唱和詩において蘇軾の「和陶詩」が果たした役割は極めて大きい。すでに述べたように、彼に先立って郭祥正の「和李白詩」が評判となっており、「李白後身」とさえ言われていた。しかし蘇軾の「和陶詩」が持つ意義は、それを遙かに超えるものである。彼が「陶の園田の居に帰るに和す六首」の序に言う、陶の作品全てに唱和しようとしたことは、現存する作品を見る限り実現しなかったようだが、対象とする古人の作品世界すべてを意識して、網羅的に唱和しようとしたことは、画期的な態度であった。それは、いわば時空を越えて陶に近づき、「故人」としてその作品に唱和しようとする態度であった。さればこそ、「陶の帰去来兮辞に和す」（巻四七）の末尾に彼自ら「淵明の雅放を師とし、百篇の新詩を和す。帰来の清引を賦せば、我は其の後身なること蓋し疑い無きなり（師淵明之雅放、和百篇之新詩。賦歸來之淸引、我其後身蓋無疑）」と言うように、陶の「後身」を自任し得たのであろう。郭祥正の評判は当然聞き及んでいたろうが、自らを李白に準えることで注目を得ようとした郭とは決定的に違う、深い同化の意識が彼にそう言わしめていると思われる。その思いが有って、「東坡海外の文章」と高く評されるような、澄明な境地を詠うことができたのである。

## その後の古人への唱和

蘇軾の「和陶詩」は前項に挙げた特徴によって、古人への唱和詩の流れに大きな変化をもたらし、その模範として後代へ影響を及ぼすことになった。古人への次韻唱和を、擬古詩と異なる新たな様式として定着させる、大きなインパクトを与えたのである。蘇轍および張耒、晁補之、秦観らの門人たちに見られる和陶の作も、彼の影響を受けたものであった。また彼らの多くは同じように流謫の憂き目を見ているので、秦観の「淵明の帰去来辞に和す」（『淮海集』巻一）のように、桎梏を離れた陶淵明的な世界への共感を伴って自らの経験を詠う例も少なくない。蘇轍たちが和陶の作を残したのは、個人的な繋がりに因る面が大きかったであろうが、この流れはそこに止まらず、次第に広がっていった。李綱や王十朋など注目される成果を残した詩人も現れている。李綱は蘇軾に倣って和陶詩も作っているが、広東に左遷された自身の経験も重なって、むしろ蘇軾の作品に積極的に唱和し、優れた作品を残した。また王十朋にも和陶の作があるが、やはり注目すべきは「和韓詩」であろう。韓愈の作品のみならず、その人となりにも深い共感を寄せており、王自身の代表作と言っても良い出来映えを見せている。蘇軾「和陶詩」の良き後継と言え、唱和詩の流れの中で逸することのできない作品である。さらに南宋では、古人の作に唱和した作品が数を増しており、陶淵明や唐人だけでなく、蘇軾、秦観ら北宋の詩人たちも対象となっている。そして唱和詩の持つ性格の反映として、古人の特定の作品が、数人の詩人によって唱和されたり、唱和の作がさらに唱和の対象になる例も北宋期に増して多くなる。また、ある詩人の詩集を丸ごと対象としたり、ある主題の作を集めてそれ全体に唱和するという事例も見られる[15]。擬古詩も唱和詩も、それを通じて自らの詩才を示すという側面を持つが、これらの例はその意図が強く表れたものと言えよう。こうして古人の作に唱和し、古人の詩の韻を用いて作詩することが様式として定着している。

古人に学ぶという点から、もう一度擬古詩との違いについて考えてみたい。古人への唱和が一般化した宋代においても、擬古詩と古人の作に唱和した作品の両方を残している詩人はあまり多くない。その一人である張耒を例として、その「淵明が飲酒詩に次韻す」（『柯山集』巻七）と「宮詞王建に効う」五首（同巻四）、「古意東野に効う」（同巻八）とを比較してみると、前者は「飲酒詩」を踏まえて自らの思いを詠い、後者は特定の作品ジャンルを挙げつつ王建、孟郊それぞれの風格に倣って、それに似せようとしているという違いが認められる。一般に、対象とする作品を明確に意識する場合は、その作品の韻に次して唱和し、作品のジャンル、詩人もしくはそのスタイル（体）などを意識する場合は、擬作するという傾向が大雑把に指摘できる。唱和は具体的な作品を挙げるので、原作の流れを意識しつつ、自らの境涯に立った感慨を詠じている。その点が表現や詩風を意識する擬作とは異なるように思う。なお、古人の作に唱和した詩を他の人に見せられ、更にその作に唱和することは、擬古詩の持つ性格とは大きく異なる点と言って良いだろう。擬作は対象とする詩人の詩風あるいはその作品の世界に学びつつ、自らの詩を創りあげる行為である。だから他人の擬作を承けて、更に自らも擬作するということは普通行われない。一方唱和詩は「唱してそれに和す」もので、本来的に多数の人々が参加しうる性格を持っている。それ故に古人の作に唱和する場合も、その唱和詩がある集団の中で「原唱」の位置を占め、それに「和詩」が生まれるということが起こりうる。この場合、古人の原作に心を寄せるというよりも、その唱和である新たな「原唱」に心を寄せる行為であるか、あるいは唱和という文学活動を楽しむ行為として意義付けされているように思われる。この点は古人への唱和と擬古詩とを分かつ大きな特徴であろう。またされればこそ、両者が併存することになったのだと思われる。

擬作も古人への唱和も、古人あるいはその作品から学びつつ、自らの詩を創造する行為である。但し作詩の修練とは別のものであって、それだけで対象とした詩人に学んだとは言えまい。しかし対象の作家、作品を選び取ることは、その評価を示すものであり、広い意味で模範とする意識を表すものと見ることは可能である。宋代には詩話が盛んになるとともに、前代の詩人の詩集、作品などを読むと題する詩が唐代よりもずっと多くなっている。また江西派のように、模擬を前面に打ち出した主張を唱える例も見られ、前代の詩に学ぶという姿勢が、唐代までと比べてより鮮明になっているように思われる。古人の作品に唱和することも、こうした点と軌を一にすると考えて良いのではないか。楊万里が詩作の修練を振り返って「予の詩、始めは江西の諸君子に学び、既にして又た後山の五字律に学び、既にして又た半山老人の七字絶句に学び、晩には乃ち絶句を唐人に学ぶ。これを学ぶこと愈いよ力《つと》むれば、これを作ること愈いよ寡なし。（略）戊戌の三朝、時節は告を賜り、公事少なければ、是の日に即ち詩を作る。忽ち寤る有るが若く、是こにおいて唐人及び王、陳、江西の諸君子に辞謝して、皆敢えて学ばず、而る後に欣如たるなり」（「誠齋荊溪集序」『誠齋集』巻八〇）[16]と述べるように、詩人にとって「古人の作に学びつつ、如何に自らの詩を確立するか」は大きな命題であった。古人への唱和詩は、詩とはどうあるべきか、何に学ぶべきかという議論に対する、詩人たちの一つの回答でもあったのである。

注

（1）本論に引用する詩文は、蘇軾の作品は便宜的に『蘇軾詩集』『蘇軾文集』（共に中華書局）に依拠してその巻数を記す。また陶淵明のものは陶澍『靖節先生集』の巻数を示す。その他の詩人の作品は個々に注記する。なお参照すべき先行研究は数多いので、掲出は敢えて割愛する。

（2）蘇轍の「子瞻和陶淵明詩集引」は紹聖四年十二月十九日の作。蘇軾の書簡を引用した部分は「古之詩人有擬古之作矣、未有追和古人者也。追和古人、則始於東坡。吾於詩人、無所甚好、獨好淵明之詩。淵明作詩不多、然其詩質而實綺、癯而實腴。自曹、劉、鮑、謝、李、杜諸人皆莫及也。吾前後和其詩凡百數十篇、至其得意、自謂不甚愧淵明。今將集而并錄之、以遺後之君子。子爲我志之。然吾於淵明、豈獨好其詩也哉。如其爲人、實有感焉。淵明臨終、疏告儼等、吾少而窮苦、毎以家貧、東西遊走。性剛才拙、與物多忤、自量爲己必貽俗患、黽勉辭世、使汝等幼而飢寒。淵明此語、蓋實錄也。吾今眞有此病而不蚤自知、半生出仕、以犯世患、此所以深服淵明、欲以晩節師範其萬一也」である。

晁説之「和陶引辯」の引用箇所の原文は「又有擬古之作而未有追和古人者如何。曰、亦所未喩。梁吳均『和梁鴻〈在會稽贈友人高伯達〉』、『和郭林宗〈贈徐子孺〉』、『和揚雄〈就人乞酒不得作詩嘲之〉』、唐李賀『追和何謝銅雀妓』、『追和柳惲汀洲白蘋章』、蓋亦多矣。雖然、和不次韻、奈何。曰、時也。方觀鳥跡時、可責以鍾、張之法度乎」である。

（3）宋の陳舜俞の『廬山記』（四庫全書所収本に拠る）に収められ、釋慧遠の「遊廬山」詩〔五言十四句〕と、劉程之〔五言十六句〕、王喬之〔五言二十句〕、張野〔五言十二句〕の「奉和慧遠遊廬山詩」が残る。

（4）元白の唱和詩において、和韻を積極的に取り入れたのは元稹の方であった。彼の「上令狐相公詩啓」（中華書局『元稹集』巻六〇、集外文章）に「稹與同門生白居易友善、居易雅能爲詩、就中愛驅駕文字、窮極聲韻、或爲千言、或爲五百言律詩、以相投寄。小生自審不能以過之、往往戲排舊韻、別創新詞、名爲次韻相酬、蓋欲以難相挑耳。江湖間爲詩者、復相倣傚、力或不足、則至於顚倒語言、重複首尾、韻同意等、不異前篇、亦自謂爲元和詩體。而司文者考變雅之由、往往歸咎於稹」とその間の事情を述べ、併せて当時江湖の評判を得たことを記している。

（5）皮日休、陸龜蒙の唱和詩には和韻の作が多く含まれている。また「唐人送別詩」と『北里志』中の次韻唱和詩については、拙稿「日本に残る唐詩資料について」（張三寶、楊儒賓編『日本漢學研究初探』、勉誠出版、二〇〇二）および「北里志の文学的側面―詩を中心に―」（『竹田晃先生退官記念東アジア文化論叢』、汲古書院、一九九一）を参照されたい。

（6）大暦年間に虎丘寺で鬼題詩が二首（清遠道士と幽獨君の作とされる）発見され（『通幽記』、『太平廣記』巻三三八収。また『唐詩紀事』巻三四「李道昌」の條にも同様の話を記す）、顔眞卿がこれを石に刻んで継和の作（「刻清遠道士詩因而繼作」『全唐詩』巻一五二）を作った。この顔の作にさらに李德裕が「追和太師顔公同清遠道士遊虎丘寺詩」（『李文饒文集』別集巻三）を書いているが、いずれも次韻の作ではない。皮日休「追和虎丘寺清遠道士詩」「追和幽獨君詩次韻」（共に『全唐詩』巻六〇九）、陸龜蒙「次追和清遠道士詩韻」（同巻六一七）「次幽獨君韻」二首（同巻六一九）に至って、次韻唱和の作となっている。

なお唐彦謙の集に収められる「和陶淵明貧士詩七首」（『全唐詩』巻六七一）は形式、内容両面で甚だ整った次韻唱和の作であり、唐末にこれだけ完成度の高い作品が生まれていれば特筆されるべき存在となるが、王兆鵬氏が「唐彦謙四十首贋詩證僞」（『中華文史論叢』第五十二輯）に説かれる如く、これは元の戴表元の作が混入したものである。

（7）李德裕「述夢詩四十韻」は浙西觀察使として潤州にいた寶曆元年の作。これを示された浙東観察使の元稹と和州刺史の劉禹錫に次韻唱和の作が残る。蘇頌の詩に言う「三賢」はこの三名である。范仲淹の「述夢詩序」（『范文正公文集』巻八）に拠れば、潤州の甘露寺は李德裕縁の寺で、そこに原唱と和詩の石刻が有ったという。范は序文の中で三人の事跡を高く評価するが、そのことが蘇頌や林旦の作詩動機とも関わっていたと思われる。なお、蘇軾の「甘露寺」詩（巻七）からも窺えるように、北宋期には李德裕が高く評価されていた。

（8）孟郊の作は「蘇州崑山惠聚寺僧房」（『孟東野集』巻五）で場所も一致するが、張祜の作は「禪智寺」（『全唐詩』巻五一〇）で揚州での作になる。張祜には慧聚寺での作が無く、李壁註は原唱を「題蘇州思益寺」（同）と見るが、それでは韻が異なる。なお同時期の林邵にも「和張祜韻」「和孟郊韻」（ともに『全宋詩』巻七四八、出龔昱『崑山雜詠』巻上）が残るが、あるいは王安石の詩に触発されたものか。

（9）前者は元豊二年に知湖州となって赴任する途中、秦觀、參寥と共に無錫の惠山を訪れ、唐の王武陵、竇羣、朱宿の詩を見て、それぞれに次韻した作品である。また後者は元豊七年に黄州から江寧府へ向かう途中、潯陽で李白の「尋陽紫極宮感秋作」詩（『李太白文集』巻二四）の石刻を見せられ、これに次韻した作である。

（10）『宋史』巻四四四「文苑傳」六に収める本傳には「母夢李白而生。少有詩聲、梅堯臣方擅名一時、見而歎曰、天才如此、眞太白後身也」とある。なお、郭祥正は蘇軾とも交流があった。蘇軾は元豊七年に流罪を赦されて黄州から江寧府に赴く途中、當塗で郭の家に立ち寄っている（「郭祥正家醉畫竹石壁上、郭作詩爲謝、且遺二古銅劍」詩、巻二三）。郭の集にも「徐州黄樓歌寄蘇子瞻」（『青山集』巻九）など、蘇軾に贈った詩が数首残されている。

（11）蘇軾は白居易の官僚としての身の処し方、閒適を旨とした生き方を敬慕していた。それは中年までの官歴、出処進退に似た点が有ったことも一因であった。元祐六年三月の「予去杭十六年而復來、留二年而去。平生自覺出處老少、麤似樂天、雖才名相遠、而安分寡求、亦庶幾焉。…作三絶句」詩（巻三三）の第二首には「出處依稀似樂天、敢將衰朽較前賢。便從洛社休官去、猶有閑居二十年」と詠う。『容齋三筆』巻五「東坡慕樂天」にも議論がある。

また白居易の「效陶潛體詩十六首　并序」（『白氏文集』巻五）も、和陶詩との関係で見逃せない存在である。これは母の喪のために郷里の下邽に退居していた元和八年の作と見られ、序文の中で「余退居渭上、杜門不出。…會家醞新熟、雨中獨飲、往往酣醉、終日不醒。…因詠陶淵明詩、適與意會、遂傚其體、成十六篇」と、陶淵明の「飲酒」詩を念頭にその境地に倣おうとした意図が示されている。十六首の詩では、陶詩のモチーフ、表現を用いつつ、酔いの境地や貧に安んずる思いが述べられており、陶淵明への敬慕とその詩に対する深い理解が窺える。この点で、蘇軾の和陶詩の先駆をなすものと言えよう。

（12）序文の原文は「吾飲酒至少、常以把盞爲樂。往往頽然坐睡、人見其醉、而吾中了然、蓋莫能名其爲醉爲醒也。在揚州時、飲酒過午、輒罷。客去、解衣盤礴、終日歡不足而適有餘。因和淵明飲酒二十首、庶以彷彿其不可名者、示舍弟

子由、晁无咎學士」である。閑時の飲酒の感慨という点で、注（11）に挙げた白居易の擬作詩を強く意識しているだろう。

（13）「和陶歸園田居六首」は陶淵明の「歸園田居五首」（巻二）に江淹「雜體詩」中の「種苗在東皐」一首を加えたテキストに據って唱和したもの。序の原文は「三月四日、遊白水山佛迹巖、沐浴於湯泉、晞髮於懸瀑之下、浩歌而歸、肩輿却行。以與客言、不覺至水北荔支浦上。晩日蔥曨、竹陰蕭然、時荔子纍纍如芡實矣。有父老年八十五、指以告余曰、及是可食、公能攜酒來遊乎。意欣然許之。歸臥既覺、聞兒子過誦淵明歸園田居詩六首、乃悉次其韻。始、余在廣陵和淵明飲酒二十首、今復爲此、要當盡和其詩乃已耳。今書以寄妙總大士參寥子」である。

（14）王文誥の識語の原文は以下の通り。「公之和陶、但以陶自託耳。至於其詩、極有區別。有作意傚之、與陶一色者。有本不求合、適與陶相似者。有借韻爲詩、置陶不問者。有毫不經意、信口改一韻者。若飲酒、山海經、擬古雜詩、則篇幅太多、無此若干作意、勢必雜取詠古紀游諸事以足之。此雖和陶而有與陶絶不相干者、蓋未嘗規規於學陶也。又有非和陶而意有得於陶者、如遷居、所居之類皆是。其觀棋一詩、則駕陶而上之、陶無此脱淨之文、亦不能一筆單行到底也。誥謂、公和陶詩實當一件事做、亦不當一件事做。須識此意、方許讀詩。毎見詩話及前人所論、輒以此句似陶、彼句非陶、爲牢不可破之說。使陶自和其詩、亦不能逐句皆似原唱、何所見之鄙也。（下略）」

（15）楊万里の友人である陳從古（字は晞顏）は、陳與義の詩のすべてに次韻唱和し、また古来の梅詩を集めて唱和している。それを記す楊万里の序文の該当部分を挙げる。

「陳晞顏和簡齋詩集序」（『誠齋集』巻七九）「古之詩、倡必有賡、意焉而已矣。韻焉而已矣、非古也、自唐人元白始也、然猶加少也。至吾宋蘇黄倡一而十賡焉、然猶加少也。至於擧古人之全書而盡賡焉、如東坡之和陶是也、然猶加少也。蓋淵明之詩纔百餘篇爾。至有擧前人數百篇之詩而盡賡焉、如吾友敦復先生陳晞顏之於簡齋者、不既富矣乎。」

「洮湖和梅詩序」（同）「吾友洮湖陳晞顏、蓋造次必於梅、顚沛必於梅者也。嘉愛之不足而吟詠之、吟詠之不足則盡取古今詩人賦梅之作而賡和之。寄一編以遺予曰、從古此詩已八百篇矣。不盈千篇、吾未止也。」

なお詞でも、方千里が周邦彦の全作品に和した「和清眞詞」を残している。

（16）楊万里「誠齋荆溪集序」の引用部分の原文は以下の通り。「予之詩、始學江西諸君子、既又學後山五字律、既又學

半山老人七字絶句、晩乃學絶句唐人。學之愈力、作之愈寡。（中略）戊戌三朝、時節賜告、少公事、是日卽作詩。忽若有寤、於是辭謝唐人及王、陳、江西諸君子、皆不敢學、而後欣如也。」

# 王十朋と韓愈——「和韓詩」を中心に

韓愈の作品が歐陽修らによって高く評価され、宋人に広く読まれ、学ばれていたことはすでに上述した通りである。ただし従来の研究では、歐陽修や蘇軾ら北宋期の受容のあり方が主に検討されており、南宋期の情況には必ずしも十分な関心が注がれてきたと言えないように思う。そこで本論では、蘇軾の「和陶詩」を承けて、韓愈の詩に対する唱和を試みた王十朋の「和韓詩」に着目し、南宋初期の韓愈詩文の受容について、その一端を窺い見たい。

## 北宋期における韓愈の受容

まず北宋期について簡単に整理しておく。北宋初期の文壇では西崑派の活躍が目を引くが、白居易の閒適詩や晩唐の姚合らの詩も広く好まれていた。そして韓愈については、歐陽修が「旧本の韓文の後に記す」（『居士外集』巻二三）の中で「予は少くして漢東に家するに、漢東は僻陋にして学者無し、吾が家も又た貧しくして蔵書無し。州の南に大姓の李氏なる者有り、其の子の堯輔は頗る学を好む。予は児童為りし時、多く其の家に遊ぶ。弊筐に故書を貯えて壁間に在る有るを見て、発きてこれを視れば、唐の昌黎先生文集六巻を得るも、脱落顚倒して次序無し。因りて李氏に乞いて以て帰る。…予の始めて韓を得たるや、其の沈没棄廃の時に当たる」[1]と記すのに従えば、ほとんど顧みられていなかったかに見える。しかし「漢東は僻陋にして学者無し」と言う通り、彼の居た随州は当時の文壇から離れた地域であり、かつ一文の主旨は韓愈のすばらしさを自ら発見したことにあるので、これを以て当時韓愈が評価されていなかったとは判断し得ない。むしろ、柳開、穆脩、石介ら宋初の古文家たちは、彼の文章および儒家的な思想を高く評価していた。

柳開は「昌黎集の後序」(『河東先生集』巻一一)の中で「孟子の書を為して、能く夫子を尊ぶと雖も、当に乱世に在り。揚子雲は太玄、法言を作るも、亦た王莽の時に当たる。其の要は聖人の道を発くに在り。下先生に至りてよりは、聖人の経籍は皆残欠すると雖も、其の道は猶お備われり。先生は時に文章を作り、諷頌、規戒、答論、問説は淳然として一に夫子の旨に帰せば、言の孟子と揚子雲とを過ぐること遠し。先生の文を為すにおいてや、善者には益してこれを成し、悪者には化してこれを革むる有り。……先生の心を酌むに、夫子の旨と異趣有る者無きなり。先生の聖人の道におけるや、是に在るのみ、何ぞ必ずしも書を著わして後に始めて然るを為さんや」[2]と言い、また石介は「韓を尊ぶ」(『徂徠集』巻七)において「道は伏羲氏に始まり、孔子に成終す。道已に成終せば、聖人を生ぜずとも可なり。故に孔子より来のかた二千余年、聖人を生ぜず。孟軻氏、揚雄氏、王通氏、韓愈氏の若きは、孔子を祖述してこれを師尊す、其の智は以て賢と為すに足れり。孔子の後、道は屢しば廃塞し、孟子に闢かれ、吏部に大いに明らかなり。道已に大いに明らかなれば、賢人を生ぜずとも可なり。故に吏部より来のかた三百有余年、賢人を生ぜず。……孔子の易、春秋は、聖人より来のかた未だ有らざるなり。吏部の原道、原仁、原毀、行難、禹問、仏骨表、諍臣論は、諸子より以来未だ有らざるなり。嗚呼至れり」と絶賛する。[3]歐陽修はその流れを継いで、古文を文章の主流に導いたと言うべきであろう。先の「旧本の韓文の後に記す」には、「後七年、進士に挙げられて及第し、洛陽にて官たり。而して尹師魯の徒皆在り、遂に相与に作りて古文を為す。因りて蔵する所の昌黎集を出してこれを補綴し、人家の有する所の旧本を求めてこれを校定す。其の後天下の学者も亦た漸く古に趨き、韓の文は遂に世に行われ、今に至ること蓋し三十余年なり。学者は韓に非ざれば学ばず、盛んなりと謂うべし」とあり、進士及第後に洛陽の銭惟演の幕下に入った時に、やはり古文の復興を志す尹洙（字は師魯）らと出逢って、共に古文の制作に励んだことで、やがて古文も韓愈の文章も、広く世に行われることになったことが記されている。

　当時、韓愈の文学に目を向ける人々は少なくなかった。彼と共に宋風を開いたと後世評価される梅堯臣、蘇舜欽もそうであった。梅堯臣は韓愈の詩の表現、題材の特異性に目を向けている。歐陽修の詩にも「欒城にて風に遇い韓孟の聯句の體に效う」（『居士集』巻一一）のように、韓愈および孟郊の詩語に倣う作品が見られるが、梅堯臣も「余は御橋の南に居り、夜に祅鳥の鳴くを聞けば、昌黎の體に效う」（『宛陵先生集』巻三）や「韓吏部の射訓狐に擬す」（巻一二）など、異常な事柄を詠う詩に注目してその表現に学ぶ姿勢を顕著に示している。また自身の詩の題材に、人が取り上げないグロテスクな物や卑近な事柄を敢えて選ぶ点にも、その影響を感じさせる。この他、歐・梅には自らの交流を韓孟に比擬した表現が頻見する点も見逃せない。[4] 一方蘇舜欽は、早くから古文の修練に努めており、また兄の蘇舜元と何度も聯句を行い、「地動聯句」（『蘇學士集』巻五）のような跨句體も試みていたことは、先に見たとおりである。さらに「慶州敗る」（巻一）、「己卯の冬大いに寒くして感有り」（同）、「呉越の大旱」（巻二）など、長篇の古詩を多く作り、そこに硬質な詩語やグロテスクな表現を敢えて多用している点にも、韓愈の影響を見てとれる。

歐陽修らの後を承けた蘇軾も、韓愈の思想、文学についてしばしば論及している。但しその評価は石介のような手放しのものではなく、たとえば「韓愈論」（『蘇軾文集』巻四）では「韓愈の聖人の道に於けるや、蓋し亦た其の名を好むを知りて、而して未だ其の実を楽しむ能わず（韓愈之於聖人之道、蓋亦知好其名矣、而未能樂其實）」と言って、韓愈の議論の高さを認めながらも、論陣を張ることに傾き、包括力に欠けることを批判している。しかし「潮州韓文公廟の碑」（同巻一七）では、称揚することが目的の碑文とは言え、「東漢より以来、道喪われて文弊れ、異端並び起き、唐の貞観、開元の盛を歴、輔に房、杜、姚、宋を以てしても救う能わず。独り韓文公の布衣より起ち、談笑してこれを麾《さしまね》けば、天下は靡然として公に従い、復た正に帰して、蓋し三百年此に於いてす。文は八代の衰を起こして、道は天下の溺を済い、忠は人主の怒りを犯して、勇は三軍の帥を奪う[5]」と、韓愈の果たした役割を高く評価している。また古文だけでなく、「孟郊の詩を讀む」其の二（『蘇軾詩集』巻一六）に「我は憎む孟郊の詩、復た作す　孟郊の語」と言うように、五言古詩や聯句を中心とした韓孟の詩語にも注目していた。歐陽修、梅堯臣らの見方とは自ずから異なるが、韓愈の文学を評価し、これに学んだ面が有ったと言えるだろう。また四学士の一人に数えられる秦觀の「韓愈論」（『淮海集』巻二二）では杜詩、韓文を「集大成」と評している。

そうした中で王安石は、韓愈の文学、思想に否定的な見解を多く示している。その典型的な例は次の「韓子」（『王荊文公詩注』巻四八）詩である[6]。

紛紛易盡百年身　　紛紛として尽くし易し百年の身
擧世何人識道眞　　挙世　何人か道の真なるを識る
力去陳言誇末俗　　力めて陳言を去りて末俗に誇るも

可憐無補費精神　　憐むべし精神を費やすに補う無きを

絶句に優れ、白居易の詩風を愛した王安石にとって、韓愈の詩風は好ましいものではなかったろうし、思想的にも相容れない面を持っていた。ただ韓愈に対する反撥には、恐らく時流に対する批判も含まれていたのであろう。欧陽修らによって古文が広められ、韓愈、柳宗元らの文学に対する関心が高まってからは、彼らの詩文集を読むことは人々の教養とも言える状態にあった。また北宋後期の人々は、概して韓愈を儒教の正統を受け継ぐ人物として見、彼の復古思想をその面から受けとめていたと言える。(7) 王安石の反撥は、そうした時代の流れにも一石を投じる意味があったものと見られる。

## 王十朋と韓愈

次に南宋初期の情況を、王十朋を通じて瞥見したい。王十朋は温州樂清県の出身で、字は龜齡、梅溪と號した。長年科挙に及第できずに苦しんだが、紹興二十七年（一一五七）に四十六歳で、高宗の抜擢を受けて状元及第を果たした。その後紹興府僉判を振り出しに、朝官としては秘書省校書郎、著作佐郎、国子司業、起居舎人など、また地方官としては知饒州、知夔州、知湖州、知泉州などを歴任した。乾道七年（一一七一）に太子詹事の命を受けるも固持し、龍図閣学士をもって致仕して、その年の七月に亡くなった。自身の詩文集『梅溪先生文集』五十四巻の他、『王状元集注分類東坡先生詩』二十四巻などの著述がある。事跡については『宋史』巻三八七の伝、及び汪應辰の「宋龍圖閣學士王公墓誌銘」（附文集）が参考となる。

彼は若い時から韓愈の詩文を愛読していたようだ。二十歳頃、友人の毛唐卿、虞卿兄弟に韓愈の詩文集を貸した際の「毛唐卿虞卿に答えて昌黎集を借す」(詩集巻一)(8)詩には、後半(第十五句より最後まで)で次のように詠っている。

學文要須學韓子　文を学ぶは要《かなら》ず須らく韓子に学ぶべし
此外衆說徒曼曼　此の外の衆説は徒らに曼曼たり
韓子皇皇慕仁義　韓子は皇皇として仁義を慕い
力排佛老回狂瀾　力めて仏老を排して狂瀾を回《めぐ》らしむ
三百年來道益貴　三百年来　道　益ます貴く
太山北斗世仰觀　太山北斗　世は仰ぎ観る
我生於今望之遠　我は今に生まるれば　これを望むこと遠く
時時開卷相欣懽　時時巻を開きて　相欣懽す
豈惟廬陵惜舊本　豈に惟に廬陵の旧本を惜しむのみならんや
我亦惜此秖自看　我も亦た此を惜しみて秖だ自ら看る
子今欲假敢違命　子の今仮るを欲すれば　敢えて命に違わんや
願子寶之同琅玕　願わくは子　これを宝とすること琅玕に同じくせん

「力排佛老回狂瀾」は韓愈「進學の解」(『昌黎先生集』巻十二)の中で、「先生」を笑う者が「異端を觝排し、仏老を攘斥す、…百川を障《さえぎ》りてこれを東せしめ、狂瀾を既に倒るるより迴らしむ。先生の儒に於けるや、労有りと謂うべし（觝排異端、攘斥佛老、…障百川而東之、迴狂瀾於既倒。先生之於儒、可謂有勞矣）」と言うのを、言葉の上で借りている。また「太山北斗」は、『新唐書』巻一七六「韓愈傳」の贊の末尾に「愈の没してより、其の言は大いに行われ、学者はこれを仰ぐこと泰山北斗の如しと云う（自愈沒、其言大行、學者仰之如泰山北斗云）」と記されている。さらに「廬陵惜舊本」は、先の歐陽修「旧本の韓文の後に記す」の最後に「嗚呼、韓氏の文の道は、万世の共に尊ぶ所にして、天下の共に伝えて有つ所なり。予の此の本に於けるや、特だ其の旧物なるを以て尤もこれを惜しむ」と言うのを踏まえる。韓愈を称揚するだけでなく、その本を一時も手放したくないと言い、さらに毛兄弟にも大切に扱うよう求めているところに、韓愈に対する傾倒ぶりが余すことなく表されている。

また韓愈の文学、思想について、文章の中で具体的に論じる例も多く見られる。古文について「唐宋の文、法とすべき者は四。古は韓を法とし、奇は柳を法とし、純粋は歐陽を法とし、汗漫は東坡を法とす。余文は以て博く観るべきも、事の法に取ること無きなり（唐宋之文、可法者四。法古於韓、法奇於柳、法純粹於歐陽、法汗漫於東坡。餘文可以博觀、而無事乎取法也）」（文集巻十四「雜説」）と言い、その思想について「性のために一定の論を立つる者は、惟だ吾が夫子と韓愈氏とのみ。愈は原性篇を著し、上中下三品の説有り、此れ最も吾が夫子の所謂相近しと夫の上下移らざる者とに合す（爲性立一定之論者、惟吾夫子與韓愈氏。愈著原性篇、有上中下三品之說、此最合吾夫子所謂相近與夫上下不移者）」（文集巻七「性論」）と述べるのは、その代表的な例である。彼は文学においては韓愈、歐陽修、蘇軾を正統と見なし、思想においては孔孟を受け継いで荀子や揚雄に勝る存在として韓愈を位置づけていた。

# 和韓詩

そのように韓愈を尊崇していた王十朋の作品には、一体に韓愈の詩文あるいは事跡、故事を踏まえた表現が多数見られるが、注目すべきはやはり「和韓詩」であろう。これは詩集の巻九に収められているが、紹興十八年（一一四八）三十七歳の秋、受験に失敗して故郷に戻った際に「秋懐十一首」（『昌黎先生集』巻一）に唱和したのに始まって、翌年夏の「柳柳州の蝦蟇を食うに答うに和す」まで、計二十八首を纏めたものである(9)。そして出仕した後も、時々に韓詩に唱和した作品を作っている(10)。

ところで古人の作品に次韻唱和することは、名所、古跡を訪れてそこで過去に作られた詩を対象に行われ始め、やがて尊崇する詩人の作へと向かうようになった(11)。特定の詩人を挙げてその作品の多くに唱和したものでは、自らを李白に準えようとした郭祥正（一〇三五〜一一一三）の「和李詩」と、陶淵明に和した蘇軾の「和陶詩」が著名である。特に蘇軾の影響は大きく、弟の蘇轍および四学士が彼に倣って和陶の作を残したことで、その後も陶淵明詩に唱和する作品は少なからず作られている。それは一人の詩人が一首から数首を残す例がほとんどだが、李綱と呉芾にはそれぞれ六〇首を越える和陶詩が残っている。それだけ蘇軾の影響を強く受けていると言って良いだろう。李綱の場合は、自ら嶺南に左遷された体験も重なって、蘇軾の詩に唱和する作も少なくない。

一方韓愈に学ぶことを示す作品は、先に挙げた歐陽修、梅堯臣の他にも、宋祁「退之の集を読む」（『全宋詩』巻二二四）、石介「韓の文を読む」（『徂徠集』巻三）、李覯「韓文公の鴑驥篇を読み因りて其の説を広む」（『盱江集』巻三五）、王令「退之の青青水中蒲に效う」五首（『廣陵集』巻一二）など少なくないが、唱和（次韻）の作はやや遅れ、管見の範囲では李綱の「退之の藍関の韻に次す」（『梁谿集』巻二）、「符城南に読書すの韻に次す」（巻五）が最も早いようだ。王十朋の「和韓詩」は、古人への唱和の流れを承けつつ、これら韓愈に学ぶ意志を表した作品群に連なるものと位置づけることができる。

それでは具体的に作品を見てみよう。「秋懐十一首に和す」から、その序文、第一首および第十一首を挙げる。

丁卯（紹興十七年）の季冬、省試に臨安に赴き、明年の莫春に至りて、翅《かたむ》を側けて東帰す。既に會稽に至り、復た太学に還る。時は方に首夏にして、草木は敷栄し、良苗は新しきを懐き、目を原隰に遊ばせば、与物《みな》は欣びを助く。閏八月に至りて告げ帰り、復た故道を尋ぬるに、雲水は已に空しく、園林は初めて落つれば、悽然として感触し、自ら已む能わず。是の月の十有七日、言《ここ》に其の廬に息う。定省の暇に、親戚郷里に日び相過り従い、詩酒の楽しみ有れば、恝然《きつぜん》として（愁いを忘れて）復た得失の懐《こころ》に在ること無きなり。清夜に兀坐し、短檠に自ら照らして、韓退之の秋懐詩十有一章を誦すれば、欣として晤る有るが若し、因りて其の韻を追う。太山北斗、我実にこれを慕えば、白雪陽春に、和するに巴詞を以てすと云う。(12)

其一

孟夏游會稽　　孟夏　會稽に遊ぶに
禾稼方薿薿　　禾稼　方に薿薿たり
南風翼新苗　　南風　新苗を翼け
生意殊未已　　生意　殊に未だ已まず
重來覺非久　　重ねて来ること久しきに非ずと覚ゆ

相去百日耳　　相去ること百日のみ
黄雲萬頃空　　黄雲　万頃空しく
蘋末涼風起　　蘋末　涼風起こる
園林亦搖落　　園林　亦た揺落し
觸目成疑似　　触目　疑似を成す
人生過隙駒　　人生は隙を過ぐる駒
朱顏何足恃　　朱顔　何ぞ恃むに足らん
胡爲向迷塗　　胡為れぞ　迷塗に向いて
奔走不停軌　　奔走して軌を停めざる
得失無榮辱　　得失に栄辱無し
歸來實堪喜　　帰り来るは実に喜ぶに堪えたり

韓愈の原作（「秋懐十一首」其二）は

牕前兩好樹　　牕前の両好樹
衆葉光薿薿　　衆葉　光りて薿薿たり
秋風一披拂　　秋風　一たび披払すれば
策策鳴不已　　策策として鳴り已まず
微燈照空牀　　微燈　空牀を照らし

夜半偏入耳　　夜半　偏えに耳に入る
愁憂無端來　　愁憂　端無くも来り
感歎成坐起　　感歎して坐起を成す
天明視顏色　　天明　顔色を視れば
與故不相似　　故《もと》と相似ず
羲和驅日月　　羲和　日月を駆り
疾急不可恃　　疾急にして恃むべからず
浮生雖多塗　　浮生　塗多しと雖も
趨死惟一軌　　死に趨むくは惟一軌のみ
胡爲浪自苦　　胡為れぞ　浪りに自ら苦しむ
得酒且歡喜　　酒を得て　且つは歓喜せん

である。これは元和七年（八一二）秋の作で、華陰県令の柳澗の事件に関して再審査を求める上奏文を提出したため、職方員外郎から国子博士に降格された経験が背景にあった。韓愈は部屋の中から秋の景色を見ながら深い憂いを詠うが、王十朋の和詩は序文の内容を重ねつつ、時の流れの速さと自らの蹉跌とを詠う。韓の作をとくに踏まえる表現は見えず、また酒を飲んで憂いを忘れようとする韓に対して、帰郷の喜びをもって締めくくる流れからも、内容の上での明確な関連性は窺えない。しかし唱和詩は、宋代においては一般に原唱の内容を明瞭に意識させることは必要とされていなかったし、古人の作に対する唱和でも、蘇軾の「和陶詩」は陶淵明の原作から様々な形で想を得て作られており、決して忠実に祖述したものではない。

其十一

鮮鮮霜中菊　鮮鮮たる霜中の菊
誰云晩不好　誰か云う　晩ければ好からずと
開日卽重陽　開く日は即ち重陽
雖晩亦同蚤　晩きと雖も亦た蚤きに同じ
對景便須醉　景に対すれば便ち須らく酔うべし
浮生苦難保　浮生　苦《はなは》だ保ち難し
胡爲楚大夫　胡為れぞ　楚の大夫
不飲致枯槁　飲まずして枯槁を致せる
何如醉鄕人　何如ぞ　酔郷の人の
雖醉亦有道　酔うと雖も亦た道有るに

韓愈の第十一首は

鮮鮮霜中菊　鮮鮮たる霜中の菊
旣晩何用好　既に晩ければ何ぞ用て好からん
揚揚弄芳蝶　揚揚たる芳を弄ぶ蝶

爾生還不早　爾の生も還た早からず
運窮兩値遇　運窮まるは両《ふた》つながら遇に値《あ》う
婉孌死相保　婉孌　死して相保つ
西風蟄龍蛇　西風　龍蛇を蟄らしめ
衆木日凋槁　衆木　日び凋槁す
由來命分爾　由来　命分は爾り
泯滅豈足道　泯滅　豈に道《い》うに足らんや

である。冒頭四句は韓愈の詩に敢えて異を唱えたように見えるが、先に蘇軾が「小圃五詠　甘菊」（『集註分類東坡先生詩』巻十）で「越山　春始めて寒し、霜菊　晩ければ愈いよ好し。…揚揚たり　芳を弄する蝶、生死　何ぞ道うに足らん。頗る訝る　昌黎公の、爾が生の早からざるを恨まんとは（越山春始寒、霜菊晩愈好。…揚揚弄芳蝶、生死何足道。頗訝昌黎公、恨爾生不早）」と反論しており、王の詩句もそれを踏まえたものである。また末四句は、屈原と唐初の王績とを対比させ、憂いに囚われるよりも酔いの境地に遊ぶことの大切さを詠う。深い愁いを漂わせる韓愈の作とは、この点でも違いを見せている。

　十一首全体を通じて比較すると、韓愈の作は明言はしていないが、正しいと信じた行為によって降格されたという憂いが深く、一方王十朋は度重なる落第という悲しみを帰郷の喜びの中に解放しようとしていて、全体に落ち着いた心情が印象に残る。ただ、置かれた状況はそれぞれに異なるが、失意の体験を背景として、「秋士悲しむ」の伝統に則して思いを詠う作品であることは同じであり、そこに王の唱和の意図が有ったのだろう。深い憂いを懐きながらも、抑制した表現で思いを述べる点は、韓愈に学ぶものと言える。また巻九に収められた「和韓詩」全体を見ると、五言古詩の長篇を多く選んでいるところは韓愈の特徴を捉えていると言え、表現や言葉も韓愈の用いた詩語や彼の事跡に関わる表現を比較的よく用いているが、「南山詩」(『昌黎先生集』巻一)や「張籍を調る」(同巻五)などのような、韓愈の個性的な表現が強く出た作品は必ずしも唱和の対象としていない。その点は衆目を集める奇抜な題材、表現に学ぼうとした梅堯臣らとは異なっている。表現の奇抜さではなく、理性的な作風を好んだように見える。士大夫としての心の持ちよう、官僚として、文学者としての誠実さに学ぼうとしたのではないか。

なお後年、鄱陽で洪邁(景盧)の詩に和した「予は向に年少にして自ら量らず、韓詩を讀むに因りて輒ち數篇に和すも、未だ嘗て敢えて出して以て人に示さざること蓋し二十年なり。近ごろ嘉叟のこれを見るに因りて、自ら掩うこと能わず且つは贈るに長篇を以てす。景盧の繼和を蒙れば、韻を用いて以て謝す」(詩集巻十八)という長い題の詩を書いているが[13]、韓愈の詩を連想させる句を連ね、その詩語を多用する中で、自らの「和韓詩」について「未だ三百篇を終えざるは、正に短檠の課に坐せばなり」と言い、「韓の古律詩は共に三百余篇なり、初めは妄りに意に尽くこれに和せんと欲するも、方に挙業を作すを以て、遂に止む」と注記している。これに拠れば、当初は韓愈の詩全篇に唱和しようとしていたことがわかる。

王十朋が「和韓詩」を試みた背景には、恐らく蘇軾の「和陶詩」が意識されていただろう。韓愈の詩すべてに唱和しようという意図を持っていたこと、また内省の作で、しかも連作である「秋懐十一首」を最初に持ってきたのは、落第後の思いを記すという意図だけでなく、蘇軾の「和陶詩」が内省的な「飲酒二十首」の唱和から始まっていることも意識していたろう。彼は蘇軾の詩集を編集しているように、蘇軾の文学にも深く傾倒していた。

「東坡の詩を読む」（詩集巻二三）で「東坡の文章　天下に冠たり、日月と光を争い風雅に薄《せま》る。……莫年　海上詩は更に高し、和陶の詩　又た陶に過ぐ（東坡文章冠天下、日月争光薄風雅……莫年海上詩更高、和陶之詩又過陶……）」と言うのを始め、韓愈、歐陽修と並んで蘇軾を仰ぐべき対象と見ており、関連する発言も多い。

## 出仕後の作品

科挙及第以前に作られた「和韓詩」の後、官界に出てからさらにどのように韓愈の作品やその事跡を詩文に盛り込んでいったのかを見よう。紹興二十七年に高宗の抜擢で状元及第すると、紹興府の僉判に任じられたが、そこで親しく交流したのが喩良能、字は叔奇であった。彼は王十朋とは太学の同窓かつ科挙の同年という間柄で、以前から親しかったが、及第の翌年に喩が紹興府を訪れてその幕僚となったことで一層交流が深まった。頻繁に唱和の作をやり取りし、中には「韓退之の晩菊に和して喩叔奇に贈る」詩（詩集巻十二）のような和韓の作も交えられているが、ここでは喩が初任となる廣徳県の尉として赴任する際に書かれた「喩叔奇の廣徳に尉たるを送るの序」（文集巻二三）を取り上げたい。(14) その中に二人の関係を韓孟になぞらえる表現が見えるからである。

前半では韓愈の「酔いて東野を留む」詩（『昌黎先生集』巻五）を引いて、望ましい交友について言う。

韓退之の孟東野を留むるや、其の詩に曰う有り、「昔年李白杜甫の詩を読むに因り、長《つね》に二人の相従わざるを恨む。吾と東野とは生まれて世を並ぶれば、如何ぞ復た二人の蹤を躡まんや」と。某は初め退之の言の誇為るを疑うも、城南の諸聯句の、豪健険怪にして、其の筆力の略ぼ相当たり、李、杜をして復生せしむるも、未だ必ずしも路鞭を引避せずんばあらざることを観るに及んで、然る後に「復躡」の語の過ぎたるに非ざると為すを知れり。又た其の末章を読むに、曰う有り、「吾願わくは身の雲と為り、東野の変じて龍と為るを。四方上下に東野を逐えば、別離有ると雖も逢うに由無からんや」と。是こに於いて又た二公の心の相知り、気味の相得たるを知る。相与に雲龍と為らんと欲し、離別有るに忍びざるに至りては、真に古の善交の者と謂うべし。

そして喩との関係を語った上で、お互いの交流の親密さと喩の赴任による別れとを、次のように述べる。

叔奇の詩は、清新雅健にして晋宋の風味有り、韓公の豪を得て、東野の寒無く、予の逮ばざること遠く甚だし。然れども予ら二人は、唱する有れば必ず酬い、殆んど虚日亡し、樽酒もて細かに文を論ずるの外、語は他に及ばざれば、亦た復た古作者の蹤を躡むに庶幾《ちか》からん。会たま叔奇は官に桐川に赴き、行くこと甚だ遽かなれば、予は惘然として別れを惜しみ、行觴既に開かれ、驪駒の門に在れば、是こに於いて酔いて留むの篇を誦し、雲龍の句を歌いて以てこれに贈る。

韓孟になぞらえて自分たちの交流を語っているのだが、注目しておきたいのは自らを韓愈の側に置いていることである。親分肌の韓愈が世渡り下手な孟郊の世話をしたという一面があり、欧陽修と梅堯臣の関係では、官界で地位を得ていた欧を韓に、不遇であった梅を孟に喩えて表現されていた。しかしここでは、韓愈が孟郊を称えて自らを下に置いた「酔いて東野を留む」詩を前面に出し、喩良能の才を高く評価しつつ別れを惜しむ気持ちを表している。欧梅の前例は当然知っていたであろうが、むしろそれとは異なり、直接韓孟の交流に倣っている。先人の例を踏まえるのではなく、韓愈の詩を直接用いているのであり、そこに王の理解の深さを見ることができる。

　この後、秘書省校書郎として朝官の一員となるが、彼が人並み以上に韓愈に傾倒していたことは、この頃には広く知られていたようである。国子司業であった隆興元年（一一六三）の春、秘書少監であった胡銓から「司業の口占絶句は奇なること甚し、銓は輒ち韻を用いて和して呈す、呉体に效う」（『全宋詩』巻一九三四）詩を贈られたが、その前半で「南山　旧《も》と説く　王隠者、北斗　今看る　韓退之」と彼を韓愈になぞらえつつ、その詩を讃えているのは顕著な例である。[15]胡銓は秦檜と厳しく対立して左遷された経歴を持つ高士であり、この詩は単なる褒辞ではなく、王の人柄、能力を好ましく思ってくれたことを示すものでもあるだろう。

　知饒州として鄱陽に居た時期には、何麒、王秬、陳之茂、洪邁らと頻繁に唱和を行っている。これは後に『楚東唱酬集』[16]として纏められたようだが、残念ながら現存しない。その唱和の中にも、王十朋の「和韓詩」が知友の間で知られていたことを示す作がある。次に挙げるのは王秬が「和韓詩」を読み、それに倣って作った詩に次韻した「嘉叟の和韓詩を読むに次韻す（次韻嘉叟讀和韓詩）」（詩集巻一七）である。五言古詩四十句で去声箇、過の韻を用いることから、韓愈の「合江亭」（『昌黎先生集』巻二）を意識したものかと思われるが、用いる韻字は一部異なっている。なお、王秬の作は現存しない。

1 孔孟久不作　　孔孟　久しく作《おこ》らず
2 況雄莫能和　　況雄　能く和す莫し
3 韓公生有唐　　韓公　有唐に生まれ
4 力欲拯頽挫　　力めて頽挫を拯わんと欲す

5 文興八代衰　文は八代の衰を興し
6 學救諸子過　学は諸子の過ちを救う
7 佛老蔓中華　仏老　中華に蔓《はびこ》り
8 微公衽其左　公微《な》かりせば　其の左を衽とせん
9 餘事以詩鳴　余事　詩を以て鳴り
10 語險鬼膽破　語険にして鬼膽破る
11 汗瀾高駕天　汗瀾　高く天に駕し
12 捷敏劇飛笴　捷敏　飛笴よりも劇し
13 騎龍歸帝旁　龍に騎して帝の旁に帰り
14 玉簡人間墮　玉簡は人間に堕つ
15 汗流籍湜輩　汗流す　籍湜の輩
16 圭璧分半箇　圭璧　半箇を分かつ
17 柳和詞擬騷　柳和して詞は騒に擬し
18 郊聯語成些　郊聯ねて語は些を成す
19 咸知太山仰　咸《みな》は太山の仰ぐべきを知るも
20 誰繼北窗臥　誰か北窗の臥を継がん
21 我本虀鹽生　我は本　虀塩の生なり
22 久供筆硯課　久しく筆硯の課を供す

23 幽香摘天葩　幽香　天葩を摘み

24 光艶拾珠唾　光艶　珠唾を拾う

25 後公三百年　公に後るること　三百年

26 杖屨無従荷　杖屨　従い荷《よ》る無し

27 世無六一翁　世に六一翁無くんば

28 孰知珍古貨　孰か古貨を珍とするを知らん

29 巴詞擬陽春　巴詞もて陽春に擬すは

30 僭竊罪宜坐　僭竊　罪　宜しく坐すべし

31 神交有吾宗　神交　吾が宗有り

32 渉世同坎軻　渉世　坎軻を同じくす

33 學繼青箱王　学は青箱の王を継ぎ

34 詩高碧紗播　詩は碧紗の播よりも高し

35 勉令添和篇　勉めて和篇を添えしむるも

36 才薄知何奈　才薄ければ　知んぬ　何奈せん

37 謬同赤效白　謬まりて赤の白に効うに同じくす

38 深媿愈知賀　深く媿ず　愈の賀を知るを

39 世事置勿論　世事　置きて論ずる勿けん

40 蚊睫蟲容麼　蚊睫　虫も麼を容る

韓愈の詩文や事跡が多く意識されており、2は「讀荀」（『昌黎先生集』巻一一）で荀況、揚雄が孔子、孟子に及ばないことを言う点、とくに末尾の「孟氏は醇乎として醇なる者なり。荀と揚とは、大むね醇にして小しく疵あり（孟氏醇乎醇者也。荀與揚、大醇而小疵）」を踏まえている。5は蘇軾の「潮州韓文公廟の碑」（前出）の「文は八代の衰を起こし、道は天下の溺を済う（文起八代之衰、而道濟天下之溺）」を承ける。7は「進學の解」（前出）に「異端を觝排し、仏老を攘斥す」とあり、また元和一四年（八一九）に「仏骨を論ずる表」を上奏したことを合わせて踏まえる。8は『論語』憲問篇に孔子が管仲を評価して、「管仲微かりせば、吾其れ被髪して左衽せん（微管仲、吾其被髪左衽）」と言ったのを用い、9は「席八十二の韻に和す」（『昌黎先生集』巻一〇）の「多情　酒伴を懐い、余事　詩人と作る（多情懷酒伴、餘事作詩人）」と、「孟東野を送るの序」（『昌黎先生集』巻一九）の「孟郊東野始めて其の詩を以て鳴る（孟郊東野始以其詩鳴）」とを合わせる。10は「酔いて張秘書に贈る」（『昌黎先生集』巻二）の「険語　鬼膽を破り、高詞　皇墳に媲《はい》す（險語破鬼膽、高詞媲皇墳）」を用い、11、12には「崔立之評事に贈る」（『昌黎先生集』巻四）の「崔侯の文章　苦《はなは》だ捷敏たり、高浪天に駕して　輸して尽きず（崔侯文章苦捷敏、高浪駕天輸不盡）」を使っている。13、15はいずれも蘇軾「潮州韓文公廟の碑」（前出）の詞の「公は昔龍に騎る《の》　白雲の郷、…飄然として風に乗りて帝の旁らに来る（公昔騎龍白雲鄉、…飄然乘風來帝旁）」と「李杜を追逐して翱翔に参し、汗流する湜籍は走り且つ僵る（追逐李杜參翱翔、汗流湜籍走且僵）」とをそれぞれ踏まえている。16は皇甫湜と張籍がそれぞれ文と詩において韓愈の後を嗣いだということだろう。17、18は柳宗元と孟郊で、柳との唱和、孟郊との聯句を言う。なお18の「呰」は、前句の「騒」と対応して辞賦を意味するが、ここは詩章を言うだろう。19の「太山仰」は既に挙げた『新唐書』韓愈傳贊の語で、20はよく知られた陶淵明の故事だが、こちらは直接韓愈とは関わらない。その詩境を嗣ぐ者がいないということか。21からは王自らのことを述べ、「虀鹽生」は「送窮文」（『昌黎先生集』巻三六）の「太学の四年は朝に虀暮れに塩のみ（太學四年、朝虀暮鹽）」を踏まえて自らが太学生であったことを言う。23、24は韓愈の詩文に学んだことを言うが、「天葩」は「酔いて張秘書に贈る」の「東野は動もすれば俗を驚かし、天葩　奇芬を吐く（東野動驚俗、天葩吐奇芬）」を踏まえる。31からは王秬が詩を贈ってくれたことで、「吾宗」は同姓であることからこう言ったのだろう。なお韓愈にも「族姪に贈る」（『昌黎先生集』遺文）に「門を撃つ者は誰が子ぞ、問言すれば乃ち吾が宗なり（撃門者誰子、問言乃吾宗）」との例がある。33の「青箱王」は劉宋の王淮之、34の「碧紗播」は唐の王播をそれぞれ指す。前者は「博聞多識」と称され、後者は詩才を謳われている。36は「石鼓歌」（『昌黎先生集』巻五）の「少陵に人無く　謫仙死す、才薄ければ将た石鼓を奈何んせん（少陵無人謫仙死、才薄将奈石鼓何）」を踏まえる。末四句は謙遜の辞。37は李赤と李白に喩えたもので、不才の者が優れた人物に倣う意。「劉謙仲の寄せらるるに次韻す」（詩集巻一）でも「繆まりて馬の韓を慕うを為し、浪りに赤の白に效うを作す（繆爲馬慕韓、浪作赤效白）」と用いている。38は王秬から知遇を受けたことを、李賀が韓愈に見出されたことになぞらえて感謝するのだろう。40の「蚊睫」は小さい物の喩え。「麼」も小さい意。『列子』（『藝文類聚』巻九七、蟲豸部、蚊の項に引く）に「江浦の間に、麼虫を生じ、名づけて焦螟と曰う。群飛して蚊の睫に集まるも、相触るる弗し。栖宿去来、蚊は覚る弗し（江浦之閒、生麼蟲、名曰焦螟。羣飛而集於蚊睫、弗相觸也。栖宿去來、蚊弗覺也）」とある。この句は、ちっぽけな虫でも受け容れられるのだから、自分のような者でも存在価値があるだろうという意味か。

以上のように、この詩では随所に韓愈の詩句や彼の故事が鏤められており、それが共通の知識となっていたことを窺わせる。またこの後、洪邁が二人の唱和を見て更に継和の作を作ってくれたので、それに再度次韻して、

注（13）に挙げた詩を書いている。知友の間では彼の「和韓詩」が評判であり、それに倣った作がやり取りされていたのである。王秬、洪邁の原作は残っていないが、それらも王十朋の和詩同様、韓愈の詩文を典故として多用した内容であったと想像される。恐らく彼らの間では、韓愈の詩文に対する理解が共有されていたのだろう。

知饒州の後、夔州、湖州、泉州と太守の職を歴任するが、在任期間が短かった湖州を除いて、いずれの地でも数人の知友と頻繁に唱和を重ねており、また和韓の作も残している。その一首で、知泉州の時に作られた「曾潮州は郡に到りて未だ幾くもならざるに、首め韓文公の廟を修め、次に貢闈を建つ、化の本を知ると謂うべし、某は因りて韓公の趙子に別るる詩を読み、韻を用いて以て寄す」詩（詩集巻二十八。乾道五年の作）の末尾には「悪詩　願わくは刻する勿かれ、人　方に其の愚を笑わん（悪詩願勿刻、人方笑其愚）」とあり、「潮州の書に云う、某の和韓詩を刊せんと欲すと」という自注が付けられている。曾潮州は曾汪で、王が二十代半ばの頃に温州樂清県の尉を勤めていたことがあり、それ以来の知り合いであった。古い友人ゆえに「和韓詩」刊行を申し出てくれたのかもしれないが、しかし詩そのものが評判を得ていなければできない提案であろう。また韓愈に対する世間の関心が高くなければ、やはり難しいことである。さらにはこの少し前に、喩良能から「東嘉先生を懐しみ因りて老坡の〈今誰か文字を主らん、公合《まさ》に旌旄を把るべし〉を誦して十の小詩を作り寄せ奉る」（『香山集』巻一二）と題する五絶十首を贈られ、答える詩を書いている。[17]こちらも曾同様に王十朋の文学を高く評価し、更なる活躍を求めるが故に贈られた作品であった。王は韓愈、歐陽修、蘇軾と連なる流れを正統と考えていたが、その後継者こそ王自身であると見られていたのであろう。それは彼も自負していたのではないか。「和韓詩」の制作は、まさにその継承を具体化する成果の一つだったと言えるだろう。

## 小結

歐陽修らによって韓柳の古文が再評価され、文壇に大きな潮流ができたことにより、南宋初期の韓愈に対する受容のあり方は、文章を中心として広く浸透していたと見ることができる。もとより儒家思想においても高く評価されていた。しかし詩における受容という点では、必ずしも明瞭な動きが見られるわけではなかった。陸游、范成大、楊万里、周必大、朱熹らの作品には、韓愈詩あるいは韓孟聯句の詩語が比較的多く用いられているが、韓愈に学ぶことを示す擬作詩や唱和の作は少ない。総体的に言って、韓愈の詩を他の詩人より高く評価しようとする意識は必ずしも顕著ではなかった。その中で、蘇軾の和陶詩の後を嗣ぎ、韓愈に対する尊敬の念を唱和詩という形で表明した「和韓詩」は、当時傑出した存在であった。先人の作品の韻を用いて新たに詩を作ることはすでに一般的なものとなり、南宋の詩人たちは場所や情況などに応じて、しばしば古人の詩の韻を借りている。自らの力量を示すために大量の唱和の詩を作る例もある。しかし、王十朋は尊敬すべき対象として韓愈の詩を取り上げ、深い理解と共感に基づいて唱和を行ったのであり、そこに彼の活動の大きな特徴がある。またそれゆえに、彼を取り巻く人々の間にも韓愈の文学、思想への関心を深めさせ、唱和の輪を広げる結果をもたらしたのである。

注

（1）「記舊本韓文後」の全文は「予少家漢東、漢東僻陋無學者、吾家又貧無藏書。州南有大姓李氏者、其子堯輔頗好學。予爲兒童時、多游其家、見有弊筺貯故書在壁閒、發而視之、得唐昌黎先生文集六卷、脱落顚倒無次序、因乞李氏以歸。

讀之、見其言深厚而雄博、然予猶少、未能悉究其義、徒見其浩然無涯、若可愛。是時天下學者楊劉之作、號爲時文、能者取科第、擅名聲、以誇榮當世、未嘗有道韓文者。予亦方擧進士、以禮部詩賦爲事。年十有七試于州、爲有司所黜。因取所藏韓氏之文復閱之、則喟然嘆曰、學者當至於是而止爾。因怪時人之不道、而顧己亦未暇學、徒時時獨念于予心、以謂方從進士干祿以養親、苟得祿矣、當盡力于斯文、以償其素志。後七年、擧進士及第、官於洛陽。而尹師魯之徒皆在、遂相與作爲古文。因出所藏昌黎集而補綴之、求人家所有舊本而校定之。其後天下學者亦漸趨於古、而韓文遂行於世、至於今蓋三十餘年矣、學者非韓不學、可謂盛矣。嗚呼、道固有行於遠而止於近、有忽於往而貴於今者、非惟世俗好惡之使然、亦其理有當然者。而孔孟惶惶於一時、而師法於千萬世。韓氏之文沒而不見者二百年、而後大施於今、此又非特好惡之所上下、蓋其久而愈明、不可磨滅、雖蔽于暫而終耀于無窮者、其道當然也。予之始得於韓也、當其沈沒棄廢之時、予固知其不足以追時好而取勢利、於是就而學之、則予之所爲者、豈所以急名聲而干勢利之用哉。亦志乎久而已矣。故予之仕、於進不爲喜、退不爲懼者、蓋其志先定而所學者宜然也。集本出於蜀、文字刻畫頗精於今世俗本、而脱繆尤多。凡三十年閒、聞人有善本者、必求而改正之。其最後卷帙不足、今不復補者、重增其故也。予家藏書萬卷、獨昌黎先生集爲舊物也。嗚呼、韓氏之文之道、萬世所共尊、天下所共傳而有也。予於此本、特以其舊物而尤惜之」である。

（2） 原文は「雖孟子之爲書、能尊于夫子者、當在亂世也。揚子雲作太玄、法言、亦當王莽之時也。其要在于發聖人之道矣。自下至于先生、聖人之經籍雖皆殘缺、其道猶備。先生于時作文章、諷頌、規戒、答論、問説、淳然一歸于夫子之旨、而言之過于孟子與揚子雲遠矣。先生之于爲文、有善者益而成之、惡者化而革之。…酌于先生之心、與夫子之旨無有異趣者也。先生之于聖人之道、在于是而已矣、何必著書而後始爲然也」である。

なお『能改齋漫録』巻一〇「古文自柳開始」には「本朝承五季之陋、文尚儷偶、自柳開首變其風。始天水趙生、老儒也、持韓愈文數十篇授開、開歎曰、唐有斯文哉。因謂文章宜以韓爲宗、遂名肩愈、字紹元、亦有意于子厚耳。故張景謂、韓道大行、自開始也。開未第時、採世之逸事、居魏郭之東、著野史。自號東郊野夫、作東郊野夫傳。年踰二十、慕王通續經、以經籍有亡其辭者、輒補之。自號補亡先生、作補亡先生傳。遂改舊名與字、謂開古聖賢之道于時也。必欲開之爲塗、故字仲塗。太祖開寶六年登科、時年二十七。嘗謂張景曰、吾于書止愛堯舜典、禹貢、洪範。斯四篇、非孔子不能著之。餘則立言者可跂及矣。詩之大雅、頌、易之爻、象、其深焉。餘不爲深也。蓋開之謹于許可者如此。前輩以本朝古文始於穆伯長、非也」と指摘する。

(3) 原文は「道始於伏羲氏、而成終於孔子。道已成終矣、不生聖人可也。故自孔子來二千餘年矣、不生聖人。若孟軻氏、揚雄氏、王通氏、韓愈氏、祖述孔子而師尊之、其智足以爲賢。孔子後、道屢廢塞、闢於孟子、而大明於吏部。道已大明矣、不生賢人可也。故自吏部來三百有餘年矣、不生賢人。若柳仲塗、孫漢公、張晦之、賈公疎、祖述吏部、而師尊之、其智實降。噫、伏羲氏、神農氏、黄帝氏、少昊氏、顓頊氏、高辛氏、唐堯氏、虞舜氏、禹、湯氏、文、武、周公、孔子者、十有四聖人、孔子爲聖人之至。噫、孟軻氏、荀況氏、揚雄氏、王通氏、韓愈氏、五賢人、吏部爲賢人之卓。不知更幾千萬億年、復有孔子、不知更幾千百數年、復有吏部。孔子之易、春秋、自聖人來未有也。吏部原道、原仁、原毀、行難、禹問、佛骨表、諍臣論、自諸子以來未有也。嗚呼至矣」である。

(4) 梅堯臣「依韻和永叔澄心堂紙答劉原甫」詩(『宛陵先生集』巻三五)の前半に「退之昔負天下才、掃掩衆説猶除埃。張籍盧仝鬭新怪、最稱東野爲奇瑰。當時辭人固不少、漫費紙札磨松煤。歐陽今與韓相似、海水浩浩山嵬嵬。石君蘇君比盧籍、以我擬郊嗟困摧。公之此心實扶助、更後有力誰論哉。禁林晩入接俊彥、一出古紙還相哀。曼卿子美人不識、昔嘗吟唱同樽罍。…」と言うのは、その顕著な例である。この他、歐陽修「讀蟠桃詩寄子美」詩(『居士集』巻二)、「書梅聖兪稿後」(外集巻二三)、梅堯臣「永叔寄詩八首并祭子漸文一首、因采八詩之意警以爲答」詩(『宛陵先生集』巻二四)などにも、互いを韓孟に比した表現が見える。

(5) 原文は「自東漢以來、道喪文弊、異端竝起、歷唐貞觀、開元之盛、輔以房杜姚宋而不能救。獨韓文公起布衣、談笑而麾之、天下靡然從公、復歸於正、蓋三百年於此矣。文起八代之衰、而道濟天下之溺、忠犯人主之怒、而勇奪三軍之帥」である。

(6) この他「讀墨」、「送潮州呂使君」(共に巻六)、「秋懷」(巻一八)、「奉酬永叔見贈」(巻三二)なども韓愈を否定的に見る作品である。

また『能改齋漫録』巻一〇「荆公不以退之爲是」では「荆公不以退之爲是。故其詩云、力去陳言誇末俗、可憐無補費精神。送呂使君潮州詩云、不必移鰐魚、詭怪以疑民。有若大顛者、高材能動人。亦勿與爲禮、聽之汨彝倫。故其答

文忠公詩云、他日倘能窺孟子、終身何敢望韓公」と述べる。

なお王十朋は王安石の批判に関して、「書歐陽公贈王介甫詩」（文集巻一四）で「翰林風月三千首、吏部文章二百年。老去自憐心尚在、後來誰與子爭先。此歐公贈介甫詩也。介甫不肯爲退之、故答歐公詩云、他日署曾窺孟子、終身何敢望韓公。由今日觀之、介甫之所成就、與退之孰優孰劣、必有能辨之者。予謂歐公此詩、可移贈東坡、贈者不失言、當者無愧色」と言っている。

（7）錢鍾書『談藝録』一六～二〇にも北宋期の韓愈に対する評価について論及がある。

（8）本論での作品の引用は、梅溪集重刊委員會編『王十朋全集』（上海古籍出版社、一九九八）に拠る。

（9）「和韓詩」（詩集巻九）として収められているのは、以下の作品である。日付の有るものは附記する。

「和秋懐十一首」（紹興戊辰八月十七日）、「和符讀書城南示孟甲孟乙」、「和醉贈張秘書寄萬大年先之申之」（十一月十一日）、「和縣齋有懷四十韻」、「和桃源圖」、「和永貞行」（十一月二十二日）、「和短燈檠歌寄劉長方」（十一月二十三日）、「和苦寒」、「和南食」、「和聽穎師琴」、「和憶昨行示夢齢」、「和燕河南府秀才送周光宗」、「和答張徹寄曹夢良」（十二月十六日）、「己巳元日讀送楊郎中賀正詩因和其韻」、「人日過霓山隨行有昌黎集因讀城南登高詩遂次韻留別孫先覺」、「和李花」（二首）、「和答柳柳州食蝦蟇」（五月）

（10）「和韓詩」二十八首の後で作られたのは以下の十一首である。いずれも地方官に在任中であった。制作時期が分かるものは合わせて注記する。

紹興府僉判の時期…「和韓退之晩菊贈喩叔奇」（巻十二。紹興二八年、一一五八）、「夜讀書於民事堂意有所感和韓公縣齋讀書韻」（同上）

知饒州の時期…「次韻嘉叟讀和韓詩」（巻十七。乾道元年、一一六五）、「予向年少不自量因讀韓詩輒和數篇、未嘗敢出以示人蓋二十年矣、近因嘉叟見之、不能自掩且贈以長篇、蒙景盧繼和、用韻以謝」（巻十八。同年）

知夔州の時期…「齒落用昌黎韻」（巻二十一。乾道二年）、「漕臺賞荷華因誦昌黎太華峰頭玉井蓮句遂用其韻呈行可」（巻二十二。同年）、「再用前韻」（同上）、「中秋對月用昌黎贈張功曹韻呈同官」（巻二十二。同年）、「甘露堂前有杏花一株在脩竹之外殊有風味用昌黎韻」（巻二十三。乾道三年）、「維舟嶽陽之西岸徐師港、風作不敢行再宿、一宿用韓昌

黎洞庭阻風韻示同行朱仲文張子是」（巻二十四。同年）〔七月に知湖州に転じ、その旅の途中〕
知泉州の時期…「曾潮州到郡未幾首修韓文公廟、次建貢闈、可謂知化本矣、某韻讀韓公別趙子詩、用韻以寄」（巻二十八。乾道五年）

(11) 古人の作に唱和することについては、本書「蘇軾「和陶詩」をめぐって――古人への唱和」の項を参照。

(12) 原文は「丁卯季冬、赴省試臨安、至明年莫春、側翅東歸。既至會稽、復還太學。時方首夏、草木敷榮、良苗懷新、游目原隰、與物助欣。至閏八月告歸、復尋故道、雲水已空、園林初落、悽然感觸、不能自已。是月十有七日、言息其廬、定省之暇、親戚鄉里日相過從、有詩酒之樂、恝然無復得失之在懷也。淸夜兀坐、短檠自照、誦韓退之秋懷詩十有一章、欣若有晤、因追其韻。太山北斗、我實慕之、白雪陽春、和以巴詞云」である。

(13) 全編を挙げる。「予向年少不自量、因讀韓詩輒和數篇、未嘗敢出以示人蓋二十年矣。近因嘉叟見之、不能自掩、且贈以長篇。蒙景盧繼和、用韻以謝」「少小思尚奇、薰風琴欲和。規模與時背、場屋屢摧挫。大道窺五原、高論讀二過。神游京城南、思渺蒸水左。竹看金影碎、菊擷霜風破。論文摩巨刃、薦士射彊笴。蕭蘭發秋懷、木雁銀齒墮。飛飛雙鳥鳴、不數鸝兩箇。幽幽十琴操、可僕蘭臺些。光餘萬丈長、照我一床臥。未終三百篇、正坐短檠課〔韓古律詩共三百餘篇、初妄意欲盡和之、以方作擧業、遂止〕。不敢示友朋、懼遭泥滓唾。文章吉太守、臭味夙相荷。索我舊詩案、贈以千金貨。郡齋哦好句、艷艷月照坐。端如陳琳檄、快讀痊轗軻。濫把江湖麾、謬聲慚日播。祁寒兼苦雨、怨嗟吾豈奈。竊效衡山禱、因思鑑湖賀。鵬鷃各逍遙、溟蓬無巨麼。」

ちなみに韓愈の詩は約四百首が現存する。ここで「三百篇」という表現を用いたのは、『詩経』を連想させ、韓詩に対する尊重を併せ示そうとしたものであろう。

(14) 原文は「韓退之之留孟東野也、其詩有曰、昔年因讀李白杜甫詩、長恨二人不相從。吾與東野生竝世、如何復躡二子蹤。某初疑退之言爲誇、及觀城南諸聯句、豪健險怪、其筆力略相當、使李、杜復生、未必不引避路鞭也、然後知復躡之語爲非過。又讀其末章、有曰、吾願身爲雲、東野變爲龍。四方上下逐東野、雖有別離無由逢。於是又知二公心相知、氣味相得、至欲相與爲雲龍、而不忍有離別、眞可謂古之善交者。某丙子冬、與繡川喩叔奇同舍上庠、一見如故、明年同登太常第。又明年贊幕會稽、叔奇來游、大帥王公嘉其爲人、屈以攝職、予遂獲朝夕焉。論文賦詩、相得愈厚、盍簪纔百日、唱和無慮百數篇。叔奇之詩、清新雅健、有晉宋風味、得韓公之豪、無東野之寒、予不逮遠甚。然予二人者、有唱必酬、殆亡虚日、樽酒細論文之外、語不及他、亦庶幾復蹈古作者蹤矣。會叔奇赴官桐川、行甚遽、予惘然惜別、行觴既開、驪駒在門、於是誦醉留之篇、歌雲龍之句以贈之。至若清白以處己、忠勤以涖事、不枉道苟合以干進、茲固叔奇素學而優爲者、亦某之所素期而深望者。姑小試於筮仕之初、奉以周旋於終身出處行藏之際、其爲復蹈古人之蹤、又不止乎絺章繪句閒也。叔奇勉之。紹興戊寅吉日、東嘉王某序」である。

（15）胡銓の詩の全編を挙げる。「司業口占絶句奇甚、銓輒用韻和呈、效吳體」「南山舊説王隱者、北斗今看韓退之。不須覓句花照眼、行見調羹酸着枝。」

（16）『宋史』巻二〇九、藝文志八、總集類に「王十朋楚東唱酬集一巻」と著録される。但し王十朋の作品の中では「楚東酬唱集」と表記されることが多い。また洪邁に「楚東酬唱序」（王正徳『余師録』巻四所収）がある。ここは取りあえず『宋史』の表記を用いた。

（17）「喩叔奇采坡詩一聯云今誰主文字、公合把旌旄爲韻作十詩見寄、某懼不敢和、酬以四十韻」（詩集巻二八）である。「今誰主文字、公合把旌旄」は蘇軾「次韻張安道讀杜詩」詩（『蘇軾詩集』巻六）の一節。王はこの詩の中で「斯文韓歐蘇、千載三大老。蘇門六君子、如籍湜郊島。大匠具明眼、一一經選考。豈曰文乎哉、蓋深於斯道」と詠いだし、その道が今や衰えているので、喩にこそ活躍して欲しいと言う。喩の褒辞に答えるので、謙遜の句が多いが、韓、歐、蘇の正統を受け継ぐという意識を強く懐いていたことが窺える。

# 〔附論〕

# 唐詩における芍薬の形象

中国において、植物が食・薬・香などの実用性をはなれて、美的価値から眺められるようになるのは、いつごろからのことであるのか。文学においては、大まかに言えば、それは南朝後期、斉梁の時代に始まるのではないかと思われる。そして、唐代には、花を美的対象としてとりあげることが一般的となり、さらに中唐期以降は、花木・花草に対する関心が一層高まって、文学に登場する種類も豊富に、その形容も繊細、華麗になる。またこの時期には、裴度の緑野草堂、李徳裕の平泉山居など、庭園を作り、人工的な自然を楽しむことが流行し、牡丹のような鑑賞用の栽培植物も登場して、次の宋代に一般化する、人工を加えた美の追求という傾向を準備する。したがって唐代は、実用的側面が偏重されていた植物への意識が、その美的側面をも重視する方向へと転化した時期であり、文学における形象、意味を考える上で重要な時期と言える。

本論は以上の認識に立って、繚乱と咲きほこる春の花のうち、牡丹とともにその掉尾を飾る芍薬について、唐詩に現われる文学的形象を探るものである。芍薬をとりあげたのは、詩経以来の歴史をもつこと、牡丹同様唐人に愛好された花草であること、そして、筆者が以前に牡丹について考察したことをふまえて、比較の目をもって検討したかったことによる。(1)

## 唐以前の芍薬

本論は唐詩における芍薬の形象が主題であるが、その検討に入る前に、唐以前の情況について一通り見ておきたい。周知のように、文学における芍薬の最も早い用例は、『詩経』鄭風の溱洧篇である。二章のうち、その第一章を掲げる。

| | |
|---|---|
| 溱與洧 | 溱と洧と |
| 方渙渙兮 | 方に渙渙たり |
| 士與女 | 士と女と |
| 方秉蕑兮 | 方に蕑を秉る |
| 女曰觀乎 | 女は曰う　観んか |
| 士曰既且 | 士は曰う　既にせり |
| 且往觀乎 | 且く往きて観んか |
| 洧之外 | 洧の外 |
| 洵訏且樂 | 洵に訏《ひろ》く且つ楽し |
| 維士與女 | 維れ士と女と |
| 伊其相謔 | 伊れ其れ相謔れ |

贈之以勺藥　　之に贈るに勺薬を以てす

詩は川のほとりでの男女の逢瀬を歌うものであり、第二章もほぼ同内容である。さて、この「勺藥」については、毛伝は「勺藥、香草」と記すのみであり、孔疏が陸璣の草木疏に「今の薬草の勺薬は香気無し、是に非ざる也。未だ今の何の草なるかを審らかにせず（今藥草勺藥無香氣、非是也。未審今何草）」と言うのを引くように、果して唐代の芍薬と同じものか疑問は残る。しかし「勺藥」の字面が用いられており、唐の詩人達も同じものと考えていると認められることから、ここではその内実に立ち入ることを控える。(2) むしろ、鄭箋が「士と女と往きて観、因りて相与に戯謔し、夫婦の事を行う。其の別るるに則ち女に送るに勺薬を以てし、恩情を結ぶ也（士與女往觀、因相與戲謔、行夫婦之事。其別則送女以勺藥、結恩情也）」と記すように、この溱洧篇によって、芍薬が別れに心の証として贈る物という意味を持ったことに注目しておきたい。(3)

次に芍薬が登場する文学作品としては、前漢・枚乗「七發」（文選、巻三四）および司馬相如「子虚賦」（文選、巻七）があげられる。しかしこれらの「勺藥」は、いずれも植物としての芍薬そのものを具体的に指す例ではない。まず「七發」では、「是に於て伊尹をして煎熬し、易牙をして調和せしむ、熊蹯の臑、勺薬の醤（於是使伊尹煎熬、易牙調和、熊蹯之臑、勺藥之醬）」と、太子の病を癒すための料理の一つとして登場するのであり、李善は「韋昭の上林賦注に曰う、勺薬は鹹酸の美味を和斉する也（韋昭上林賦注曰、勺藥和齊鹹酸美味也）」と注し、劉良は「勺薬は調和する也、又た醤を以てこれを調和するを言う（勺藥、調和也、言又以醬調和之）」と注する。また「子虚賦」でも「勺薬の和、具わりて後に御す（勺藥之和、具而後御之）」と、狩獵の後に楚王の食べる料理の、五味の調和した状態を指す言葉として用いられている。これらに続く、揚雄「蜀都賦」（全漢文、巻五一）の「甘甜の味、勺薬の羹（甘甜之味、勺藥之羹）」、後漢・張衡「南都賦」（文選、巻四）の「帰鴈　鳴鵽、黄稲　鱻魚あり、以て芍薬を為す（歸鴈鳴鵽、黄稻鱻魚、以爲芍藥）」、魏・嵇康「聲無哀樂論」（全三国文、巻四九）の「猶お大羹の和せず、勺薬の味を極めざるがごときなり（猶大羹不和、不極勺藥之味也）」、及び晋・張協「七命」（文選、巻三五）の「味は九沸を重んじ、和は勺薬を兼ぬ（味重九沸、和兼勺藥）」などの例も同様であり、いずれも「五味之和」の義に解されている。(4) そして「南都賦」に付された音注に従えば、この義の場合には芍は「張略切」、薬は「音、略」であって、植物の義とは音が異なることになる。したがってこれは畳韻の擬態語であり、植物の芍薬とは別の語であると見る説もある。(5) しかし唐の顔師古のように、この義が香草である芍薬を調味料として用いたことに由来すると解する説もあり、その当否はともかくとしても、植物の芍薬と全く無縁の語であるかどうか断定はしがたい。また、これら漢魏晋の用例が具体的な植物を指すものでない以上は、ここでの検討から除外しても良さそうであるが、同じ字面が用いられており、かつ、唐詩にもこの義をふまえた用例が見られることから、やはり歴史的経緯として把握しておく必要がある。

以上のように、詩経および漢賦などの「勺藥」は、字面は同じでも、唐代以降広く愛好された花草とは異なるものを指すと考えられるが、六朝の後半になると、唐代と同じ花草の芍薬が文学作品にも登場する。著名な斉の謝朓の「中書省に直す（直中書省）」詩（『文選』巻三十）の一聯

紅藥當階翻　　紅薬　階に当りて翻り
蒼苔依砌上　　蒼苔　砌に依りて上る

は、その最も早い例の一つであろう。(6) この詩は宮中の庭に咲く花を歌い、芍薬の詩的イメージを形成する基礎と

なる点でも注目される。ただし、六朝後期から隋にかけての詩における芍薬の用例は極めて少なく[7]、また薔薇や石榴などのように題詠の対象となった例も見当らないことからすれば、その花を具体的、美的にとりあげる態度は、なお一般的なものとはなっていなかったと考えられる。

## 唐詩に見える芍薬

次に『全唐詩』の用例に拠って、唐詩における芍薬の形象を概観したい。まず詩に登場する回数であるが、題詠は十四首、詩中の用例も「芍薬」は五十例、「紅薬」などを合わせても約七十例[8]で、使用頻度はあまり高くない。これは桃・李・荷・菊などの代表的な花卉に比べてのみならず、唐詩から登場する牡丹と比べてもかなり低い数字である。しかしこのことは、芍薬が詩の対象として好まれなかったことを意味するのではない。一般に二字の名称を持つ植物の場合は、枕や菊など一字名の植物が他の一字を加えて、例えば「夭桃」「金菊」などの熟語を造るような造語能力に乏しく、どうしても使用範囲がせばめられる側面がある。そして、その中で牡丹が百二十首を越える題詠詩を残しているのは、美しい株が市で高価で売買され、人々が競って愛賞したという事情によるのであり、むしろ特殊な例に属するだろう。厳密な比較の資料を準備してはいないが、薔薇・石榴・躑躅などと比べて、芍薬の用例が特に少ないということはないと思われる。

さてそれでは、十四首の題詠詩、約七十の用例において、芍薬がどのような内容をもって描かれているのかを見てみよう。基本的には、(Ⅰ) 詩経「溱洧」篇をふまえるもの、(Ⅱ) 五味調和の義をふまえるもの、(Ⅲ) 花草を歌うもの、の三種に分れる。

（Ⅰ）は、さらに（a）「溱洧」の地に因んで歌われるもの、（b）贈別の義をとるものに分れる。前者の例としては、

汝海崆峒秀　汝海　崆峒秀で
溱流芍薬芳　溱流　芍薬芳し
劉禹錫「鄭州の権舎人の寄せらるるに酬ゆ十二韻（酬鄭州權舍人見寄十二韻）」（『劉夢得文集』外集巻六）

不見士與女　見ず　士と女と
亦無芍藥名　亦た芍薬の名無し
白居易「溱洧を経（經溱洧）」（『白氏文集』巻五一）

などがあり、地名に因むゆえに、かなり直接的に「溱洧」篇を意識させる歌い方となっている。一方後者の例には、

去時芍藥纔堪贈　去時　芍薬　纔かに贈るに堪えたり
看卻殘花已度春　残花を看却して已に春を度る
元稹「楊十二を憶う（憶楊十二）」（七絶、『元稹集』巻一六）

零落若教隨暮雨　零落　若し暮雨に随わしめば
又應愁殺別離人　又た応に別離の人を愁殺すべし

張泌「芍薬」（『全唐詩』巻七四二）

などがあるが、これらはおおむね具体的な花を歌いながらそこに贈別の意をかぶせたものであり、江淹「別賦」（『文選』巻一六）の「下に芍薬の詩、佳人の謌有り（下有芍藥之詩、佳人之謌）」にように「溱洧」篇を明瞭に意識させる表現をとるものは少ない。それは贈別の義が、芍薬の含義として基本的なものとなっていたことを示すのだろう。

（Ⅱ）に属するものは、次の三例である。

王維「聖製の重陽節に宰臣及び羣官の寿を上るに和し奉る応制（奉和聖製重陽節宰臣及羣官上壽應制）」（『王右丞集』巻二）

芍藥和金鼎　　芍薬　金鼎を和し
茱萸插玳筵　　茱萸　玳筵に挿す

柳宗元「鷓鴣を放つ詞（放鷓鴣詞）」（『柳河東集』巻四三）

鼎前芍藥調五味　　鼎前　芍薬として五味を調え
膳夫攘腕左右視　　膳夫　腕を攘りて左右に視る

韓愈「晩秋郾城夜會聯句」（『昌黎先生集』巻八）

兩廂鋪氍毹　　両廂　氍毹を鋪き
五鼎調勺藥　　五鼎　勺薬を調う

このうち後の二例は、漢賦以来の五味の調味した状態を表わす語として用いられているが、王維の例では「茱萸」と対になっており、植物の義が生かされていることが注目されよう。重陽節の作であり、あくまで字面を生かして対にしたものだろうが、先に示した顔師古の説のように、芍薬の香りで五味を調和させるという考えに基づいた可能性もある。わずか一例であるが、唐人の考え方を反映している可能性を持つ興味ある用例である。

（Ⅲ）に属する例は最も多く、ここからさらに（c）禁省の花、（d）庭園の花、（e）寺観の花、（f）高貴な花、（g）女性、（h）美的な基準となる花の六種の義が、主たる意味として抽出できる。まず（c）であるが、これは謝朓の「中書省に直す」詩のイメージを継ぐもので、

仙禁生紅藥　　仙禁　紅薬生じ
微芳不自持　　微芳　自ら持せず

張九齢「蘇侍郎の紫微庭にて各おの一物を賦し芍薬を得たり（蘇侍郎紫微庭各賦一物得芍藥）」（『曲江張先生集』巻上）

錦砌漸看翻芍藥　　錦砌　漸く看る　芍薬の翻えるを
鎖窗還詠隔蟾蜍　　鎖窗　還た詠ず　蟾蜍の隔てるを

呉融「禁直偶書」（『全唐詩』巻六八六）

など、宮中に出仕する体験に沿って歌われる例が多い。また、白居易「詞を草し畢りて、芍薬の初めて開くに遇い、因りて小謝の紅藥當階翻の詩を詠じ、一句を以ては未だ其の状を尽くさざれば、偶たま十六韻を成す（草詞

畢、遇芍藥初開、因詠小謝紅藥當階翻詩、以一句未盡其狀、偶成十六韻）」詩（『白氏文集』巻一九）のように、宮中で謝朓の詩句を思い起こし、それが契機となって作られたことを明示する作品もある。謝朓の詩句が宮中の花として、そして宮中に出仕することの喜びを表わすものとして、芍薬のイメージを作り上げたのだが、艶やかな花それ自体がこのイメージにふさわしいことも見逃せまい。

（d）は禁省と同様、貴族の庭園の薬欄にも植えられ、次第に一般の士族の庭園に及んでいった芍薬の愛好の広がりを反映するものだろう。王族の庭園に栽培される花を歌う例としては、

仙雞引敵穿紅藥　　仙鶏　敵を引きて紅薬を穿ち
宮燕銜泥落綺疏　　宮燕　泥を銜みて綺疏に落とす
銭起「曹王の宅に宴す（宴曹王宅）」（『全唐詩』巻二三九）

花繁壓藥欄　　花繁くして薬欄を圧す
藤長穿松蓋　　藤長くして松蓋を穿ち
銭起「中書王舎人の輞川の旧居（中書王舎人輞川舊居）」（『全唐詩』巻二三八）

があり、官僚の庭園、とくに別荘のそれを歌うものとしては、

曉翻紅藥艶　　暁に翻えりて　紅薬は艶やかに
晴裊碧潭輝　　晴れて裊《たお》やかに　碧潭は輝く
李徳裕「春暮に平泉を思う雑詠二十首、西園（春暮思平泉雜詠二十首、西園）」（『李文饒文集』別集巻一〇）

などがあげられる。(9) 前者は「花」と記されるだけだが、銭起には「故王維右丞の堂前の芍薬花開けば悽然として懐に感ず（故王維右丞堂前芍薬花開悽然感懐）」詩（『全唐詩』巻二三九）もあり、この「花」も芍薬を指すものと解した。さらに一般の庭園の例としては、

芍藥斬新栽　　芍薬　斬りて新たに栽え
當庭數朶開　　庭に当りて数朶開く

盧儲「官舎に内子を迎えるに庭花の開く有り（官舎迎内子有庭花開）」（『全唐詩』巻三六九）

綠筠遺粉籜　　緑筠　粉籜を遺《す》て
紅藥綻香苞　　紅薬　香苞を綻ばす

李商隠「自ら喜ぶ（自喜）」（『李義山詩集』巻三）

などがある。後者は第一句に「自ら喜ぶ蝸牛の舎（自喜蝸牛舎）」とあり、また別の詩から永楽県に閑居した折の作で、芍薬も竹も手植えしたものであることがわかる。以上のように、芍薬はさまざまな家の庭園に植えられて彩りを添え、その存在が華やかさ、豊かさを感じさせるものとして受けとめられている。

次に（e）であるが、寺観はさまざまな植物が植えられ、多くの人が訪れる場所であった。そして、ここでも芍薬は主要な存在の一つとなっている。

臺香紅藥亂　　台香　紅薬乱れ
塔影綠篁遮　　塔影　緑篁遮る

宋之問「法華寺に遊ぶ（遊法華寺）」（『全唐詩』巻五三）

巖前芍藥師親種　　巖前の芍薬　師　親ら種え

嶺上青松佛手栽　　嶺上の青松　仏　手ずから栽う

裴度「眞慧寺」（『全唐詩』巻三三五）

など、その用例は多い。ところで（c）（d）（e）は、芍薬の置かれた場所から見た意義づけであるが、牡丹と比較した場合に注目されるのは、（d）と（e）の義を共通して持ちながらも、牡丹には（c）の義がほとんど見られないことである。興慶宮にある沈香亭の側に牡丹が植えられていたのは著名な話であり、宮中の花として重んじられていたことは疑いないが、詩に描かれる牡丹は市中で賞翫される姿が一般的であるようだ。沈香亭の牡丹も、李白の「清平調詞」で比擬された楊貴妃のイメージに牽かれて、高貴な女性のイメージを形成する基礎となっても、宮中の花のイメージを成すには至っていない。詩的イメージの形成には先行する著名な作品の影響が大きいことを、あらためて認識させられる結果と言えよう。

次に（f）は、基本的には（c）（d）と関連して生れたと思われる義である。まず平凡な草木と異なる点を強調して描く例として、

丈人庭中開好花　　丈人の庭中　好花開く

更無凡木爭春華　　更に凡木の春華を争う無し

韓愈「芍藥歌」（『昌黎先生集』外集巻一）

凡卉與時謝　凡卉は時と与に謝《おとろ》うるも
姸華麗茲晨　姸華は茲の晨に麗し
柳宗元「戯れに階前の芍薬に題す（戯題階前芍藥）」（『柳河東集』巻四三）

などがあげられる。そしてそのように香り高く優れた花ゆえに、貴重な贈り物として描かれる例も見られる。

先將芍藥獻妝臺　先ず芍薬を将て妝台に献じ
後解黃金大如斗　後に黄金の大いなること斗の如きを解く
李賀「許公子鄭姫歌」（『昌谷集』巻四）

しかし牡丹と比べると、高貴なイメージをもって描く例は数的に少なく、強調する度合も強くない。そしてそれは（g）の場合でも同様であって、牡丹が楊貴妃のイメージを借りて高貴で艶やかな女性と重ね合わされるのに対して、芍薬は美しく艶やかな女性のイメージに止まるようだ。孟郊の「看花五首、其一」（『孟東野集』巻五）が

家家有芍藥　家家に芍薬有るは
不妨至溫柔　温柔に至るを妨げず
溫柔一同女　温柔　一に女に同じく
紅笑笑不休　紅笑　笑いて休まず
月娥雙雙下　月娥　双双として下り
楚豔枝枝浮　楚艶　枝枝に浮かぶ

洞裏逢仙人　　洞裏　仙人と逢い
綽約青宵遊　　綽約として　青宵に遊ばん

と、芍薬と女性を比擬しつつ一篇を構成する他、部分的に女性のイメージを重ねる用例は少なくない。

水精眠夢是何人　　水精に眠り夢みるは是れ何人ぞ
欄藥日高紅髲鬆　　欄薬　日高くして紅く髲鬆たり
　李商隠「日高」（『李義山詩集』巻二）

妬態風頻起　　妬態　風　頻りに起り
嬌妝露欲殘　　嬌妝　露　残なわんと欲す
　王貞白「芍藥」（『全唐詩』巻八八五）

後者は、芍薬の形容に女性の姿を借りたもので、発想も用語も平凡であるが、前者は、李商隠特有の獺祭魚的手法が駆使された七律であるので、いささか意味がとりにくい。ただここに引いた二句について言えば、宮中に咲く芍薬を、日高くしてなお水精の簾内に髪をがっくりと垂らして眠る女性の姿に重ねたものと解される。元来は頭を揺らすさまである「髲鬆」の語を、風に揺れながらこぼれんばかりに咲く芍薬のさまに響かせるなど、斬新で手のこんだ形容が用いられている。ただ全般的には、後者のような平均的な表現がはるかに多い。

最後に（h）であるが、これは唐人の芍薬に対する見方を特徴づけるものとして注目される。美的な基準と言うのは少し誇張があるかもしれないが、芍薬には他の花の美を言うときに比較の対象とされる例が多数見られるのである。そして比較する花としては牡丹が最も多く、かつ牡丹には及ばない存在として詠われることが一般的である。

庭前芍薬妖無格　　庭前の芍薬　妖として格無し
池上芙蕖淨少情　　池上の芙蕖　淨くして情少なし
劉禹錫「牡丹を賞す（賞牡丹）」（『劉夢得文集』巻五）

石竹金銭何細碎　　石竹　金銭　何ぞ細砕たる
芙蓉芍薬苦尋常　　芙蓉　芍薬　苦だ尋常なり
白居易「牡丹芳」（『白氏文集』巻四）

虛生芍藥徒勞妒　　虚しく芍薬を生じて徒らに妒むを労せしめ
羞殺玫瑰不敢開　　玫瑰を羞殺して敢えて開かざらしむ
徐凝「開元寺の牡丹に題す（題開元寺牡丹）」（『全唐詩』巻四七四）

紅砌不須誇芍藥　　紅砌　芍薬を誇るを須いず
白蘋何用逞重臺　　白蘋　何を用てか重臺を逞しくせん
方干「牡丹」（『全唐詩』巻六五〇）

芍藥與君爲近侍　　芍薬は君が与に近侍と為り

芙蓉何處避芳塵　芙蓉は何処にか芳塵を避く

羅隠「牡丹花」（『全唐詩』巻六五五）

これは、牡丹が芍薬に似てかつ新しく、しかも唐人にもてはやされた花であることに由るだろう。また牡丹以外の花としては、

楊於陵「郡斎に紫薇双本有り…（郡齋有紫薇雙本…）」（『全唐詩』巻三三〇）[10]

芍薬寧爲徒　芍薬　寧ぞ徒と為らんや

夭桃固難匹　夭桃　固より匹たり難し

白居易「山石榴　元九に寄す（山石榴寄元九）」（『白氏文集』巻一二）

芙蓉芍薬皆嫫母　芙蓉　芍薬　皆　嫫母たり

花中此物似西施　花中　此の物　西施に似たり

徐鉉「韻に依りて令公大王の薔薇詩に和す（依韻和令公大王薔薇詩）」（『全唐詩』巻七五五）

玫瑰衆共嗤　玫瑰　衆は共に嗤う

芍薬天教避　芍薬　天は避けしめ

などがあげられるが、いずれも紅く艶やかな花が好まれた点で共通する。なお以上のような比較の基準として用いられるのではなく、比喩として使われる例もある。

如折芙蓉栽旱地　　芙蓉を折りて旱地に栽うるが如く
似抛芍藥挂高枝　　芍薬を抛りて高枝に挂くるが似し
　白居易「木蓮樹の巴峡山谷間に生ず…（木蓮樹生巴峡山谷閒…）[11]其二」（『白氏文集』巻一八）

これも、芍薬が人々によく知られた美しい花であることによって成り立つ比喩であろう。このように、芍薬は花としての伝統と艶やかさとを共に備えていることから、他の花の美しさを強調するために、比較の対象としてしばしば用いられた。ことに紅い艶やかな花を愛した唐人にとっては、美の基準となる花として意識されたものと思われる。なお以上の例で、同じく比較の対象とされてる花に芙蓉が多いことが眼につくが、これも伝統のある代表的な花と意識されたことによるだろう。芙蓉は例えば、

芙蓉騒客空留怨　　芙蓉　騒客　空しく怨みを留め
芍藥詩家只寄情　　芍薬　詩家　只だ情を寄す
　司空圖「偶詩五首、其二」（『全唐詩』巻六三四）

のように、他の花との比較する場合でなくとも、芍薬と対比される例がある。それは、この司空図の詩が明示するように、詩経、楚辞の古典にともに登場すること、同じく紅い花をつけることなどの共通点をもち、かつ一方が陸、一方が水に在って、対にしやすいことなどによるものであろう。また芍薬のような双声畳韻の熟語ではないにしても、部首を同じくする熟語であり、かつ芍薬が仄声、芙蓉は平声であるので、対応させやすいという面も指摘できる。

さて以上のように、唐詩において芍薬にどのような意味、イメージが付与されているかを見てきたが、最後に芍薬がどのような形容をもって描かれているかを、代表的な題詠詩を引いて検討しておきたい。

芍薬綻紅綃　　芍薬　紅綃を綻ばし
巴籬織青瑣　　巴籬　青瑣を織る
繁絲蹙金蕊　　繁糸　金蕊を蹙《すぼ》め
高燄當爐火　　高燄　爐火に当る
翦刻彤雲片　　翦刻す　彤雲の片
開張赤霞裹　　開張す　赤霞の裹《つつみ》
煙輕琉璃葉　　煙は軽し　琉璃の葉
風亞珊瑚朶　　風は亞《あっ》す　珊瑚の朶
受露色低迷　　露を受け　色　低迷し
向人嬌婀娜　　人に向い　嬌として婀娜たり
酡顏醉後泣　　酡顔　酔後に泣き
小女妝成坐　　小女　妝成りて坐す
艷艷錦不如　　艷艷として　錦も如かず
夭夭桃未可　　夭夭として　桃も未だ可ならず
晴霞畏欲散　　晴霞　散ぜんと欲するを畏れ

晩日愁將墮　晩日　将に堕ちんとするを愁う
結植本爲誰　結植　本と誰が為なる
賞心期在我　賞心　期は我に在り
采之諒多思　之を采りて諒に思い多し
幽贈何由果　幽贈　何に由りてか果さん
元稹「紅芍藥」(『元稹集』巻六)

芍薬を最も多くとりあげるのは白居易であるが(六例)、元稹もこれに次ぎ(四例)、かつ題詠詩としてはこの詩が最も優れていると思われる。花房英樹氏の繫年によれば、元和五年から九年の江陵士曹参軍の時期の作品である。(12)この詩は芍薬の美しさをとくに紅い色に重点を置いて描いているのが印象的であるが、まずその紅の形容に用いられている比喩について見てみよう。その喩詞に用いられた語を分類してみると、「紅綃」「珊瑚」は貴重な品物、「彤雲」「赤霞」「晴霞」「晩日」は天象、「高燄」「爐火」は火、「酡顔」は酔顔となり、紅を連想させるさまざまなものが用いられていることがわかる。しかも咲き始めから咲き終りまでの変化を意識して、それに応じた喩詞を選ぶ工夫もなされている。紅の比喩は他の詩でもしばしば用いられており、「丹砂」「胭脂」「絳幘」「炎燄旗」「紅燈」「酔濃露」などの語を喩詞とする例が見出せる。もとよりこれは芍薬に限ることではなく、牡丹など紅い花一般に用いられる手法でもある。だがこうした形容語が頻用されるのは、一般には牡丹、芍薬などに対する愛好が社会的現象として顕著に現れる、中唐元和期以降のことである。おそらく紅い艶やかな花が広く好まれ、題詠詩が次々と作られる中で磨かれ、生み出された形容と思われる。なお同じように紅を形容しながらも、芍薬と牡丹で用いられる喩詞に違いが出ると面白いが、調査した結果では共通する語が多く、貴重な品物・天象・火・酔顔という基本的な分類も同じであって、とくに差異は見られない。

次に形状に対する形容を見てみると、「低迷」「婀娜」「艶艶」「夭夭」などの畳韻、畳語の形容詞が目に入る。これらは古くから用いられる形容であり、ここにあげた四例は言葉としても珍しいものではない。だが、先の（g）女性の項に引いた李商隠の詩の「髣髴」（これは双声、畳韻の語ではないが、同じ部首をもつ擬態語であるので、働きとしては同じと考える）のような奇抜な例も中には見出せる。したがってこうした形容詞も、花への観察が微細になり、付加されるイメージが多彩になるにともなって、用いられる頻度も上がり、かつ新しい言葉が工夫されたということが言えるようである。また形状に対する描写では、「欹紅」「旋欹」「低斜」など傾き揺れる姿の形容が比較的多く見出せる（この元稹の詩には見えないが、「風亞珊瑚朶」はその方向である）。これは牡丹の形容でも言えることで、花壇に咲く花を観察することで発見された美であり、変化を求める気風の中で好まれた形容ではないかと思われる。

なおこの元稹の詩では触れられていないが、芍薬の香りについての形容も多く、「芳馨」「温馨」「香清」「綻香包」「鮮香」など香りの心地良さを形容するものから、「異香」「狂香」などその強さ、珍しさを強調するものまで、さまざまな例が見られる。香りでは牡丹のそれを形容する語の方が多彩であり、かつ強調の度合が激しいが、それは実際の香りがそうであるというのではなく、牡丹を特別な花として歌う例が多いことによるものと思われる。

## 小結

以上、唐詩における芍薬の像とその形容についてあらましを述べた。その結果として言えることは、芍薬は牡丹と似た花でありながらも、新種の牡丹が熱狂的に人々に迎えられたのに比べてやや地味な存在と受けとめられ、詩における形像も牡丹に比べると正統的で、少しおとなしいように見える。とくに面白いのは、牡丹はふっくらとした唐美人のイメージが強く、女性に比擬した形容が印象的であるのに対し、芍薬は女性のイメージがさほど強くなく、伝統のある美しい花という認識が強いことである。詩的イメージの形成には、先行作品が大きく左右することを再認識させられる結果であった。

なお、宋代以降の情況については準備がないが、人々に広く愛されたことは、宋の王観の『揚州芍薬譜』などによって伺うことができる。

注

（1）牡丹については本書「李商隠詩論」を参照されたい。

本論は前野直彬先生を中心に、全唐詩より植物の語彙を抜き出し、その形象を検討する研究会の成果の一部である。この研究会の成果として発表されたものには、他に山之内正彦「桂—唐詩におけるその意味」（東洋文化研究所紀要八八）、「同補遺」（同九三）、中島敏夫「唐詩における玉樹の詩象」（東方学会創立四十周年記念東方学論集）、佐藤保「芝草考—芝のイメージの形成と展開—」（お茶の水女子大学中国文学会報一）、「古木考」（同八）、市川桃子『中国古典詩における植物描写の研究—蓮の文化史—』（汲古書院）などがある。

（2）『山海經』にはしばしば芍薬が登場するが、「北山經」（巻三）の「繡山、其上有玉青碧、其木多栒、其草多芍藥芎藭」に対する郭璞注では「芍藥、一名辛夷、亦香草屬」と記し、郝懿行の疏はこれをうけて『廣雅』の「攣夷、芍藥也」（廣雅疏証巻十上）を引きつつ、芍薬が「離騒」の「畦留夷與掲車兮」の「留夷」、「九歌・湘夫人」の「辛夷楣兮葯房」の「辛夷」と同じものであると説く。そうであれば、古代の芍薬は唐代のものと同じではないことになる。ただし『廣雅』には「白茪、牡丹也」（同）という記述もあり（疏証に「茪、與朮同、名醫別録云、芍藥、一名白朮、云云、此云白朮牡丹也者、牡丹、木芍藥也、故得同名」とある）、唐代の芍薬と同系の植物も古くからあったことを示している。また王先謙『詩三家義集疏』によれば、魯説は「勺藥之和」と注して、五味の和するが如く男女の情が調和した喩えと解している（その場合、贈るのは前に秉った蔄であり、これが勺薬たる心の証となると解する）。したがって、「勺薬」の実体は明らかにし難いので、これ以上立ち入らない。なお、芍と勺の違いも考慮されるべきであろうが、明確な定義は得られず、用例においても混用されているので、敢えて同じと見なして論を進める。

（3）三家注でも、韓説は「勺藥、離草也、言將離別、贈此草也」と、この方向に解する。また晋の崔豹の『古今注』巻下、問答釋義第八にも「牛亨問曰、將離別相贈以芍藥者何、答曰、芍藥一名可離、故將別以贈之」との問答を記す。なお文学作品でも、梁の江淹の「別賦」（『文選』巻一六）の「下有芍藥之詩、佳人之謌」のように、贈別の義をふまえる作品は、唐以前から見られる。

（4）王充『論衡』巻十四、譴告篇にも「時或鹹苦酸淡、不應口者、猶人勺藥失其和也」と、同様の用例が見られる。なお先にも記したように、魯説は溱洧篇の「勺藥」に対しても調和の義をもって解する。

（5）『廣雅』の「攣夷、芍藥也」の条の王念孫の疏証では、これら漢魏晋の用例に見える「勺藥」は「適歴」の声転であり、適も歴も調の義と説く。かつ、そこには『漢書』司馬相如伝の「子虚賦」に対する顔師古の注の「勺藥、藥草名、其根主和五藏、又辟毒氣、故合之於蘭桂五味以助諸食、因呼五味之和爲勺藥耳」との説について、証拠がないと否定する議論も記されている。

（6）これ以前に陶潜「時運、其四章」（『陶靖節先生集』巻一）の「花藥分列、林竹翳如」、および鮑照「三日」（『鮑参軍詩注』巻四）の「時艶憐花藥、服淨俛登臺」の「花藥」の例があるが、いずれも花草と薬草の義と解され、直接芍薬を指すものではない。唐代にも孟浩然などに「花薬」の用例が見られるが、基本的にはこれと同じと考えられる。

（7）花を具体的にとりあげた例としては、他に梁の王樞の「古意應蕭信武教」詩（『玉臺新詠』巻五）の「青苔覆寒井、紅藥開青薇」があげられる程度である。

（8）「芍藥」の用例は、中国社会科学院の『全唐詩』のデータベースより抽出した資料に依って数えた。この他「紅藥」および「藥欄」「欄藥」で芍薬を指している例があるが、これらは手持ちのカードや一字索引に依據したので、なお遺漏のある恐れがある。

（9）高官個人の庭園で芍薬が愛賞されたことが社会的に与えた影響を批判的に歌う詩として、呂温の「貞元十四年旱甚見權門移芍藥花」（『全唐詩』巻三七一）があり、「綠原青壟漸成塵、汲井開園日日新。四月帶花移芍藥、不知憂國是何人」と詠う。牡丹では人々の熱狂ぶりを批判的に歌う詩が、白居易の「牡丹芳」（『白氏文集』巻四）など数首見られるが、芍薬の詩ではこれだけであり、その真率な歌いぶりとともに注目される。

（10）詩題の全体は「郡齋有紫薇雙本、自朱明接于徂暑、其花芳馥數旬猶茂、庭宇之內迥無其倫、予嘉其美而能久、因詩紀述」である。

（11）詩題の全体は「木蓮樹生巴峽山谷閒、巴民亦呼爲黃心樹。大者高五丈、涉冬不凋。身如青楊有白文、葉如桂厚大無脊、花如蓮香色豔膩皆同、獨房蕊有異。四月初始開、自開迨謝僅二十日。忠州西北十里有鳴玉谿、生者穠茂尤異。元和十四年夏、命道士毋丘元志寫、惜其遐僻、因題三絕句云」である。

（12）芍薬には白い花もあった。いずれも二句ずつしか残っていないが、章孝標「宴漁州」（『全唐詩逸』巻上）の「白練鳥迷山芍藥、紅妝妓妬水林檎」、および無名氏「白芍藥」（同巻下、出千載佳句）の「滿枝帶露將何似、曾見瓊樓素面啼」の二例がある。詩の絶対量が異なるので単純な比較はできないが、白牡丹を歌う作が少なからず見られるのとは異なる結果である。「紅藥」の語が一般的であったように、芍薬は紅色と見る考え方が強かったのであろうか。

# 楊万里の詩文集『楊文節公集』について

## はじめに

楊万里の詩文集には、その子楊長孺が嘉定元年（一二〇八）に編纂、劉煒叔が端平二年（一二三五）に刊行した『誠斎集』百三十三巻が有り、宮内庁書陵部にその原本とされる版本（一部は鈔補）が現存する。近年刊行された『全宋詩』（北京大学出版社）の楊万里の巻（第四二冊）でもこれを底本として用いているが、ただ影印刊行されていないため、容易に見ることができない。一般には、この『誠斎集』の流れを汲む版本である四部叢刊所収の江陰繆氏藝風堂藏景宋本と四庫全書所収の汪如藻家藏本とが、基礎的なテキストとして用いられている。但しこの二種のテキストは、基本的な構成は同じだが、字句の面では相互に異同が大きく、かついずれがより優れるとも言い難い状態である。(2)

ところで、これら楊長孺編纂の『誠斎集』の系統とは別に、もう一種注目すべきテキストが存在する。それは、清の乾隆六十年に二十世の子孫である楊振鱗が刊行した『楊文節公集』（帶經軒藏版）である。これは家蔵の楊長孺本を基礎に、全体を詩集四十二巻、文集四十二巻に分けて別個に刊行したもので、構成、内容ともに上記のテキストとはかなり異なっている。収められる作品にも出入りが有り、また字句の異同も多く、校勘の対象として重要なテキストであるが、それだけでなく、文集の巻末に楊長孺が撰した楊万里の墓誌銘（「宋の故との宝謨閣学士、通奉大夫、廬陵郡開国侯、贈光禄大夫、誠齋楊公の墓誌」）が記載されていることも注目される。これは『宋史』の本伝など、楊万里の伝誌の基礎資料となったはずでありながら、従来ほとんど取り上げられなかった。湛之編『楊萬里范成大資料彙編』（中華書局、一九六四）にも、『中華大典文学典』（江蘇古籍出版社、一九九九）「宋遼金元文学分冊」の楊万里の項にも採録されていない。[3] 崔驥編「楊萬里年譜簡編草藁」（江西教育、第一九期）や、于北山「有關楊誠齋研究中的幾個問題」（中華文史論叢一九八四―四）など数篇の研究論文で言及されたことはあるが、そこでも全文は紹介されていない。他にも楊長孺や胡詮らの貴重な文章を収載しており、[4] この『楊文節公集』は楊万里研究に欠かせない資料集でもあると言えよう。

『楊文節公集』は流傳が稀で、我が国では東洋文庫に二種、そして静嘉堂文庫にその同治刊本が一種所蔵されているだけのようである。[5] 詩集四十二巻は、台湾の中華書局が刊行した四部備要に『誠齋詩集』として収められているが、文集の方は未刊のままであり、楊万里研究においては誠に残念な状態にある。ここでは研究の一助とするため、文集を中心に『楊文節公集』の構成の特徴を検討し、さらに楊万里の墓誌銘の紹介を行いたい。

## 『楊文節公集』の内容と特徴

『楊文節公集』の刊行の経緯は、文集、詩集それぞれに附された楊振鱗の跋文に記されているが、それによれば彼に刊行を勧めたのは、校訂の責任者として名を留めている当時の吉水県の知県、彭淑であった。また吉安府学や吉水県学の教授たちが協力し、一族の者たちも多く編集に携わっている。費用が欠乏することを恐れて予め文集と詩集とに分けて編纂し、文集を先に刊行して、費用の目処がついたところで詩集の方も刊行するつもりであったのが、幸い両方を同時に刊行することができたという。しかし編集期間は甚だ短く、文集は約六ヶ月、詩集は約四ヶ月で終了したと記している。但し必ずしも完璧を期したものではなかったようで、詩集の跋文の最後では「其の文集は、則ち散逸せる者は姑くこれを闕き、校対の未だ詳しからざる者も姑くこれを置く。惟だ詩集のみは、今全て刊して遺す無し（其文集、則散逸者姑闕之、校對未詳者、姑置之。惟詩集今全刊無遺）」と言う。楊長孺編の『誠斎集』百三十三巻と単純に比べてみても、詩集は四十二巻で同数だが、文集は残りの九十巻ほどを四十二巻に収めた計算になっており、相当な無理をしていることが窺える。なお文集、詩集の巻数が同じであることは、恐らく偶然ではなく、意識的に合わせたものではないかと想像される。周知のように詩集は最後の『退休集』を除いて楊万里自身が編纂したものであり、テキストとして安定しているから作業も比較的容易であったろう。一方文集の内容は多岐に渉っており、かつ後に述べるように『誠斎集』とは排列を大幅に変えているので、丁寧な編集を志せば数年は要したと思われる。内容に取捨を加えて作業量と時間、そして恐らくはそれによって生じる費用とを節約し、一方で詩集と巻数を揃えることで体裁を整えたのではなかろうか。楊振鱗には失礼な想像であるかもしれないが、そう思えるほど文集部分の異同は大きい。しかし、また貴重な補足も行われている。その点を、次にやや詳しく説明したい。

詩集部分の特徴は、『江湖集』から『退休集』に至る九種の集について、それぞれに目次を附し、また文集から自序を移して、独立した詩集の体裁を整えていることである。これらはそもそも独立して刊行されたものであり(6)、家蔵のテキストがそうなっていたのか、それとも編集意図に由るものかは明らかでないが、元来の形に復したと言えるだろう。その結果『誠斎集』とは、個々の詩編の排列は基本的に同じであっても、巻立てで違いが生まれている。とくに『誠斎集』が『朝天集』の最後と『江西道院集』の最初とを同じ巻二十四に合わせて収めているのに対し、『楊文節公集』はそれぞれの集毎に纏まるように巻立てを変えているのは大きな違いである。

一方文集部分は、排列そのものが大きく変えられている。『誠斎集』の巻四三以降は、概ね賦、辭、操、表、箋、啓、書、奏對劄子、記、序、心學論、千慮策、程試論、庸言、解、雜著（詞、題跋、祭文など）、尺牘、東宮勸讀録、淳熙薦士録、詩話、傳、行狀、碑、墓表、墓誌銘、歴官告詞、詔書、謚告の順に並んでいる。これに対して『楊文節公集』では歴官告詞、詔書、謚告を巻首に入れ、以下奏疏、劄子、表箋、東宮勸讀録、淳熙薦士録、千慮策、心學論、程試論、庸言、詞、賦、操、書、啓、記、序、雜著（題跋、祭文など）、詩話、傳、行狀、碑、墓表、墓誌銘の順となっており、公的な文章が先になるよう並べ直されている。しかも私的な文章に属する詞以下の巻では、尺牘がすっかり落とされているなど、『誠斎集』に有ってこちらに採録されていない文章も少なくない。これは跋文に言うように、家蔵のテキストの欠落に由来する可能性も有るが、文章の性格から軽重をつけ、意図的に取捨を行った可能性も否定できないだろう。ただ、そのように大きく削られた部分が有る一方で、補足されている文章も題跋、祭文、墓誌銘などで数篇認められる。楊万里は文章家として著名であり、人から執筆を依頼される機会も多かったから、楊長孺が編纂した際に漏れた作品も決して少なくなかったと思われる(7)。補足された文章は、知人の家集などから採録されており、現在では基づいた書物が散佚している可能性も有るので、やはり貴重な資料となるものである。また「東宮勸讀録」の後には楊長孺による識語が附されており、侍讀に選任された経緯が記されている(8)。これも墓誌銘同様、伝記を補う貴重な資料である。

このように、『楊文節公集』は文集の部分で内容の変動が大きく、テキストとしてはやや問題を残すが、資料としてまた校勘の対象として見れば、きわめて重要な存在である。

## 楊長孺「誠齋楊公墓誌」の紹介

文集の巻末の附録には、胡詮「誠齋記」、呉澄「思誠説」、墓誌、跋文の他、李祁の「宋孝宗の楊誠齋に賜わりし雪図巻に題す（題宋孝宗賜楊誠齋雪圖巻）」と雑記（『鶴林玉露』などから逸事を採録したもの）が収められている。本来はすべてを挙げて検討すべきであるが、ここでは取りあえず楊長孺の墓誌を紹介する。まずその訓読を掲げる。(9)

「宋の故との宝謨閣学士、通奉大夫、廬陵郡開国侯、贈光禄大夫、誠齋楊公の墓誌」

先君は諱は萬里、字は廷秀、姓は楊氏。吉州吉水県同水郷新嘉里の人なり。湴塘に居す。曾祖は諱は希開、祖は諱は格非、承務郎を贈らる、考は諱は芾、累ねて通奉大夫を贈らる、母は毛と羅氏、皆碩人を贈らる。先君は建炎元年丁未の歳、九月二十二の子の時に生まる。七歳にして母を喪い、終身追慕して、忌日には必ず痛めり。継母に事えて孝を尽くし、禄養すること三十年なれば、人は羅の継母為るを知らざるなり。

紹興二十四年甲戌の歳、進士に擢んでられて丙科に第し、贛州の司戸参軍、永州零陵の丞と爲る。秩を改めて臨安の教授に除せらるるも、未だ赴かずして父の憂に居る。喪より免れて、隆興府の奉新県を知す。故との相国虞允文は孝宗皇帝に薦め、召されて国子博士と為る。上疏して左司員外郎の張栻を留め、軍器少監の韓玉を黜くることを乞い、栻は去ると雖も玉も亦た罷めれば、是れ由り名は朝廷に重んぜらる。太常博士に遷り、太常丞にて権《かり》に吏部右侍郎官を兼ね、将作少監に除せられ、出でて漳州を知し、改められて常州を知す。提挙広南東路常平茶塩公事となり、就きて提点本路刑獄に除せられる。閩盗の沈師の南粤を犯すに、警報至れば、即ち躬ずから師を帥いて往きてこれを平らぐ。孝宗大いに喜び、天語褒称して曰く、仁者は勇有り、と。又た曰く、書生にして兵を知れり、と。直秘閣に除せらるるも、継母の憂に居り、官を去るに、諸郡の賻布の銭四百万たるを却く。喪より免れて、召されて吏部郎中、左司郎と為る。天災、地震に、詔して直言を求むれば、封事を上りて、時政の闕失を極陳す。孝宗はこれを嘉し、擢んでられて太子侍読を兼ぬ。枢密院検詳諸房文字、尚書左司郎中、秘書少監に遷る。会たま高宗皇帝升遐せられ、孝宗は三年の喪を行わんと欲し、将に万幾を釈かんとして、議事堂を開き、皇太子に命じて庶務を参決せしめんとす。先君は上書して力諫し、謂えらく天に二日無く、国に二君無し、と。孝宗、皇太子は皆これに従う。詔して功臣を配饗するを議せしむる有れば、上疏して忠献公張浚を以て配せんことを乞うも、翰林学士の洪邁と議して合わず、譖する所と為りて、出でて筠州を知す。補闕の薛收、拾遺の許及之は上疏して先君を留めんことを乞うも、竟に国を去る。光宗登極し、召されて秘書監と為り、煥章閣学士を借りて接伴金国賀正旦使と為り、実録院検討を兼ぬ。孝宗日歴の書成りて、提挙史官に進御し、参知政事の王藺は故事を以て先君をして序を為らしむ。藺は尋いで枢密を拝すれば、改めて左相の留正に命じて史事を提挙せしむるに、正は先君の序篇を用いず、而して礼部郎官の傅伯壽をしてこれを為らしむ。先君は以て職を失するとし、因りて力めて去らんことを求む。光宗は奏状を封還し、御筆もて批して云く、請う所は允さず、旧に依りて職に供せよ、と。蓋し殊礼なり。尋いで擢んでて工部侍郎と為さんと欲するも、先君は竟に留まるを肯えんぜず、頃くして、直龍図閣を以て出でて江南東路転運副使と為る。凡そ行部の常礼は、一切納めず、折俎の交ごも饋るに至るも、秋毫も以て自ら入れず、悉くこれを官に帰すに、銭一百六十万たり。権に淮西・江東軍馬銭糧を総管するに、時に朝廷は総領所に下して江南にて鉄銭、楮券を用いしめんと欲す。先君は詔を奉ぜず、上奏してこれを争う。既に丞相の留正、及び吏部尚書の趙汝愚の意に忤れば、即ち疾を以て力めて辞し、祠官を請う。除せられて贛州に知たるも、赴かず。直秘閣修撰、提挙隆興府玉隆万寿宮に除せらる。今上即位し、召されて行在所に赴かせらるるも、章を抗して力めて辞し、煥章閣待制に除せらる。屢しば奏して冠衣を掛けんことを請えば、上も勉めてこれに従い、宝文閣待制に進みて、致仕す。未だ幾くならずして、又た宝謨閣直学士に進み、給せられて衣帯を賜る。再び召されて行在所に赴かせらるるも、復た淋疾を以て力めて辞し、宝謨閣学士に除せられ、衣帯鞍馬を賜る。開禧二年丙寅の五月八日に疾無くして薨ず、享年は八十なり。遺奏八十四字有り。上は聞きて詔して四官を贈らる。先君の計偕は、迪功郎より十六転して通奉大夫に至り、子の官の朝に陞るを以て、郊祀の恩に遇いて通奉大夫に封ぜらる。今は光禄大夫を贈らる。賜爵益封は、吉水県男より盧陵郡侯に至り、食邑は三百戸より二千戸に至る。

零陵に丞たりし時、張忠献公は謫居して寓せり。先君に勉めしむるに正心誠意の学を以てせば、先君は其の言を佩服し、遂に誠を以て其の斎に名づく。厥の後東宮に侍読たるに、光宗皇帝は嘗て誠斎の二大字を書し、金を用いて装して以て賜わり、海内は咸な先君を称して誠斎先生と為すと云う。先君は詩作に工みなれば、詩は二千二百首、其の他の著述も甚だ富み、誠斎集、合わせて一百三十巻有り。経学は尤も邃く、易傳二十巻有り。

羅氏を娶り、碩人に封ぜらる。子は男は三人、長孺は承議郎、道州の軍事を通判す、次公は承事郎、新たに潭州の湘陰県事を知す、幼輿は承奉郎、寧国府の涇県の丞たり。女は五人、長の季蘩は進士の劉价に嫁ぐも、皆先に卒す、次の季蘊、季藻、季蘋、季萩は、進士の王徽、劉億、従仕郎にて新たに荊門州の司法参軍たる陳經、進士の王潜に嫁ぐ。孫は男は七人、泰伯は登仕郎、賓言、羲仲は将仕郎、儀伯は将仕郎、賓秩は文林郎、賓王は迪功郎、濂伯は幼たり。女孫は二人、子瑜は進士の羅如春に嫁ぐ、寧娘は幼たり。是の歳の十一月七日甲申、諸孤は先君の柩を奉じて、本郷の烏泥塘、家を距つること八百歩に葬る、先君の志に従うなり。

孤子長孺泣血もて謹んで誌して諸れを壙に納む　婿の陳經諱を塡《しる》す

この内容を『宋史』巻四三三「儒林傳」に収められた本伝と比較してみると、官歴については細部において繁簡の差は有るが、概ね同じである。但し進退にまつわる事情の説明には、文章の性格上自ずから違いが有る。先祖、子孫など、一族についての情報は、当然ながら「墓誌」の方が遙かに詳しい。また『宋史』の本伝は、享年を「八十三」と誤るなど幾つかの問題点があり、于北山氏は前掲論文で八つの点を指摘している。一方「墓誌」の側にも全く問題が無い訳ではない。于北山氏はやはり三点を指摘しており、それは生母を亡くしたのが「七歳」とすること、「知贛州」に除せられて赴任せず、「直秘閣修撰」に除せられたと記すこと、及び詩の数を「二千二百首」とすることである。(10) 生母に死別した歳については、楊万里自身が「焚黄祝文」(『誠齋集』巻一〇三)(11) の中で「某八歳にして妣氏は実にこれを棄つ(某八歳而妣氏實棄之)」と記し、また「李台州傳」(同巻一一七)の中でも「予は生まれて八年にして先太夫人を喪い、終身恨みを飲む(予生八年喪先太夫人、終身飲恨)」と記しているので、「八歳」が正しいと思われる。楊長孺の記憶違いとも思えないが、なぜ誤りが生じたのかは疑問である。また「直秘閣修撰」については、集中に「秘閣修撰宮観告詞」が収められている(同巻一三三)ように「秘閣修撰」であるべきで、「直」は衍字である。恐らく前に「直秘閣」に除せられたことが記されるのに引かれた伝写の誤りであろう。また詩の数については、于氏は「四千二百首」の誤りであろうと言う。実数からすれば「二千」ではおかしいが、これも「七」と「八」の異同と同じく、字形が異なるので、なぜ誤ったのか疑問である。伝写の誤りや記憶違いとは思えないが、数字について食い違いの多いことは、この墓誌銘の気になるところである。

　このような幾つかの小さな問題点は有るが、「楊公墓誌」は楊万里の生涯を知る上で重要な資料であり、また楊長孺の文集が佚しているため、「東宮勸讀録」の識語などと同様、楊長孺研究においても貴重な資料となるであろう。

注

（1）楊万里の名は『宋史』巻四三三の本伝に「萬里」とあり、その表記が一般的である。これについて于北山『楊万里年譜』（上海古籍出版社、二〇〇六）では、冒頭に「考誠齋之名、應書作万里。南宋館閣續錄巻七列誠齋爲祕書監、少監、均作万、不作萬。盧文弨跋云、游侶、楊万里之名、自是本來如此、他人則有作似、作萬者。而此二人獨不爾、可據之以正宋史也。（略）今存誠齋手迹（致胡達孝劄子）、知自書确作万。宋鈔本誠齋集亦作万。偶作萬者、鈔胥之筆誤」と説く。本論も于氏の説に従い、「万里」と表記する。

（2）『四庫全書総目提要』（集部・別集類十三）では「其集巻帙繁重、久無刻版、故傳寫往往譌脱。…今核正其可考者、凡疑不能明者、可姑闕焉」と記す。祝尚書氏もその『宋人別集叙録』（中華書局、一九九九）の中で、四庫全書本、四部叢刊本いずれも誤りの多いことを指摘する。また文集部分では両者の巻立てが異なる箇所もある。

（3）資料彙編には、他に台湾の明倫出版社編の『楊萬里、范成大研究資料匯編』（一九七〇）が有るというが、未見。

（4）同様に巻末に採録されている胡銓の「誠齋記」は、四庫全書本『澹菴文集』六巻の中には残されておらず、さらに呉澄の「思誠説」（『呉文正集』巻五）についても、参考すべき若干の異同箇所が認められる。また楊長孺の文章は、

「楊公墓誌」の他、巻首に「謹呈事實請謚狀」が収められており、さらに後に示すように、巻五の「東宮勸讀録」の末尾に彼の識語が附されている。

（5）東洋文庫に収めるのは
『重修楊文節公詩集四十二巻、文集四十二巻、誠齋文節先生錦繡策二巻』（清乾隆六十年刊本帶經堂藏版、二十四冊、小田切万寿之助舊藏本）
『楊文節公文集四十二巻、詩集四十二巻　附誠齋詩集』（清乾隆六十年重刊本帶經堂藏版、二十四冊、藤田豊八舊藏本）

静嘉堂文庫に収めるのは
『楊文節公詩集四十二巻、文集四十二巻、首一巻　附誠齋文集補不分巻』（清同治二年序刊本、二十七冊、竹添光鴻手校本）
である。三種それぞれに異なる点はあるが、基本的に同じである。小田切氏旧蔵本が刷りも保存も良く、最も優れるテキストと言えよう。なお『錦繡策二巻』は科挙の答案例集であり、『四庫全書総目提要』（集部・別集類存目一、書名は「錦繡論」とする）では「然體例拘陋、未必眞出於萬里。疑併書中國子監批點、皆坊賈託名耳」と言っている。

（6）『宋史』巻二百八「藝文志七」には「江湖集十四巻、荊溪集十巻、西歸集八巻、南海集八巻、朝天集十一巻、江西道院集三巻、朝天續集八巻、江東集十巻、退休集十四巻」が個別に著録されている。このうち『南海集』八巻は書陵部に蔵されている。また完本でないものが多いものの、各集とも北京図書館に蔵されているという。なお『楊文節公集』では、それぞれを八巻、五巻、二巻、五巻、六巻、二巻、四巻、四巻、六巻に分かつ。

（7）『誠齋集』『楊文節公集』いずれにも未収録の作品も認められる。龍震球「楊萬里與零陵撫遺」（『映日荷花別様紅首届全国楊萬里学術討論会論文集』所収、岳麓書社、一九九二）は『永州府志』『零陵縣志』から詩四首、文一篇を採録している。また筆者も、『永新縣志』（康熙二十二年序刊本）巻九「藝文第一」の項に、楊万里の「春風堂記」が収録されていることに気付いた。なお蕭東海「新發現的楊萬里佚文『五一堂記』述考」（文献一九九〇年三期）では、『螺陂蕭氏族譜』から「五一堂記」を発見したと報告しているが、これは『楊文節公集』巻二七に記の補遺として

「螺陂五一堂記」の題で収められている。

（8）参考までに原文を掲げる。

「淳熙乙巳、史方叔侍郎既以敷文閣待制奉祠、于是東宮闕侍讀一員、時經營欲得之者甚衆。一日詹事余處恭、葛楚輔見梁丞相、丞相問云、宮僚闕勸讀官、如何。余葛二公對曰、今日請問、固欲白此。乃合辭以誠齋爲薦、丞相可之。既而廟堂諸公將進擬在選中者凡七八人。余葛二公又與廟堂議、損其數、凡經營者皆削其姓名、乃定議。以吳春卿、陳蹇叔、胡子遠、何一之、及誠齋凡五人、連名進擬。八月初八日早進呈上閱、至胡子遠云也得、又閱至誠齋云這個好也麼、遂得旨以誠齋兼侍讀。命既下、初九日余葛二公、諭德沈虞卿、侍講尤延之上講堂、皇太子問云新除楊侍讀、得非近日上封事極言者乎。余處恭對曰、是也、其人學問過人、操履剛正、甚誠實、又甚直、尤工于詩文。太子曰、極好。此間亦有數人經營欲得之者、皆是由徑政、不要此等人、今除楊侍讀、極好。余葛諸公既退、更相賀以爲宮僚得端人正士、不用憸人曲學于其閒也。先是五月二十四日誠齋上封事、極言天災地震、邊情宜備、君德國勢、君子小人、凡三千餘言、不報。余處恭因講讀之暇、爲太子誦之、太子悚然稱善、故知誠齋姓名云。太子卽光宗皇帝、史名彌正、梁名克家、余名端禮、葛名邲、吳名燠、陳名仲諤、胡名晉臣、何名萬、沈名揆、尤名袤、上孝宗皇帝。誠齋親結主知、天語稱好。誠齋不負天子、讀陸宣公奏議、讀資治通鑑、三朝寶訓、皆效忠規于太子、時人以爲稱職。後四十八年、紹定壬辰正月十八日男長孺謹識。」

（9）墓誌の原文は以下の通りである。

「宋故寶謨閣學士通奉大夫廬陵郡開國侯贈光祿大夫誠齋楊公墓誌」

「先君諱萬里、字廷秀、姓楊氏。吉州吉水縣同水鄉新嘉里人也。居湴塘。曾祖諱希開、祖諱格非、贈承務郎、考諱芾、累贈通奉大夫、母毛・羅氏皆贈碩人。先君于建炎元年丁未歲九月二十二子時生。七歲喪母、終身追慕、忌日必痛、事繼母盡孝、祿養三十年、人不知羅之爲繼母也。紹興二十四年甲戌歲擢進士第丙科、爲贛州司戶參軍、永州零陵丞、改秩除臨安教授、未赴居父憂。免喪、知隆興府奉新縣。故相國虞允文薦于孝宗皇帝、召爲國子博士。上疏乞留左司員外郎張栻、黜軍器少監韓玉、栻雖去而玉亦罷、由是名重朝廷。遷太常博士、太常丞兼權吏部右侍郎官、除將作少監、出知漳州、改知常州、提擧廣南東路常平茶鹽公事、就除提點本路刑獄。閩盜沈師犯南粵、警報至、卽躬帥師往平之。

孝宗大喜、天語褒稱曰、仁者有勇、又曰書生知兵。除直祕閣、居繼母憂、去官、却諸郡賻布爲錢四百萬。免喪、召爲吏部郎中、左司郎。天災地震、詔求直言、上封事、極陳時政闕失。孝宗嘉之、擢兼太子侍讀。遷樞密院檢詳諸房文字、尙書左司郎中、祕書少監。會高宗皇帝升遐、孝宗欲行三年之喪、將釋萬幾開議事堂、命皇太子參決庶務。先君上書力諫、謂天無二日、國無二君。孝宗、皇太子皆從之。有詔議配饗功臣、上疏乞以忠獻公張浚配、與翰林學士洪邁議不合、爲所譖、出知筠州。補闕薛收、拾遺許及之上疏乞留先君、竟去國。光宗登極、召爲祕書監、借煥章閣學士爲接伴金國賀正旦使、兼實錄院檢討。孝宗日歷書成、進御提舉史官、參知政事王藺以故事俾先君爲序。藺尋拜樞密、改命左相留正提舉史事、正不用先君序篇、而俾禮部郎官傅伯壽爲之。先君以失職、因力求去。光宗封還奏狀、御筆批云、所請不允、依舊供職。蓋殊禮也。尋欲擢爲工部侍郎、先君竟不肯留、頃之、以直龍圖閣出爲江南東路轉運副使。凡行部之常禮、一切不納、至于折俎交饋、秋毫弗以自入、悉歸之官、爲錢一百六十萬。權總管淮西・江東軍馬錢糧、時朝廷下總領所欲于江南用鐵錢楮券。先君不奉詔、上奏爭之。既忤丞相留正、及吏部尙書趙汝愚意、卽以疾力辭、請祠官。除知贛州、不赴。除直祕閣修撰、提舉隆興府玉隆萬壽宮。今上卽位、召赴行在所、抗章力辭、除煥章閣待制。屢奏請掛冠衣、上勉從之、進寶文閣待制、致仕。未幾、又進寶謨閣直學士、給賜衣帶。再召赴行在所、復以淋疾力辭、除寶謨閣學士、賜衣帶鞍馬。開禧二年丙寅五月八日無疾薨、享年八十。有遺奏八十四字。上聞詔贈四官。先君計偕、自迪功郎十六轉至通奉大夫、以子官陞朝、遇郊祀恩封通奉大夫。今贈光祿大夫。賜爵益封、自吉水縣男至廬陵郡侯、食邑自三百戶至二千戶。丞零陵時、張忠獻公謫居寓焉。勉先君以正心誠意之學、先君佩服其言、遂以誠名其齋。厥後侍讀東宮、光宗皇帝嘗書誠齋二大字、用金裝以賜、海內咸稱先君爲誠齋先生云。先君工于詩作、詩二千二百首。其他著述甚富、有誠齋集、合一百三十卷。經學尤邃、有易傳二十卷。娶羅氏、封碩人。子男三人、長孺承議郎、通判道州軍事、次公承事郎、新知潭州湘陰縣事、幼輿承奉郎、寧國府涇縣丞。女五人、長季蘩嫁進士劉价、皆先卒、次季蘊、季藻、季蘋、季菽嫁進士王徽、劉億、從仕郎新荊門州司法參軍陳經、進士王潛。孫男七人、泰伯登仕郎、賓言、義仲將仕郎、儀伯將仕郎、賓秩文林郎、賓王迪功郎、濂伯幼。女孫二人、子瑜嫁進士羅如春、寧娘幼。是歲十一月七日甲申、諸孤奉先君之柩、葬于本鄉烏泥塘、距家八百步、從先君之志也。

孤子長孺泣血謹誌而納諸壙　　婿陳經塡諱」

（10）于氏は「墓誌」がその死について「疾無くして薨ず」と記すことにも疑問を呈している。『宋史』の伝では、韓侂冑の出兵に憤ったことが原因であると記されるが、これは嘉定元年に出された楊長孺の「謹呈事實請諡狀」に依拠しており、「請諡狀」ではその間の事情がより詳しく述べられている。参考までにその部分を引用すれば、次の通りである。

「自奸臣韓侂冑竊弄陛下威福之柄、專恣狂悖、有無君之心、先臣萬里常憤怒不平。既而侂冑平章軍國事、先臣萬里驚嘆憂懼、以至得疾。開禧元年歳在乙丑、孟秋之月、常慨然上奏、極陳侂冑之奸、竟以壅閼不得自達而止。二年歳在丙寅、侂冑矯詔生事、開邊釁、起兵端。臣等家人、知先臣萬里憂國愛君、忠誠深切、而又老病、恐傷其心、凡聞時事、皆不敢告。忽有族姪楊士元者、端午節自吉州郡城書會所歸省其親、五月七日來訪、言及邸報中所報侂冑用兵事、先臣萬里失聲痛哭、謂奸臣妄作一至于此、流涕長太息者久之。是夕不寐、次朝不食、兀坐齋房、取春膏紙一幅、手書八十有四言。其辭曰、吾年八十、吾官二品、吾爵通侯、子孫滿前、吾復何憾、老而不死、悪況難堪、韓侂冑奸臣、專權無上、動兵殘民、狼子野心、謀危社稷、吾頭顱如許、報國無路、惟有孤憤、不免逃移、今日遂行、書此爲別。汝等好將息、萬古萬萬古。其後又書十有四言、其辭曰、右辭長孺母子、兄弟姉妹、五月八日。押又自緘封、題云、遺囑附長孺母子、兄弟姉妹、吾押既書。題畢、擲筆隱几而沒、實五月八日午時也。臣長孺、臣次公、臣幼輿、得臣父萬里遺囑、泣血收藏。」

于氏はいずれの記述にも疑いを示し、晩年の楊万里の詩文に淋疾に悩まされていることを記すものが多いことを挙げ、それが死因であったと述べている。「墓誌」「請諡狀」ともに楊長孺の手に成るものであり、自ずと美化されているだろう。しかしその死に立ち会った近親者の言である以上、基本的にはこれを尊重すべきだと思われる。持病と直接の死因とは必ずしも結びつかないものであるし、むしろ病死と認識されていない点に注目すべきなのではなかろうか。

（11）巻数は四部叢刊本に拠る。四庫全書本では巻一〇四。なお「李台州傳」はいずれも巻一一七である。

# あとがき

本書は中唐から南宋初期にかけての詩文の新しい動きに関して、韓愈を起点に王十朋まで、数名の文学者に即して論じたものである。個人的な関心に基づいて取り上げた文学者たちではあるが、いずれもすばらしい香りを放つ天上の花に比えられる存在と考え、韓愈の詩句「天葩　奇芬を吐く」を副題に使わせてもらった。堅い論集にはふさわしくないだろうし、もとより本書の内容にはまったくそぐわないが、取り上げた文学者たちに免じてお許しいただきたい。また附論として、関連する小稿を二篇加えた。

本書を纏める際、過去に発表した論文については、その誤りを正すだけでなく、体裁を整えるために加筆修正した。以下順に、元となった論文の題目と初出とを掲げる。

「韓愈の新しさ」　未発表

「李　観　論—もう一人の夭折の才子」：『文藝論叢』六八号、大谷大學文藝學會、二〇〇七。

「白居易『中和節の頌』について」：『白居易研究年報』第九号、勉誠出版、二〇〇八。

「劉禹錫の樂府詩について」：『中國詩文論叢』第七集、中國詩文研究會、一九八八。

「劉禹錫『金陵五題』詩について—懐古の詩としての位置づけを中心に」：『東方學』五九輯、東方學會、一九八〇。

「白居易と劉禹錫」：『白居易研究講座』第二巻、勉誠出版、一九九三。

「李商隠『牡丹』七律をめぐって（上）」：『中國詩文論叢』第二集、中國詩文研究會、一九八三。

「李商隠『牡丹』七律をめぐって（中）」：『中國詩文論叢』第三集、中國詩文研究會、一九八四。

「李商隠『牡丹』七律をめぐって（下）」：『中國詩文論叢』第四集、中國詩文研究會、一九八五。

「蘇舜欽と宋風の確立」　未発表
「古人への唱和—蘇軾『和陶詩』を中心に」：『日本中國學會報』六四集、日本中國學會、二〇一二。

「王十朋と韓愈—『和韓詩』を中心に」：『中國學志』大過号、大阪市立大学中国学会、二〇一三。

「唐詩における芍薬の形象」：『中國學志』需号、大阪市立大学中国学会、一九九〇。

「『楊文節公集』について」：『文藝論叢』六二号、大谷大學文藝學會、二〇〇四。


本書は川合康三さんのご紹介によって、山本實さんに刊行をお引き受けいただいた。山本さんは出版をご快諾下さっただけでなく、似つかわしくない副題も笑ってお認め下さった。お二人に心より感謝申し上げる。

# 索　　引

## 凡　例

（一）この索引は、人名索引と詩文作品索引との二部からなる。

（二）項目の排列は、人名索引は五十音順、同音は筆画順とし、詩文作品索引では作者は五十音順、作品は筆画順（同一画数の場合は部首順）とする。

# 人名索引

## あ 行

## か　行

## さ　行

## た　行

## な　行

## は　行



## ま　行



## や　行

# 詩文作品索引

## あ 行

## か　行

## さ　行

## は　行

## ら 行

**＊作者不明**

齋藤 茂（さいとう しげる）
一九五〇年生まれ。茨城県出身。
唐宋文学専攻。
著書に『妓女と中国文人』（東方書店、二〇〇〇）、『孟郊研究』（汲古書院、二〇〇八）、『文字覷天巧―中晩唐詩新論』（中華書局、二〇一四）などがある。

# 唐宋詩文論叢
## ――天葩 奇芬を吐く

二〇一八年五月一五日　第一版第一刷印刷
二〇一八年五月二八日　第一版第一刷発行

定価［本体六〇〇〇円＋税］

著　者　齋　藤　　茂
発行者　山　本　　實
発行所　研文出版（山本書店出版部）
〒101-0051
東京都千代田区神田神保町二―七
TEL　03（3261）9337
FAX　03（3261）6276
振　替　00100-3-59950
印　刷　富士リプロ㈱
製　本　塙　製　本


ISBN978-4-87636-436-7